中國語言文字研究輯刊

二七編

第 **12** 冊

漢語音義學研究論集（三集）──
第三屆漢語音義學研究國際學術研討會論文集
（上）

黃仁瑄 主編

花木蘭文化事業有限公司

國家圖書館出版品預行編目資料

漢語音義學研究論集（三集）——第三屆漢語音義學研究國
際學術研討會論文集（上）／黃仁瑄 主編 -- 初版 -- 新北市：
花木蘭文化事業有限公司，2024〔民 113〕
序 32+ 目 2+150 面；21×29.7 公分
（中國語言文字研究輯刊　二七編；第 12 冊）
ISBN 978-626-344-838-4（精裝）
1.CST：聲韻學　2.CST：語意學　3.CST：文集
802.08　　　　　　　　　　　　　　　　　113009387

中國語言文字研究輯刊
二七編　　第十二冊　　　　　　　ISBN：978-626-344-838-4

漢語音義學研究論集（三集）——
第三屆漢語音義學研究國際學術研討會論文集（上）

編　　者　黃仁瑄
總 編 輯　杜潔祥
副總編輯　楊嘉樂
編輯主任　許郁翎
編　　輯　潘玟靜、蔡正宣　美術編輯　陳逸婷
出　　版　花木蘭文化事業有限公司
發 行 人　高小娟
聯絡地址　235 新北市中和區中安街七二號十三樓
　　　　　電話：02-2923-1455 ／傳真：02-2923-1452
網　　址　http://www.huamulan.tw　信箱　service@huamulans.com
印　　刷　普羅文化出版廣告事業
初　　版　2024 年 9 月
定　　價　二七編 13 冊（精裝）新台幣 42,000 元

漢語音義學研究論集（三集）——
第三屆漢語音義學研究國際學術研討會論文集
（上）

黃仁瑄 主編

編者簡介

黃仁瑄，男（苗），貴州思南人，博士，華中科技大學二級教授，博士生導師，博士後合作導師，兼任《語言研究》副主編、湖北省語言學會副會長、韓國高麗大藏經研究所海外研究理事等，主要研究方向是歷史語言學、漢語音義學。發表論文 80 餘篇，出版專著 4 部（其中三部分別獲評教育部高等學校科學研究優秀成果獎二等獎、三等獎，全國古籍出版社年度百佳圖書二等獎，湖北省社會科學優秀成果獎一等獎、二等獎），主編論文集（系列）1 種、教材 1 種，完成國家社科基金一般項目 2 項、全國高等院校古籍整理研究工作委員會項目 2 項，在研國家社科基金重大項目 1 項（獲滾動資助）、中國高等教育學會高等教育科學研究規劃課題重大項目 1 項。目前致力於漢語音義學研究，運營學術公眾號「音義學」，策劃、組編「數字時代普通高等教育新文科建設語言學專業系列教材」（總主編），開發、建設「古代漢語在線學習暨考試系統」（http://ts.chaay.cn）。

提　要

　　《漢語音義學研究論集（三集）》是「第三屆漢語音義學國際學術研討會」（中國·遵義，2023 年 7 月）會議論文的集結。論文集最終收錄論文二十二篇，其中所收文字既有音義學學科理論的探討（如《略論漢語音義學的學科交叉性》《古漢語同族詞的聲母交替原則應與諧聲原則一致論——附高本漢〈漢語諧聲系列中的同源詞〉》），又有音義文獻價值的討論（如《論「無窮會本系」〈大般若經音義〉在日本古辭書音義研究上的價值》）；既有專書的個案考察（如《〈大唐西域記〉在佛典音義書中的地位與影響》《揚雄〈方言〉「屑，潔也」再考》《論幾部辭書「拌」「拚」「拚」「判」的注音》），又有基於音義關係視角的語言問題考察（如《中古漢語中「地」的兩種特殊用法》《論「詞義」、「用字」與「詮釋」對出土文字釋讀的參照與糾結——以「尻」讀為｛居｝、｛處｝皆可為例》）；等等。論文內容既涉及傳統小學的方方面面，又展現出應有的當代價值，特別是同辭書學、文獻學、方言學的結合（如《〈漢語大詞典〉讀後劄記數則》《〈廣東省土話字彙〉的語音系統：聲韻調歸納》《西南官話「莽」字考》）。這些討論表明漢語音義學研究日益受到學界關注，漢語音義學學科建設工作正穩步向前發展。

國家社會科學基金重大項目「中、日、韓漢語音義文獻集成與漢語音義學研究」（19ZDA318）

華中科技大學一流文科建設重大學科平台建設項目「數字人文與語言研究創新平台」

開幕式致辭
「第三屆漢語音義學研究國際學術研討會」
（中國・遵義，2023.7.21～25）

董志翹

各位領導，各位來賓：

大家上午好！

首先，祝賀由華中科技大學和遵義師範學院聯合主辦，國家社會科學基金重大項目「中、日、韓漢語音義文獻集成與漢語音義學研究」課題組協辦的「第三屆漢語音義學研究國際學術研討會」順利召開！

漢語音義學研究國際學術研討會已經召開過兩屆，在學界引起很大的反響。本人兩次會議都參加了（但有一次因疫情，是線上參加的）。從以往兩屆的會議論文中本人學到了不少東西，收穫頗豐。所以這一次同樣踴躍參加了，雖然沒有拿出像樣的論文（遞交的論文談揚雄《方言》的音義關係，勉強與會議主旨搭界），還是厚顏與會了，主要是不想再失去這一大好的學習機會。

語言的最本質的問題是音和義的關係問題。口語是人類使用行為進行語言交流的最主要的方式。音義互動是漢語組織的重要規律，既指音和義共同影響漢語的組織，又指音、義之間相互產生影響。所以王念孫《廣雅疏證・序》中強調指出：「訓詁之旨，本於聲音」。但聲音是稍縱即逝的，而古代的聲音是靠文字記載下來的（比如直音、譬況、反切等注音方法也是用漢字來表

示的），所以治古代漢語（漢語史），形音義三者遂不可分割。（我們高興地看到：在音義學研究方興未艾之時，字用學研究也正在蓬勃興起，文字與語音、語義的關係）。東晉佛陀跋陀羅譯《大方廣佛華嚴經·佛不思議法品》：「捨離音聲，言語道斷。」在下面又說「捨離文字，言語道斷。」唐慧苑《新譯大方廣佛華嚴經音義》卷一：「且夫音義之為用也，鑒清濁之明鏡，釋言誥之旨歸。匡謬漏之楷模，闢疑管之鈐鍵者也。」將音韻學、訓詁學、文字學、校勘學的有關內容都用「音義之為用」一言以蔽之。

我國的音義研究有著悠久的傳統，魏晉六朝「音韻鋒出」，此後歷代「音義」書迭出，《文字音韻訓詁知見書目》就收有音義著作 1111 部，《經典釋文》、《漢書音義》、《一切經音義》、《群經音辨》等等。清儒更是在「音義關係研究」的理論及實踐上大有創獲，實際上乃現代語言學研究之濫觴。近些年來，學界在闡述「音義學」學科的理據和意義，全面清理其文獻脈絡，用內在連接的分題研究勾勒其學術發展的歷時軌跡，展示整體的學術面貌，揭示其深廣而又豐富的文獻學與語言學價值，並在多角度探討其理論建構和研究方法方面作出了很大的努力。我所熟悉的朋友萬獻初先生的《漢語音義學論稿》，楊軍先生的《經典釋文》整理研究，徐時儀、黃仁瑄先生的《一切經音義》整理研究，鄭賢章先生的《〈新集藏經音義隨函錄〉研究》皆是其著者（不僅涉及外典，也涉及內典，甚至從這次協辦的國家社科重大項目「中、日、韓漢語音義文獻集成與漢語音義學研究」來看，這一研究已經擴展到整個東北亞漢字文化圈），形勢非常令人鼓舞。

所以，我預祝此次會議圓滿成功，通過此次會議，將音義學研究推向一個更新的高潮！

謝謝大家！

開幕式致辭
「第三屆漢語音義學研究國際學術研討會」
（中國・遵義，2023.7.21～25）

徐時儀

尊敬的各位先生、各位同仁：

大家好！

今天有幸參加我們的盛會，在遵義師範學院召開的第三屆漢語音義學研究國際學術研討會，我感到特別高興。我想在座的每一位都會有同感。兩年前的10月24日「首屆漢語音義學研究國際學術研討會暨第四屆佛經音義研究國際學術研討會」是線上在雲端召開，今天我們是在遵義師範學院線下相聚，老友新朋，濟濟一堂，感到特別親切，特別不容易，有很多感慨。

人海茫茫，我們今天在一起研討音義可以說是人生有緣，而同仁同道知己相遇就是善緣。本次盛會由華中科技大學和遵義師範學院聯合主辦，國家社會科學基金重大項目「中、日、韓漢語音義文獻集成與漢語音義學研究」（19ZDA318）課題組協辦，遵義師範學院科研處、人文與傳媒學院和國際教育學院同仁和會務組為盛會的順利召開傾心傾力，承會務組盛情安排我在開幕式致辭，在此我首先要表達的是我衷心的感謝。

我們研究的漢語音義學是溝通不同時空信息以實現意義理解的一門學問，記載音義的文獻是漢語研究的一大寶庫，內容包涵甚廣，涉及社會文化的方方

面面，在文獻學、語言學和傳統文化研究等方面都具有重要的學術價值。

就語言學研究而言，漢語在由古至今的發展中有變，有不變，有變化大的，有變化小的，而為什麼變，怎樣變，為什麼這樣變而不那樣變，諸如此類吸引眾多學者孜孜不懈求索其所以然，且深知研究漢語的語音、詞彙和語法系統怎樣從殷商時期發展到現代，就要依據隨著時代而不斷發展的活的語言。

王士元先生曾提出享譽學界的「詞彙擴散理論」，詞彙擴散是一種以變異和選擇為基礎的語言進化過程，它不僅在語音的歷時變化方面出現，而且也體現在語言的其他方面如詞義和語法範疇的演變中。王先生認為「歷史材料不過是某一個時間點上的記錄。……要對音變的全過程有個連續的觀察，我們就不能依靠歷史材料。理由很簡單，因為歷史材料不可能提供時間上的連續性」。〔註1〕由於口語旋生旋滅，古人無法利用錄音設備錄下自己說的話，而音義文獻在某種程度上提供了前後相近的幾個時間點上語言變或未變的珍貴線索。根據詞彙擴散理論，提供時間上的連續性的音義文獻語料類似不同年齡的人說的話，音義文獻把上古時期的文言、中古近代的古白話和現代的白話連接貫通，當然也可以考察語言變化的連續過程，從音義文獻中當可略窺漢語古今的發展演變。理由很簡單，因為音義文獻也能提供時間上的連續性。

就此而言，音義學尚有很多的發展空間需要我們進一步開拓，音義學的研究也勢必推動漢語研究的進一步細化和深入，而古往今來凡卓有成效的學術研究無不是建立在扎實的語料與實學實證基礎之上，且越是深入研究越是收穫豐碩。在此我們期待大家一起結緣音義學，結緣學術，結緣真知實學，結緣真善美，立足漢語數千年音義文獻所載實情，運用二重和多重證據法探索揭示漢語的演變規律，以「自由之思想，獨立之精神」做實實在在的真學問，在推動促進音義學的深入研究中得其個中三昧，有所開拓有所創新。

有志者事竟成，我們堅信本屆研討會的成功主辦必將推動音義學趨向更進一步的深入研究。謹在此向圓滿舉辦本屆研討會的各位同仁致以由衷的謝意和敬意，祝願盛會圓滿成功，祝大家身心自在健康愉快！

〔註1〕王士元《詞彙擴散的動態描寫》，《語言研究》第 20 期，1991 年。又《王士元語言學論文集》，商務印書館 2002 年版。

序言——從《說文》段注看漢語音義學學科建設和音義匹配方法

尉遲治平

　　進入二十一世紀以後，漢語音義學逐漸興盛，有一批學者投身到漢語音義學的研究，努力進行漢語音義學的學科建設。從 2021 年開始，海內外音義學研究者開始每年舉行一屆漢語音義學研究國際學術研討會，交流研究心得，展示研究成果，不斷推動漢語音義學向前發展。第三屆漢語音義學研究國際學術研討會於 2023 年 7 月在貴州省遵義市舉行，由華中科技大學、遵義師範學院聯合舉辦，國家社會科學基金重大項目「中、日、韓漢語音義文獻集成與漢語音義學研究」（19ZDA318）課題組協辦。國內外 60 多所高等院校和研究機構的 90 多位專家學者出席會議，提交了學術論文 80 餘篇，本書就是這一屆漢語音義學研究國際學術研討會會議論文的結集。

　　第三屆漢語音義學研究國際學術研討會的主題是「漢語音義學學科建設：理論・實踐」，在理論和實踐之間有一座橋樑，那就是方法論。方法論是理論的重要部分，方法論研究的內容是學術研究方法的學理性、邏輯性、有效性；另一方面，方法論對實踐具有指導意義，好的方法論保證了研究方法的科學性、適用性、可信性，可以說是學術研究成功的強有力的背書。但是，方法論的研究需要堅實的實踐經驗、深厚的理論素養、嚴密的思辨能力，研究不易。方法論的研究是中國古代傳統學術的弱項，這可能同文化傳統存在一定的關係。因

此，方法論的研究應該是漢語音義學學科建設的重要內容。

1919 年冬到 1921 年春，胡適先生在《北京大學月刊》上分幾期發表了《清代漢學家的科學方法》（《北京大學月刊》第 1 卷 5、7、9 期，1919 年 11 月～1921 年 4 月），後來又改名《清代學者的治學方法》，收入《胡適文存》一集卷二（亞東圖書館，1921 年）。這是一篇著名的方法論論文。文中提出：「科學方法的兩個重要部分，一是假設，一是實驗。」並且進一步闡釋說：「總括起來，只是兩點。（1）大膽的假設，（2）小心的求證。假設不大膽，不能有新發明。證據不充足，不能使人信仰。」這就是有名的「大膽假設，小心求證」，是對學術研究方法的最精煉的表述；後來，蕭公權先生又在《問學諫往錄》（傳記文學出版社，1972 年）中提出：「胡適先生談治學方法，曾提出『大膽假設，小心求證』的名言。我想在假設和求證之前還有一個『放眼看書』的階段（『書』字應從廣義，解作有關研究題目的事實、理論等的記載）。經過這一段工作之後，作者對於研究的對象纔有所認識，從而提出合理的假設。有了假設，回過來向『放眼』看過，以至尚未看過的『書』中去『小心求證』。看書而不作假設，會犯『學而不思則罔』的錯誤。不多看書而大膽假設，更有『思而不學則殆』的危險。」這可以說是對「大膽假設，小心求證」最精闢的補充。胡論蕭足，就是「放眼看書，大膽假設；放眼看書，小心求證」，可以說是對學術研究一般方法的頂層概括。

一說起「看書」，馬上會有人指斥是「脫離實際」，「泥古不化」，更不用說是「放眼看書」，那更是「死讀書，讀死書」，應該是顧忌到此，蕭公權先生專門加了一段括注：「『書』字應從廣義，解作有關研究題目的事實、理論等的記載」。所謂「廣義」的「書」，用科學術語表述就是「文獻」。文獻是實踐經驗的抽象，是人類知識的物化形態，絕對不是「故紙堆」。文獻之所以變成「死書」，那是看書人讀死的。在真正的學者看來，文獻是「大膽假設」的前提，是「小心求證」的材料，是學術研究的「源頭活水」。國際標準化組織對文獻下的定義是：「在存貯、檢索、利用或傳遞信息的過程中，可作為一個單元處理的，在載體內、載體上或依附載體而存貯有信息或數據的載體。」（ISO／DIS5127／1.2-1982《情報與文獻——詞匯》）中國國家標準的表述是：「記錄有知識的一切載體。」（GB3469-83《文獻類型與文獻載體代碼》，又 GB3792.1-83《文獻著錄總則》）蕭公權先生所說「放眼看書」的書是「事實、理論等的

記載」，同國際標準和國家標準對文獻的定義若合符契，如出一轍。文獻由知識
內容、記錄符號和載體材料構成。知識通過符號——文字固化到載體——甲骨、
金石、縑帛、紙張以及最新形態軟盤、硬盤、U盤、雲盤等磁性材料上。知識
通過載體形成文獻纔能保存、共享、傳承，纔能被處理、加工、使用。學者必
須通過載體，借助符號纔能瞭解內容，化公眾知識為自己研究的資料。從這個
意義上講，學術研究就是用舊知識生產新知識，或者說以文獻為原料生產新文
獻。因此，「放眼看書」必須貫徹到「大膽假設，小心求證」的整個過程中。

　　但是，文獻是不能直接用於學術研究的，光是「看書」也不能提出假設、
進行求證。在研究工作中還有另一個應該注意的是胡適先生所說的「證據不
充足，不能使人信仰」。胡適先生所說的「證據」，就是蕭公權先生所說的「有
關研究題目的事實、理論等的記載」，這些有關研究的證據就是學術研究的材
料。文獻猶如計算機科學的數據，材料猶如計算機科學的信息，數據是未經
整理的原始資料，信息是從數據中提取出來可以用於研究的材料，也就是說，
文獻是堆疊在一起的語料，必須通讀全書，搜尋符合條件的資料，分析每條
資料的性質，鑒識其學術價值，甄選符合研究需求的材料。學術研究不是材
料的堆砌羅列，如何運用材料也需要方法，材料的使用必須具有邏輯性，纔
能「使人信仰」。有力的邏輯性保證材料到結論的必然性。材料和邏輯構成了
學術研究的支柱，也是學術研究方法論的重要內容。材料必須真實、確定、
有效，對於漢語傳統語言文字學研究，材料的真實性指必須有文獻用例，確
定性指不能是沒有明確語義可做任意解釋的材料，有效性依次為同時代文本
用例，相應的訓詁、音注，字書、義書、韻書等辭書的訓釋，僅僅有辭書訓釋
而沒有書證的材料可能不大可靠，信度不高。如果說材料的豐富是中國傳統
學術研究的長處，那麼邏輯性就是弱項。中國古代學術研究的推理過程往往
是隱含的，一般表現在對材料的先後序列的安排上。學者常常直下斷言卻不
明示理由，雖然結論可能是正確的，但那是基於深厚學養的直覺，不是由嚴
謹的邏輯推理得到的判斷。直覺是個人行為，不能複製，無法仿效，從本質
上說直覺只是一個尚待證實或證偽的假說；推理是學術活動，是一串一串步
驟構成的程序，可以重複，可以學習，同樣的材料，同樣的程序，一定得到同
樣的結論。程序——包涵但不限於計算機程序——是一系列前後定序、互相
依賴的操作步驟，程序聯結材料，通向結論，組成推理，體現出學術研究的

邏輯性，有步驟和可重複是邏輯性的明顯特徵。可見材料工作也是學術研究不可或缺的環節，如何整理文獻，如何篩選材料，如何運用材料，也是方法論需要研究的重要內容。因此，可以把學術研究的一般方法進一步歸納為「放眼看書，選用材料，大膽假設；放眼看書，選用材料，小心求證」。

無論是漢語音義學，還是漢語文字學、音韻學、訓詁學，音注都是重要的研究材料。中國古代文獻中的音注，主要形式有讀若讀為、直音和反切。讀若讀為是漢魏人釋讀文獻使用的音注形式；反切據說是三國魏時孫炎在《爾雅音義》中所創，後世大行天下，成為古代主要的音注形式；直音通行古今，但是不如前兩種使用廣泛。之所以用「讀若讀為」這個名稱，源自清代著名學者段玉裁的《說文解字注》。《說文解字·示部》：「禷，數祭也。從示，毳聲。讀若『春麥為桑』之桑。」段玉裁注：「凡言『讀若』者，皆擬其音也。凡傳注言『讀為』者，皆易其字也。注經必兼茲二者，故有『讀為』，有『讀若』，讀為亦言『讀曰』，讀若亦言『讀如』。字書但言其本字、本音，故有讀若，無讀為也。讀為、讀若之分，唐人作正義已不能知，『為』與『若』兩字，注中時有訛亂。」段注這段話的意思是說漢魏經師音讀根據其作用可以分成兩類。「讀若」是一類，作用是「擬其音」，即純粹注音；「讀為」是一類，作用是「易其字」，即讀破，或破假借。兩類的使用同文體有關，凡「傳」、「注」——如《詩經》之毛傳、鄭玄箋——「必兼茲二者，故有讀為，有讀若」；至於字書——如許慎所撰《說文解字》——「有讀若，無讀為」。所以可以把漢魏這種音注方式總稱作「讀若讀為」。

音注「擬其音」是本有之意，是公眾常識，而說音注可以「易其字」可能就不是很容易理解。段玉裁對《說文解字·心部》「悼，懼也。陳楚謂懼曰悼。從心，卓聲。」曾舉過一條「讀曰」的音注的例子：「《方言》：『悢，憮，矜，悼，憐，哀也。齊魯之閒曰矜，陳楚之閒曰悼，趙魏燕代之閒曰悢，自楚之北郊曰憮，秦晉之閒或曰矜，或曰悼。』按，言甚明了，許易『哀』為『懼』，未詳。《方言》又曰：『悼，傷也。秦謂之悼。』皆不訓『懼』。《檜風》：『中心是悼』，傳曰：『悼，動也。』於懼義相合。《小雅》：『上帝甚蹈』，傳曰：『蹈，動也。』謂『蹈』即『悼』之叚借也，故鄭申之云：『蹈讀曰悼。』」這段話中「許易哀為懼」，說的是許慎在《說文解字》中把揚雄《方言》的「悼，哀也」改為「悼，懼也」，「哀」和「懼」古音不同，肯定不可能構成本字和假借字的

關係，許慎改動的是「悼」的訓詁，不是「讀為」一類音注的「易其字」。段
注最後所引的鄭玄的音注「蹈讀曰悼」，意在「謂蹈卽悼之叚借」，纔是真正
的「易其字」。但是，這條「讀曰」例是引自《毛詩》鄭玄箋，並不是直接出
於《說文解字》。《說文解字》是字書，全書音注除一例「讀如」外，全都是
「讀若」，正像段玉裁所說「但言其本字、本音，故有讀若，無讀為」，如果僅
僅就《說文解字》本書文本立論，找不到可供分析解說「讀為」一類音注「易
其字」的材料。因此，從學術史的視角看起來，「悼」字段注好像是為「叀」
字段注所做，補足了「讀為」的實例，前呼後應形成了關於「讀若讀為」的完
整論述，完全可以作為漢語傳統語言學理論的珍貴史料，雖然如此前後呼應
的討論不一定是段玉裁的有意安排。這種「無心插柳柳成蔭」，學術價值超乎
學者原本意向的情況，在學術史上並不罕見。

　　下表是對「悼」字段注推理的底層邏輯的解析，表中「放眼看書」一列所
載是「材料」一列的出處，不是說作者「放眼」只看了這幾種書。

	編號	放眼看書	材料	關係	運算	判斷	結論
人膽假設	①	說文心部	陳楚謂懼曰悼	懼＝悼	懼＝悼＝哀	懼＝哀（許易哀為懼）	
	②	方言一	陳楚之閒（哀）曰悼	哀＝悼			懼＝悼＝哀
小心求證	③	方言一	悼，傷也	悼＝傷	哀＝悼＝傷＝動	哀＝動	
	④	檜風毛傳	悼，動也	悼＝動			
	⑤			（動）於懼義相合	動＝懼		
	⑥	小雅毛傳	蹈，動也	蹈＝動	悼＝蹈＝動	悼＝動	
	⑦	小雅鄭箋	蹈讀曰悼	蹈＝悼			

　　不難看出，段玉裁是根據字義訓詁的輾轉推衍來進行推理的，這種研究方
法可以稱作「義訓系聯」。系聯法是中國古代學者，特別是清代乾嘉學派最喜
用、最善用、最有用的研究方法。系聯法富有學理，廣泛應用於漢語文字學、
音韻學、訓詁學。故此，可以從方法論入手，先對中國古代語言文字學研究
中應用系聯法的成功案例進行觀察，梳理其源流、釐析其派系、辨識其性質、
歸納其規則，然後在這個基礎上纔可能透徹瞭解義訓系聯法與其他系聯法不
同的特性，從而正確解析「悼」字段注的正誤得失。

　　中國歷史上第一部運用系聯法撰寫的著作是《說文解字》，這是一本漢語

文字學學術專著。《說文解字》問世之前，漢字如同散落中華大地的珍珠，散雜無序。《說文解字》十五上記載：「（周）宣王太史籀箸大篆十五篇。……秦始皇帝初兼天下，丞相李斯乃奏同之，罷其不與秦文合者。斯作《倉頡篇》，中車府令趙高作《爰歷篇》，太史令胡毋敬作《博學篇》。」到了漢代，揚雄、班固、賈魴等學者還續有修撰，目錄學家也把這些作品歸為文字學一類。但是這些書只是漢字集合字表，或四言一句，或七言一句，以便記誦，是一種開蒙識字教本，屬於教育學領域，不是學術著作。許慎始創「系聯」一法，將如散雜珍珠的漢字分別串綴成鏈，成十四篇五百四十部。《說文解字》十五下《敘》曰：「此十四篇，五百四十部，九千三百五十三文，重一千一百六十三，解說凡十三萬三千四百四十一字。其建首也，立一為耑。方以類聚，物以羣分，同牽條屬，共理相貫。雜而不越，據形系聯。引而申之，以究萬原。畢終於亥，知化窮冥。」這段話包含兩層意思，一層是漢字「據形系聯」為一部，一層是五百四十部據義系聯為十四篇成字書，原則都是「方以類聚，物以羣分，同牽條屬，共理相貫」。據形系聯有跡可循，每部首字——即所謂「部首」，部首下注「凡某之屬皆从某」，部下所轄字皆注「从某」，該部全部漢字字形結構中都有一個構件———般是意符——即注釋中之「某」，也就是部首，一看即明，不會誤認。所以《說文解字》所立五百四十部成為文字學萬代圭臬。據義系聯指「立『一』為耑」到「畢終於『亥』」，五百四十部先聚合為一組，各組各類排次先後也有講究，這種語義上的關聯若有似無，見仁見智，常遭詰難。這不是說許慎難堪此任，實在是因為語義是宇宙萬物在人類大腦中的投影，漫無際涯，條緒紛繁，難以把握，梳理維艱。總而言之，許慎創設部首，「分別部居，不相雜廁」（《說文解字》十五上），在中國學術史上的意義重大，怎麼評價都不為過，從方法論上看，許慎發明系聯法，對漢語文字音韻訓詁學的研究有著深刻的不可磨滅的影響。

唐封演《聞見記·文字》曾記載字書收字分部的沿革：「（漢）安帝時，許慎特加搜採，九千之文始備，著為《說文》，凡五百四十部，皆從古為證，備論字體，詳舉音訓，其鄙俗所傳涉於妄者，皆許氏之所不取，故《說文》至今為字學之宗。……晉有呂忱，更按羣典，搜求異字，復撰《字林》七卷，亦五百四十部，凡一萬二千八百二十四字，諸部皆依《說文》，《說文》所無者，是忱所益。後魏楊承慶者，復撰《字統》二十卷，凡一萬三千七百三十四字，亦憑《說文》為本，其論字體時復有異。梁朝顧野王撰《玉篇》三十卷，凡一萬六千九百一十七字。

此復有《埤蒼》、《廣蒼》、《字指》、《字詁》、《字苑》、《字訓》、《文字志》、《文字譜》之類，互相祖述，名目漸多。」這一系列字書分部皆本《說文》，各書漸次增添的字，自然是先「據形系聯」成組，再分組歸入相應的部首中。隨著時代的發展，《說文》部首系統也有損益變化。例如宋人所修兩部字書，《大廣益會玉篇》是五百四十二部，《類篇》是五百四十三部，個別部首也有變更，無論是新增部首，還是更替部首，立部和歸字都必須「據形系聯」纔能做到。明代梅膺祚撰《字彙》，將《說文》部首系統簡化為二百一十四部，開始向工具書排檢法轉變，被張自烈所撰《正字通》和《康熙字典》採用；現代《新華字典》適應簡化漢字運動的需求，推出簡化字部首系統；新版《辭海》另創形位型部首，依據字形的上、下、左、右、外等部位定部，部首跟字義完全脫離了關係。不管部首性質如何變化，聚字歸部仍然嚴秉許慎所創的「據形系聯」的成規。即使是民國王雲五先生創立的《四角號碼查字法》、王永民教授發明的五筆字型輸入法，以及舊時如「江山千古」、「寒來暑往」、「元亨利貞」、「海天日月紅」、「內」字法，乃至國家標準採用的「札」字（一丨丿丶乛）法等形形色色的筆形排檢法，無不可以窺見「據形系聯」的影子。

「據形系聯」還另有一派，那就是「據聲符系聯」。宋代王安石曾著《字說》二十四卷，又王子韶（字聖美）為神宗時資善堂修定《說文》官，倡「右文說」，兩人都是以聲符說義。只是王安石失勢後，人專取穿鑿之語引為笑談，其實《字說》不應一無是處。二王之學對漢語傳統語言學影響巨大，後世不斷有學者系聯聲符，因聲說義，並發展為語源之學。清代學者又另闢蹊徑，如姚文田所撰《說文聲系》、嚴可均所撰《說文聲類》、陳澧所撰《說文聲表》等，根據《說文解字》諧聲聲符將漢字系聯成一組一組聲系，再根據先秦詩文用韻將聲系系聯歸納為古音韻部，張惠言、張成孫父子所撰《諧聲譜》卷三至卷二十二《說文諧聲譜》的性質也屬於這一派；再如沈兼士先生主編的《廣韻聲系》也是同類著作，只是系聯的不是字書，而是韻書《廣韻》二百零六韻所收的二萬六千多字，比起《說文解字》字數翻了一番還要多。不過這種研究屬於音韻學，已經不在文字學範疇。

上述兩種「據形系聯」的「形」不是整字字形，而是字形的構件，準確地說，文字學是「意符系聯」為部首，音韻學是「聲符系聯」為聲系。

文字學上的系聯法是「據形系聯」，在音韻學上就應該是「據音系聯」。如

果解析《切韻》的結構，就可以看出韻書作者是先根據聲調系聯漢字成平聲、上聲、去聲、入聲；聲調相同的字又根據字音系聯成同音字組——小韻；小韻再根據韻——（介音）韻腹＋韻尾——系聯成大韻；大韻再根據韻尾——等韻學上稱為「攝」——系聯成組，先後排次成一部完整的韻書，這是隋陸法言《切韻》一系韻書的結構。元代周德清撰《中原音韻》，又創另一種「據音系聯」程序，空——同音字組，即《切韻》一系韻書的「小韻」——根據聲調系聯成平聲陰、平聲陽、上聲、去聲，四聲再根據韻系聯成「部」。部和韻（大韻）不同，韻不包含調，部包含調，不同聲調的韻字分歸不同的「韻」，但屬於同一個「部」。宋元以後，一般韻書、方言韻書以及現代詩韻，編撰方法不外乎這兩種「據韻系聯」模式。

《廣韻》卷首有「撰述人」一節，記載《切韻》系韻書增訂的情況：「陸法言撰本。長孫訥言箋注。儀同三司劉臻、外史顏之推、著作郎魏淵、武陽太守盧思道、散騎常侍李若、國子博士蕭該、蜀王諮議參軍辛德源、吏部侍郎薛道衡，已上八人同撰集。郭知玄拾遺緒正，更以朱箋三百字。關亮增加字、薛峋增加字、王仁煦增加字、祝尚丘增加字、孫愐增加字、嚴寶文增加字、裴務齊增加字、陳道固增加字，更有諸家增字及義理釋訓悉纂略備載卷中。」可見唐五代《切韻》系韻書不斷有增加字添入韻中，這項工作正如上述《說文》一系字書添字歸部的情況，是採用系聯法進行的。從大韻看，陸法言《切韻》是一百九十三韻，後來王仁昫《刊謬補缺切韻》增加上聲「五十一广」和去聲「五十六嚴」，注：「陸無此韻目，失。」孫愐《唐韻》又增加「諄準稕術」、「桓緩換末」、「戈果過」十一韻，《廣韻》綜合兩家的意見，共二百零六韻。王仁昫和孫愐給《切韻》增韻，也正如宋人給《說文》增部，採用的是「系聯法」，只是字書增部是「據形系聯」，而韻書增韻是「據韻系聯」，方法相同，系聯的標的不同。《中原音韻》一系韻書，明清也有許多增補修訂本，增部添字也是依據系聯法操作。另外，現代辭書、圖書、檔案、文獻、文物、人口、戶籍、地名、物品等等，凡是用漢語拼音或注音符號音序排檢的索引、引得，計算機、手機上形形色色的音碼輸入法，無不都是據音系聯的產物。

不僅韻書的編纂和各種音序排檢工具的開發必須運用據音系聯法，音韻學的學術研究也離不開據音系聯。清代學者提出的「反切系聯法」和「絲聯繩引法」，是「系聯法」在音韻學研究上最縝密精巧的應用，也是中國學術史上有關

方法論的最富學理、最具邏輯性的文獻。

創立反切系聯法的是陳澧，他在《切韻考・條例》中說：「切語之法，以二字為一字之音，上字與所切之字雙聲，下字與所切之字疊韻。……此蓋陸氏之舊也。今考切語之法，皆由此而明之。……切語上字與所切之字為雙聲，則切語上字同用者、互用者、遞用者，聲必同類也。同用者，如『冬』都宗切，『當』都郎切，同用『都』字也；互用者，如『當』都郎切，『都』當孤切，『都』、『當』二字互用也；遞用者，如『冬』都宗切，『都』當孤切，『冬』字用『都』字，『都』字用『當』字也。今據此系聯之為切語上字四十類。……切語下字與所切之字為疊韻，則切語下字同用者、互用者、遞用者，韻必同類也。同用者，如『東』德紅切，『公』古紅切，同用『紅』字也；互用者，如『公』古紅切，『紅』戶公切，『紅』、『公』二字互用也；遞用者，如『東』德紅切，『紅』戶公切，『東』字用『紅』字，『紅』字用『公』字也。今據此系聯之為每韻一類、二類、三類、四類。」這篇文字分四段，前兩段闡述反切系聯法的理據，後兩段解說反切系聯法的條例。《切韻》早已失傳，現在能看到的原本《切韻》都是斷片和殘卷，無從瞭解《切韻》反切的全貌，不能作為研究《切韻》音系的充分可靠的材料，何況敦煌秘藏的《切韻》殘本當時還沒有被陳澧發現。陳澧所稱的《切韻》實際是《廣韻》，所以他是從《廣韻》三千八百多條反切全面觀察，充分佔有材料，纔得以歸納出「上字與所切之字雙聲，下字與所切之字疊韻」的判斷。從方法論的視角看，「假設」是從大量事實的觀察中歸納出來的，是歸納邏輯的產物。依此，陳澧是「放眼」看《廣韻》，對全書反切進行觀察得出的上述判斷，應該是尚待「小心求證」的假設。但是從陳澧的表述看，他是以反切「以二字為一字之音」作為常識，推導出「上字與所切之字雙聲，下字與所切之字疊韻」作為不證自明的公理，從而發明反切系聯法的。從理論上講，陳澧的話是不錯的，但是人文社會科學是不免有例外的，沒有例外不成規律，沒有例外反倒是例外。《廣韻》絕大多數反切確實是上字與被切字雙聲、下字與被切字疊韻，在音韻學上叫做「音和切」，但是還有少數反切由於種種原因不合規則，稱作「類隔切」，所以《廣韻》五卷每一卷之末都有「新添類隔今更音和切」一節，等韻學上也有各色名目的「門法」，用以解釋和處理這些例外反切；另外也可能因為缺失一個節

點導致系聯掉鏈無法完成。陳澧又特別製定補充條例，用來處理這些「實同類而不能系聯」的例外。這是施行反切系聯時必須注意的。後面解說反切上字和下字系聯的兩段文字，是反切系聯方法論的主體，其中包括「同用」、「互用」、「遞用」三條基本條例，這是中國學術史上對系聯法最為形式化的描寫，可以用邏輯學的關係運算進行現代解析。下面是反切上字系聯的底層邏輯分析。反切上字系聯是根據反切上字和反切上字的反切上字之間的雙聲關係，將反切上字系聯成一組一組的聲類。因此，陳澧解說基本條例所用的三個字「當、都、冬」都具備雙重身份。三字反切「當」都郎切、「都」當孤切、「冬」都宗切，很容易看出「當、都」既是反切上字，又是被切字；「冬」字在陳澧這段文字中只做被切字，案《廣韻・二沃》「篤」小韻「冬毒切」，可見條例中這個被切字「冬」的身份同樣也是反切上字。因此，反切上字系聯的邏輯可以根據這種不同身份從兩個角度進行分析，有下劃線的字具有被切字和反切上下字雙重身份，有著重號的字是系聯節點。

同用：∵冬＝／≡都，當＝／≡都，∴冬≡（都≡）都（≡當），這是雙聲關係的自反性（a≡a）。等式左邊是被切字時，等號取＝，表示被切字和反切上字的雙聲關係，二字在反切中的身份不同；≡表示反切上字之間的雙聲關係。也就是說，＝具有方向性，等號左右二字交換位置，等式意義不同；≡不具有方向性，等號左右二字可以任意交換位置，等式意義不變。也就是說可以把＝看作等同關係，把≡看作全等關係。

互用：∵當＝／≡都，都＝／≡當，∴當≡（都≡）都（≡當），這是雙聲關係的對稱性（a≡b 且 b≡a）。等式「當＝都」和「當≡都」看起來相似，實質不同，＝左的「當」是被切字，≡左的「當」是反切上字。

遞用：∵冬＝／≡都，都＝／≡當，∴冬≡（都≡）都≡當，這是雙聲關係的傳遞性（a≡b 且 b≡c 則 a≡b≡c）。

→冬⇔都⇔當。⇔是等價符號。同時具有自反性、對稱性、傳遞性三種屬性纔能構成等價關係。

都類＝{冬，都，當…}，這是系聯結果。具有等價關係的反切上字的集

合就是聲類，用頻次最高的「都」作為聲類的名稱。這組關係運算就是反切
上字系聯。聲類表達式的意思是凡用集合中的字做反切上字的被切字，聲母
都相同，都屬於「都類」。所有聲類合併的全集就是反切上字表，由反切上字
表進一步整理，研究結果就是《廣韻》的聲母系統。

反切下字的系聯與上字系聯的邏輯程序相同，簡述如下：

同用：∵東＝／≡紅，公＝／≡紅，∴東≡（紅≡）紅（≡公），這
是疊韻關係的自反性。

互用：∵公＝／≡紅，紅＝／≡公，∴公≡（紅≡）紅（≡公），這
是疊韻關係的對稱性。

遞用：∵東＝／≡紅，紅＝／≡公，∴東≡（紅≡）紅≡公，這是疊
韻關係的傳遞性。

→東⇔紅⇔公

紅類＝｛紅，公，東｝。

「絲聯繩引法」就是韻字系聯法，是清代張惠言、張成孫父子對自顧炎武以
降的古韻學研究方法進行分析總結提出來的，見《諧聲譜》卷二《論》：「先君子
箸論五首，以發諧聲之理，成孫謹注。……余既以《詩》韻絲聯繩引，較其部
分。成孫案：絲連繩引者，意謂如由『中』而得『宮躬降』，復由『宮』而得『蟲
宗』，復由『降』而得『螽忡』等字，是也。故今表《詩》韻，即以名之。」在
《諧聲譜》卷五十《表例》對這段文字有更詳明的闡述：「表惟取其聯引處，如
『中』始見於《采蘩》，故以聯引得『宮』；又見《式微》，以聯『躬』；又見《旱
麓》，以聯『降』；若《桑中》、《定之方中》，亦見『中、宮』字，不復贅也。若
欲《詩》凡幾見，自可於《詩》韻得之。」這兩段文字所說的「中」「宮」等字
的具體聯引情況見《諧聲譜》卷二十三《絲聯繩引表·中部第一》：

中	采蘩二章		式微二章　桑中一章二章三章　定之方中一章　旱麓二章
	采蘩二章	宮	又桑中一章二章三章　定之方中一章　雲漢二章
	式微二章	躬	又雲漢二章
	旱麓二章	降	又草蟲一章　出車五章　鳧鷖四章
宮	雲漢二章	蟲	又草蟲一章　出車五章
		宗	又鳧鷖四章
降	草蟲一章	螽	又出車五章
		忡	又擊鼓二章　出車五章

……

表分四列。首列為主聯字，第三列為被聯字，上引片段清晰地展示了「由『中』而得『宮躬降』，復由『宮』而得『蟲宗』，復由『降』而得『螽忡』等字」的系聯過程。第二列即「聯引處」，第四列補充其他聯引處，即所謂「『中』始見於《采蘩》，故以聯引得『宮』；又見《式微》，以聯『躬』；又見《旱麓》，以聯『降』；若《桑中》、《定之方中》，亦見『中、宮』字。」表中「聯引處」只列《詩經》篇名，不出章次和韻段，這些信息在卷四三、四四《毛詩韻》中集中收列，體制猶如音韻學中的韻譜。張氏父子設計的《絲聯繩引表》略去了一切重沓、冗餘的信息，精煉而明晰地展示了系聯法的具體步驟，具有可操作性，可重複、可檢驗，正是科學方法的必具特徵，實在是中國古代學術史上最抽象的方法論表述。

如果套用反切系聯法的術語，也可以為絲聯繩引法設立「同用」、「互用」、「遞用」三個條例，將「中部」系聯的底層邏輯描寫如下。韻段韻字依據《諧聲譜‧毛詩韻》，但給出完整的篇章名稱，以便同其他學者的《詩經》韻譜進行比勘，韻段中加著重號的字即所謂「聯引處」。

同用：∵中＝宮（《召南‧采蘩》二章），躬＝中（《邶風‧式微》二章），∴中≡（宮＝躬＝）中；又∵湜＝宗＝宗＝降＝崇（《大雅‧生民之什‧鳧鷖》四章），∴宗≡宗。「中≡中」、「宗≡宗」是同韻關係的自反性。等號＝表示韻段內的同韻關係，≡表示聯引後的同韻關係，「中≡中」是跨韻段的同韻關係，「宗≡宗」是韻段內重出韻字構成的同韻關係。

互用：∵中＝宮（《召南‧采蘩》二章），宮＝中（《鄘風‧定之方中》一章），∴中≡宮≡宮≡中，這是同韻關係的對稱性。對稱性可以說是同韻關係的自然屬性。反切系聯在被切字和反切上字或反切下字間進行，只限兩字，位置不可顛倒；韻字系聯在韻段間進行，字數不限，順序可以任意變易。例如上舉《定之方中》一章原本是「定之方中，作于楚宮」，作為詩文韻腳，自然「中」在前「宮」在後，這是由詩歌文意決定的，作為韻部研究的材料，韻字是韻段的元素，既可以說「中」與「宮」押韻，也可以說「宮」與「中」押

韻。因為在上面所引的《絲聯繩引表・中部第一》中沒有合適的韻
段例子，所以為討論對稱性，纔將《定之方中》一章的「中＝宮」
改成「宮＝中」，以同《采蘩》二章的「中＝宮」進行比較。

　　遞用：∵中＝宮（《召南・采蘩》二章），中＝降（《大雅・文王
之什・旱麓》二章），∴中≡宮≡中≡降，這是同韻關係的傳遞性。

　　則得等價關係：中⇔宮⇔降⇔潨⇔宗⇔崇。

　　結論：中部＝｛中，宮，降，潨，宗，崇…｝

　　依此系聯，可得若干韻部，就是《詩經》韻部系統，對韻部系統進一步整
理，就是以《詩經》用韻為代表的漢語上古音的韻母系統。

　　由於具備如此強大的邏輯性和如此嚴密的可操作性，反切系聯法和絲聯
繩引法得到了音韻學者的高度重視，儘管學者們不一定是從方法論的高度清
楚、透徹地理解這一點。於是，反切系聯法不再僅僅用於韻書的研究，而是
廣泛應用於包括音義書在內的所有含有反切的文字、音韻、訓詁學著作的音
韻研究；絲聯繩引法也不再僅僅用於《詩經》韻部的研究，而是廣泛應用於
上古音、中古音、近代音的詩、騷、詞、曲、賦、辭、頌、贊、箴、碑、銘、
誄、哀、祭等等各種韻文的韻部研究。

　　縱觀「據音系聯」在音韻學領域的各種應用，可以發現這些「據音系聯」
整合在一起是一套完整的音韻學研究的解決方案。下面是一個簡單的例子，是
前文討論絲聯繩引法涉及的「中宮降躬蟲宗螽忡」等字，這是上古詩韻，還有
反切系聯法涉及的「東紅公」三字，這是中古韻書所收的韻字，一共十一個字。
先看三首盛唐著名詩人用這些字做韻腳的詩歌：

　　杜甫《往在》：「往在西京日，胡來滿彤宮。中宵焚九廟，雲漢為之紅。解
瓦飛十里，繐帷紛曾空。疚心惜木主，一一灰悲風。合昏排鐵騎，清旭散錦
獂。賊臣表逆節，相賀以成功。是時妃嬪戮，連為糞土叢。當宁陷玉座，白間
剝畫蟲。不知二聖處，私泣百歲翁。車駕既云還，楄柟欻穹崇。故老復涕泗，
祠官樹椅桐。宏壯不如初，已見帝力雄。前春禮郊廟，祀事親聖躬。微軀忝近
臣，景從陪輦公。登階捧玉冊，峨冕耿金鐘。侍祠恧先露，掖垣邇濯龍。天子
惟孝孫，五雲起九重。鏡奩換粉黛，翠羽猶蔥朧。前者厭羯胡，後來遭犬戎。
俎豆腐臚肉，罘罳行角弓。安得自西極，申命空山東。盡驅詣闕下，士庶塞關

中。主將曉逆順，元元歸始終。一朝自罪己，萬里車書通。鋒鏑供鋤犁，征戍聽所從。冗官各復業，土著還力農。君臣節儉足，朝野歡呼同。中興似國初，繼體如太宗。端拱納諫諍，和風日沖融。赤墀櫻桃枝，隱映銀絲籠。千春薦陵寢，永永垂無窮。京都不再火，涇渭開愁容。歸號故松栢，老去苦飄蓬。」

　　李賀《惱公》：「宋玉愁空斷，嬌饒粉自紅。歌聲春草露，門掩杏花叢。注口櫻桃小，添眉桂葉濃。曉奩妝秀靨，夜帳減香筒。細鏡飛孤鵲，江圖畫水濊。陂陀梳碧鳳，腰裊帶金蟲。杜若含清露，河蒲聚紫茸。月分蛾黛破，花合靨朱融。髮重疑盤霧，腰輕乍倚風。密書題荳蔻，隱語笑芙蓉。莫鎖茱萸匣，休開翡翠籠。弄珠驚漢燕，燒蜜引胡蜂。醉纈拋紅網，單羅挂綠蒙。數錢教姹女，買藥問巴賨。勻臉安斜雁，移燈想夢熊。腸攢非束竹，眩急是張弓。晚樹迷新蝶，殘蛻憶斷虹。古時填渤澥，今日鑿崆峒。繡沓褰長幔，羅裙結短封。心搖如舞鶴，骨出似飛龍。井欄淋清漆，門鋪綴白銅。隈花開兔徑，向壁印狐蹤。玳瑁釘簾薄，琉璃疊扇烘。象牀緣素柏，瑤席卷香蔥。細管吟朝幌，芳醪落夜楓。宜男生楚巷，梔子發金墉。龜甲開屏澀，鵝毛滲墨濃。黃庭留衞瓘，綠樹養韓馮。雞唱星懸柳，鴉啼露滴桐。黃娥初出座，寵妹始相從。蠟淚垂蘭燼，秋蕪掃綺櫳。吹笙翻舊引，沽酒待新豐。短珮愁填粟，長弦怨削菘。曲池眠乳鴨，小閣睡娃僮。褥縫篸雙綫，鉤絛辮五總。蜀煙飛重錦，峽雨濺輕容。拂鏡羞溫嶠，薰衣避賈充。魚生玉藕下，人在石蓮中。含水彎蛾翠，登樓撲馬鬃。使君居曲陌，園令住臨邛。桂火流蘇暖，金爐細炷通。春遲王子態，鶯囀謝娘慵。玉漏三星曙，銅街五馬逢。犀株防膽怯，銀液鎮心忪。跳脫看年命，琵琶道吉凶。王時應七夕，夫位在三宮。無力塗雲母，多方帶藥翁。符因青鳥送，囊用絳紗縫。漢苑尋官柳，河橋閡禁鐘。月明中婦覺，應笑畫堂空。」

　　白居易《見蕭侍御憶舊山草堂詩因和以寄》：「琢玉以為架，綴珠以為籠。玉架絆野鶴，珠籠鏁冥鴻。鴻思雲外天，鶴憶松上風。珠玉信為美，鳥不戀其中。臺中蕭侍御，心與鴻鶴同。晚起慵冠豸，閒行厭避驄。昨見憶山詩，詩思浩無窮。歸夢杳何處，舊居茫水東。秋閒杉桂林，春老芝术叢。自云別山後，離抱常忡忡。衣繡非不榮，持憲非不雄。所樂不在此，悵望草堂空。」

　　除了「降菘」二字，三詩所用韻字涵蓋了上述討論絲聯繩引法涉及的另外九個字。三詩韻段可以系聯如下，其中加著重號的字是聯引處。當然，聯引字不止這兩個，加著重號的只是首見的聯引字，後面表中「盛唐韻字」一行字次

2 或 3 的都可以視作聯引字。

　　　　　宮紅空風獴功叢蟲翁崇桐雄躬公鍾龍重朧戎弓東中終通從農同

　　　　宗融籠窮容蓬（杜甫）≡紅叢濃筒葓蟲茸融風蓉籠蜂蒙實熊弓虹峒

　　　　封龍銅蹤烘蔥楓墉濃馮桐從檧豐菘總容充中髼邛通慵逢忪凶宮翁縫

　　　　鍾空（李賀）≡籠鴻風中同聰窮東叢忡雄空（白居易）

　　以「中宮躬蟲宗忡東紅公」九字為線索，將《諧聲譜》、《廣韻》和盛唐三詩用韻涉及系聯法的數據列表如次。表中「諧聲聲符」分別取自《諧聲譜》卷三《說文諧聲譜弟一部（中）》和卷四《說文諧聲譜弟二部（東）》；「詩經韻字」分別取自《諧聲譜》卷二十三《絲聯繩引表·中部弟一·毛詩》和卷二十四《絲聯繩引表·僮部弟二·毛詩》。為清眉目，表中只列有關信息，不完全依據《諧聲譜》原本格式。「盛唐韻字」中韻字後的數字是字次，「東韻」韻字正斜杠前面的是一等字，後面的是三等字。

諧聲譜	中部弟一		僮部弟二		方　法
諧聲聲符	中躬窮宮蟲崇冬宗		東重童龍公夆逢恩同工庸容農豐凶充		聲符系聯
詩經韻字	中宮躬蟲宗忡崇窮融終		公東同功鍾逢龍蓬容從空濃重凶邛墉		韻字系聯
廣韻韻部	冬韻：宗賨	東韻：中宮躬蟲忡崇窮融終	東韻：公東同功蓬空	鍾韻：鍾逢龍容從濃重凶邛墉	韻字系聯
廣韻韻類	冬韻一等：宗賨	東韻三等：中宮躬蟲忡崇窮融終	東韻一等：公東同功蓬空	鍾韻三等：鍾逢龍容從濃重凶邛墉	反切下字系聯
盛唐韻字	東韻：紅2空3功叢3翁2桐2公朧東2通2同2籠3蓬筒葓蒙虹峒銅烘檧髼鴻聰／宮2風3蟲2崇雄2躬戎弓2中3終融2窮2熊楓馮豐菘充忡 鍾韻：鍾2龍2重從2容2濃2茸蓉蜂封蹤墉邛慵逢忪凶縫 冬韻：農宗賨				韻字系聯

　　盛唐韻字中有兩個字不見於《廣韻》。「獴」，《爾雅·釋獸》：「蒙頌，猱狀。」晉郭璞注：「即蒙貴也。如蜼而小，紫黑色。可畜，健捕鼠，勝於貓。九真、曰南皆出之。猱亦獼猴之類。」案，明方以智《通雅》卷四十六《動物·獸》：「蒙頌，又蜼之小者。紫黑色，能捕鼠。或作蒙賁、蒙貴。《廣志》曰：『獴獩，有黑、白、黃者，暹羅最良。捕鼠捷於家貓。』」可見「獴獩」即「蒙貴」的後起區別字。現代辭書「獴」注音 měng 為上聲，據杜甫《往在》

用作韻腳，應為平聲，當讀同《廣韻・一東》「蒙」莫紅切。又「總」，絲縷之量詞。《詩經・召南・羔羊》：「羔羊之縫，素絲五總。」毛傳：「總，數也。」案，此字應為「稯」的後起區別字。《說文解字・禾部》：「稯，布之八十縷為稯。从禾，嵏聲。稅，籀文稯省。」《廣韻・一東》「稯」子紅切；《集韻・一東》祖叢切：「稯、稅，《說文》：『布八十縷為稯。』……籀作『稅』，通作『總、緵』。」「祖叢切」即《廣韻》「子紅切」。李賀《惱公》：「鉤絛辮五總」顯然是化用《詩經》「素絲五總」之典。

　　上表充分反映出系聯法在漢語文字音韻訓詁學研究中的強大功能。從前上古的諧聲時代，經上古《詩經》韻系、中古《切韻》音系，到盛唐詩文用韻，經系聯法整理，兩千多年間東、冬、鍾三韻系的演變大勢脈理清晰，一目了然。上古音冬韻（一等）和東韻三等合為中部———一般稱為冬部，東韻一等和鍾韻（三等）合為僮部———一般稱為東部，兩部各有一等和三等相配，在諧聲聲符和《詩經》韻字兩方面二部互不相涉，涇渭分明。到《切韻》直至《廣韻》一系韻書，東韻三等從中部中分離出來，和僮部中的東韻一等合併為一東韻，中部中的冬韻獨立出來為二冬韻，僮部中的鍾韻獨立出來為三鍾韻，冬韻韻目下注「鍾同用」。這樣，一等冬韻和三等鍾韻同用，和東韻一、三等呈平行局面，與上古音中、僮兩部的一、三等分佈表現為交叉重配的有趣態勢。後人乾脆把「冬鍾」由「同用」二韻合併為一個「冬」韻。下迄明清，官韻一直維持一東、二冬分用的規矩，即使是現代人寫舊體律詩東、冬仍然不能混押。但是，上表反映盛唐詩人卻東、冬、鍾三韻同用不分。值得注意的是不僅三詩作者都是唐代著名詩人，杜甫更是「老來漸覺詩律細」的詩聖，而且東、冬、鍾三韻同用的詩作不在少數。我們曾經運用系聯法對隋唐五代詩詞用韻進行過整理，發現隋初唐時語音系統和《切韻》音系相同，東和冬鍾界限嚴謹，混用的情況十分罕見，但是到了盛唐，東、冬、鍾三韻系同用的詩篇突然劇增，不僅數量不少，而且多是三四十字韻段且不雜其他韻。在音韻學上，長篇韻段不雜他韻的學術意義是同用為一韻的強硬證據。仔細觀察，還可以發現平聲東、冬、鍾三韻同用，相應的入聲屋、沃、燭三韻也同用，可見這是一種系統性音變現象。無論是平聲還是入聲，合用都主要出現在歌行古風等古體詩，今體詩極為罕見，說明東、冬、鍾三韻系合用是實際

語音的反映。這是因為詩人寫作律詩必須嚴格遵循官韻的規定,不得出韻,
而古體詩沒有官韻的束縛,自可率性吟唱,隨口取韻,自然而然反映出實際
的語音。入聲韻例除了三韻同用外,還有屋沃、屋燭、沃燭同用,照說按韻目
小注一屋「獨用」、二沃「燭同用」,理應沃燭同用數量居多,可是實際情況卻
是屋燭同用大大多於沃燭同用以及屋沃同用。這似乎暗示當時鍾燭韻系更近
於東屋韻系,所以首先向東屋韻系靠攏,再帶動冬沃韻系向東屋、鍾燭韻系
轉變,這種擴散式語音變化一直演進到中唐和晚唐五代,代表著實際語音發
展的方向,直至元代周德清著《中原音韻》,十九部中首先就是「一東鍾」,說
明從盛唐開始的東、冬、鍾三韻系同用的格局正式獲得音韻學家的認可,取
得了合法的音韻身份。周德清在《中原音韻・自序》中說:「欲作樂府,必正
言語。欲正言語,必宗中原之音。樂府之盛之備之難,莫如今時。其盛,則自
縉紳及閭閻,歌詠者眾。其備,則自關、鄭、白、馬,一新制作。韻共守自然
之音,字能通天下之語。」周德清所說「關、鄭、白、馬」,指關漢卿(號已
齋)、鄭光祖(字德輝)、白朴(字仁甫)、馬致遠(號東籬)四位元代雜劇作
家。明何良俊《四友齋叢說》卷三十七《詞曲》說:「元人樂府,稱馬東籬、
鄭德輝、關漢卿、白仁甫為四大家。」由此,學者多認為《中原音韻》是周德
清依據以元曲四大家為代表的戲曲韻字,絲聯繩引歸納所得。從盛唐詩詞韻
文開始直到元代雜劇散曲,東、冬、鍾三韻系同用,確實是「韻共守自然之
音,字能通天下之語」。說明韻字系聯法是整理詩(今體詩作用較遜)、詞、曲
以及各種有韻之文研究漢語實際語音共時音系和歷時音變的有效方法。

　　如前文所述,「諧聲聲符」是「絲聯繩引」和「據形(聲符)系聯」,「詩
經韻字」和「盛唐韻字」是「絲聯繩引」,「廣韻韻部」是「據音系聯」,「廣韻
韻類」是「反切系聯」,這是各類系聯法綜合運用的一個很好的案例。總而言
之,系聯法是中國學術研究的重要方法,是大膽假設和小心求證的充分條件。
系聯法只適用於等價關係。關係是系聯對象之間的共同屬性,因此系聯法表
層是系聯字,底層是系聯字的某種屬性。例如文字學研究的「據形系聯」不
是系聯全字字形,而是字形的構件,部首的關係是意符相同,聲系的關係是
聲符相同。音韻學研究的反切系聯法不是系聯反切──字音,而是字音的組
件,聲類的關係是雙聲,系聯的是反切上字,韻類的關係是疊韻,系聯的是

反切下字；絲聯繩引法也是系聯字音的組件「韻」——（介音）韻腹+韻尾，韻部的關係是同韻——互相押韻。這些系聯法處理的必須是等價關係，必須具備自反性、對稱性、傳遞性，因此在施行系聯前必須檢測關係是否等價關係。

訓詁學的研究同樣廣泛應用系聯法，如同反切系聯法有同用、互用、遞用，「據義系聯」也有同訓、互訓、遞訓。但是，訓詁學的系聯與文字學、音韻學的系聯性質大不相同。如《爾雅》、《廣雅》、《小爾雅》、《比雅》、《埤雅》等分類釋詞的雅書，分類考訂語源的《釋名》、《廣釋名》一系，分類記錄方言詞語的《方言》、《續方言》、《方言別錄》、《蜀方言》一系，解釋俗語俚言的《通俗編》、《恆言錄》一系等，形形色色不同派系的義書，乃至分類匯聚字詞典實的類書、分類著錄圖書的目錄書、分類輯刻圖書典籍的叢書等等各種體制的圖書，都是「據義系聯」，而系聯之分類體系各不相同。但是，訓詁學系聯法與文字學、音韻學系聯法的最大不同，還不在於語義分類體系紛雜多樣，而是性質不同。如前文所分析的，「據形系聯」和「據音系聯」的關係單純，屬性單一，內涵確定，而「據義系聯」的對象是單字詞的語義，眾所周知，漢語中單義詞極少，一般都是多義詞，等義詞極少，一般都是同義詞——語義大同小異的詞。所以，訓詁學系聯的關係複雜，屬性多元，內涵變動不居。這種特性用文字不容易清晰地表述出來，下面是用集合論做的一個簡明的描述。

如果 A、B、C、D、E 是五個同義詞，a、b、c、d、e 是這五個詞的義項，設 A＝{a，b，c}，B＝{b，c}，C＝{b，c，d}，D＝{d，e}，E＝{d，e}，這些表達式的意思是每個字的語義都是若干義項的集合。這些字之間的關係是：

B⊆A，意思是 B 是 A 的子集，即 A＞B；B⊆C，意思是 B 是 C 的子集，即 B＜C；C∩D＝d，意思是 C 和 D 的交集是 d，也就是說 C 和 D 之間有相同的義項 d，也有不同的義項，即 C≅D；D＝E，意思是 D 和 E 包含的義項完全相同，即 D≡E，表示兩個集合相等，即 D 和 E 是等義詞；A∩D＝∅，意思是兩個集合的交集為空，或者說沒有交集，即 A≠D＝E。

可以看出，在這些關係符號中，＞義項有衰減，＜義項有增益，≒義項有同
有異，＝義項完全相同，不管是哪種關係，只要有交集，也就是說即使只有一個
義項相同，都可以表示為＝，也就是說可以用「甲，乙也」的格式表示等同關
係。因此，如果輾轉系聯為訓，就可能會由 A＝B→B＝C→C＝D→D＝E→A＝
E 推導出≠關係變成＝關係，在這裡也就是原本是 A≠D，系聯的結果成了 A＝
D。這是看起來符合邏輯，很容易被認可接受的推理，實際上是一種出乎意外，
不可思議卻極可能發生的錯誤。究其原因，是因為詞義總有參差，語義間應該
是等同關係＝，不是等價關係≒，不能無條件無限制地系聯。

回過頭來再看前文所列的「悼」字段注推理解析表，段玉裁討論的是「許
易『哀』為『懼』」，或者說想要證明「懼」＝「哀」，「小心求證」可以分成三
段。②、③和④是第一段，⑥和⑦是第三段，⑤是第二段，也是關鍵部分。值
得注意的是②既屬於「大膽假設」，也屬於「小心求證」。「小心求證」的底層邏
輯推理如下，加著重號的字是聯引處：

一，∵②哀＝悼，且③悼＝傷，且④悼＝動

∴哀＝悼＝傷＝動。這是遞訓。

二，∵⑥蹈＝動，且⑦蹈＝悼

∴悼＝蹈＝動。這是同訓。

三，∵⑤動＝懼

∴懼＝動＝悼＝哀。這是同訓和遞訓的合用。

當然，這是段玉裁的潛意識，古代中國學者還缺乏表達邏輯程序的話語。
可以看出，邏輯推理的關鍵是⑤，第一段和第三段的關係運算都中止於「動」，
⑤就提供了「動」和「懼」系聯的節點。前文曾經指出，科學研究的材料必須
真實，對於漢語傳統學術研究，材料的真實性指必須有文獻用例。但是，⑤
「（動）於懼義相合」與①②③④⑥⑦性質不同，並非採自古代文獻的訓詁，
只是一個還需要判定真或假的命題，不能作為邏輯推理的條件，不能納入系
聯的程序中。再者，「（動）於懼義相合」到底是甚麼意思令人躊躇難明，對於
素以自信甚至可說是武斷聞名的學者，段玉裁此語含混模糊，不說破「動」
和「懼」的語義關聯，這也是一個值得捉摸的問題。仔細觀察，關於「動」的
材料，見④《檜風》毛傳和⑥、⑦《小雅》毛傳、鄭箋，所以如果參閱《毛詩

注疏》，可能會發現這些問題答案的蛛絲馬跡。《毛詩注疏》是《十三經注疏》的一種，這套叢書包括經、漢魏人注和唐宋人疏三個層面，所以稱為「經、注、疏」。「疏」不僅解「經」，還要釋「注」，所以通過《毛詩注疏》的孔穎達疏，可以了解唐人對《詩經》和毛傳、鄭箋的看法。

④《檜風·羔裘》三章：「豈不爾思？中心是悼！」毛傳：「悼，動也。」鄭玄箋：「悼，猶哀傷也。」孔穎達疏經曰：「乃言豈不於爾思乎？我誠思之。思君之惡如是，中心於是悼傷之。」疏傳曰：「哀悼者，心神震動，故為動也。與箋『哀傷』同。」⑥⑦《小雅·魚藻之什·菀柳》一章：「上帝甚蹈，無自暱焉。」毛傳：「蹈，動。」鄭玄箋：「蹈讀曰悼。」孔穎達疏經曰：「諸侯既不朝王，又相戒曰：上帝之王甚變動，而其心不恒，刑罰妄作，汝諸侯無得自往親近之。」疏傳曰：「蹈者，踐履之名。可以蹈善，亦可以蹈惡，故為『動』。言王心無恒，數變動也。……毛於下章『瘵焉』，病也，言王者躁動無常，行多逆理，無得自往近之，則為王所病，與此互相接也。」疏箋曰：「是其蹈為惡之狀，故讀為悼。言使人心中悼病。若蹈履，則非惡之狀，故易傳也。言王無美德，下訴其不可朝事，於理為切，故以上帝為天而訴之也。」另外，《小雅·谷風之什·鼓鍾》也可以用來進行比較，詩三章：「淮有三洲，憂心且妯。」毛傳：「妯，動也。」鄭玄箋：「妯之言悼也。」孔穎達疏經曰：「賢者為之憂結於心，且為之變動容貌也。」疏箋曰：「以類上傷、悲，故為悼也。」這三首都是刺君上之詩，都涉及傳「動」箋「悼」的關係。從對經的譯文看，《羔裘》：「中心於是悼傷之。」從箋，《菀柳》：「上帝之王甚變動，而其心不恒。」和《鼓鍾》：「賢者……為之變動容貌也。」從傳，可見孔穎達搖擺於傳箋之間。從對傳「動」的疏解看，《菀柳》毛傳：「蹈，動。」段玉裁認為「『蹈』即『悼』之叚借」一語中的，不拘字形，因聲說義這是乾嘉學者超越往古的治學特點，唐人尚不諳此道。孔穎達在疏解毛傳時說：「蹈者，踐履之名。可以蹈善，亦可以蹈惡，故為『動』。言王心無恒，數變動也。」顯然是望文生訓，以踐履說「蹈」，並強將蹈善蹈惡同變動無恒捏合到一起，扞格迂曲，不足取信。孔穎達對《檜風·羔裘》毛傳的疏解曰：「哀悼者，心神震動，故為動也。與箋『哀傷』同。」一看便知，這恐怕就是「悼」字段注：「《檜風》：『中心是悼』，傳曰：『悼，動也。』於懼義相合。」這個命題的來源，由此看來，孔疏

原本就是推想，也只能說是一個似是似非，難判真假的命題，段玉裁直接當做真判斷作為推理的條件，無疑這會導致義訓系聯的失敗。作為一個卓有見識的大學者，段玉裁應該是意識到這個問題，所以纔把話說得含混模糊，不像孔穎達那樣把「悼」和「懼」的關係說得那麼煞有介事，肯定無疑。

其實，從文體學的視角觀察，這三首詩文本自身就足以證明「悼」、「蹈」、「妯」三個字的意義是「哀」不是「懼」。上引《鼓鍾》孔穎達疏鄭箋曰：「以類上『傷』、『悲』，故為『悼』也。」這是說三章三句「憂心且妯」同一章三句「憂心且傷」、二章三句「憂心且悲」比較，位置相同，句式相同，語法相同，語義也應該相同或相近，所以鄭玄箋曰：「妯之言悼也。」這就是《詩經》重章疊句的風格特點，在修辭上構成往復詠歎、複沓回環的美感，在訓詁上稱為同義對文，是考辨詞義的有力手段。再看《羔裘》三章「豈不爾思？中心是悼！」同二章「豈不爾思？我心憂傷！」比較，也可證鄭箋「悼，猶哀傷也。」符合詩意，暗合同義對文之旨。既然「悼」、「妯」義實為哀傷，那麼，同樣毛傳訓「動」、鄭箋訓哀傷的「蹈」，語義也應該為哀傷，在上述語境下，這個類比推理在邏輯上應該可以成立。

根據以上討論，段注「（動）於懼義相合」缺乏書證，毛傳訓為「動」的「悼」、「蹈」、「妯」三個字的意義是「哀」不是「懼」，《說文解字》「悼」字義訓系聯的結果應該修正如下：

∵動≠懼

∴懼≠哀

案，「動」應該是「慟」的假借。《周禮·春官·大祝》「四曰振動」，鄭玄注引杜子春曰：「動讀為哀慟之『慟』。」提供了「哀」與「動」系聯的關鍵節點：動＝慟＝哀，於是②③④⑥⑦就可以順暢無礙地系聯，同時也就說明「動於懼義相合」的命題是隔靴搔癢，「許易哀為懼」的假設不能成立。

前文所引段玉裁之說，認為漢魏經師音讀「凡言『讀若』者，皆擬其音也。凡傳注言『讀為』者，皆易其字也。」後來學者研究指出，段玉裁提出的「讀若」和「讀為」性質的不同，雖然偶有混淆，但二者兩分的大勢是不錯的，大致說起來，凡言「讀若」、「讀如」、「讀似」、「音如」、「音似」、「聲相近」、「聲相似」等語的為擬音，凡言「讀為」、「讀曰」、「讀與某同」、「某之言某」等語的為易字；另外，反切、直音也可以分成擬音和易字兩種類型。所以，訓

詁後接音注時，可以幫助研究者判斷訓詁是不是假借。例如前文所舉《菀柳》：「上帝甚蹈」，毛傳：「蹈，動也。」鄭箋：「蹈讀曰悼。」又《鼓鍾》：「憂心且妯。」毛傳：「妯，動也。」鄭箋：「妯之言悼也。」又《大祝》：「四曰振動」，杜子春注：「動讀為哀慟之『慟』。」看後面的音注形式，就可以知道「蹈」、「妯」、「動」是假借字，應當易其字破假借。這三例都是「讀為」型，是有標記的音注，如果是「讀若」型和反切、直音，是無標記的音注，甚或沒有音注的訓詁，首要工作應該是判斷訓詁是不是假借，然後再是易字破讀。這是「小心求證」，也是「大膽假設」選用材料的必要程序。

再回頭進一步分析義訓關係的形式化表達式及其系聯運算，原有 A＝{a，b，c}，D＝{d，e}，再設 F＝{e，f}

$\because$D∩F＝e

$\therefore$D＝F

又$\because$A∩D＝Ø 且 A∩F＝Ø

$\therefore$A≠D 且 A≠F

若 A 和 D 讀音相同，則 A＝{a，b，c} ⇒（D／音＝A＝{d，e}＝）F＝{e，f}

等號⇒與＝表示的關係不一樣。＝沒有方向性，D 和 F 有交集 e，可以說 D＝F（D，F 也），也可以說 F＝D（F，D 也）。注意這不是等價關係的對稱性，對稱性是全等於≡的一個特性。＝是等同關係，如前文所述，有＞、＜、≅、≡、≠等各種，義項一般不完全相同。⇒有方向性，不可逆。A⇒F 表示的是假借關係，A 藉助同音關係頂替 D 利用義項 e 與 F 發生關係，即 A⇒F（F，A 也），但是反過來 F⇒A 不能成立，因為 F 和 A 音既不同，義也沒有交集。所以，是否具有可逆性——或者說被訓字和訓釋字的音義關係是否能倒推，是測試訓詁是不是假借的可行方法。當然，測試可逆性的材料也必須是真實的，也就是說必須是文獻實際用例，而不能是一個尚待確定真假的命題，或者說是一個用來求證另外一個假設的假設。探尋一個音與假借字相同，義與被訓字相通的字，就是易本字破假借的工作。明眼人看到這裡，馬上就明白這篇序言實際上討論的是漢語音義學的核心問題——音義匹配。

有了上述觀念，就可以對《說文解字》「悼」字段注所用的材料的有效性進行測試。

先看「小心求證」：

②《方言‧一》：「陳楚之閒（哀）曰悼。」→哀＝悼：《檜風‧
羔裘》：「豈不爾思，中心是悼。」鄭玄箋：「悼，猶哀傷也。」→悼
＝哀

③《方言‧一》：「悼，傷也。秦謂之悼。」→悼＝傷：《漢書‧
外戚傳上‧孝武李夫人》：「上又自為作賦以傷悼夫人。」又《外戚
傳下‧孝成許皇后》：「元帝悼傷母恭哀后居位日淺而遭霍氏之辜。」
「傷悼」「悼傷」同義連文；《篇海類編‧人物類‧人部》：「傷，悼
也。」→傷＝悼

④《檜風‧羔裘》：「中心是悼」，毛傳：「悼，動也。」→悼＝
動：動≠悼

⑥《小雅‧菀柳》：「上帝甚蹈」，毛傳：「蹈，動。」→蹈＝動：
動≠蹈

⑦《菀柳》：「上帝甚蹈」，毛傳：「蹈，動。」鄭箋：「蹈讀曰悼。」
→蹈⇒悼

④和⑥不具有可逆性，「動」是假借字，這個結果同前文依據《周禮‧大
祝》杜子春注討論的結論相符合，說明檢測可逆性是判定假借關係的有效方
法。需要說明的是這是在研究工作中的一個測試步驟，在論著行文中不一定
需要加以表述。測試的學術價值是如果判定是假借，就不能直接參與義訓系
聯，必須通過音義匹配易假借字為本字纔可以使用，這就是前文說的「選用
材料」。⑦鄭箋破假借，易毛傳「蹈」字為「悼」，這樣⑥毛傳：「蹈，動。」
成了一種特殊的雙假借關係：用一個假借字訓釋另一個假借字，或者說訓釋
字和被訓字都是假借字。⑦鄭箋讀⑥毛傳「蹈，動」為「悼，動」，結果與④
毛傳「悼，動也」相同，問題仍然沒有解決，最終還是需要讀破「動」為「慟」
纔能繼續系聯，完成研究。

「慟」從「動」得聲，這是一種特殊的假借類型。「慟」字的音義匹配還
可以從形聲字和聲符的聲義關係的層面進一步進行討論。古人很早就注意到
形聲字和聲符往往形合聲近義通。《太平御覽》卷四百二《人事部四十三‧叙
賢》：「《物理論》曰：『在金石曰堅，在草木曰緊，在人曰賢。千里一賢，謂之
比肩。故語曰黃金累千，不如一賢。』」《物理論》這段佚文的意思是說賢人之
貴重如同金石之堅硬、草木之緊勁。《物理論》的作者是晉人楊泉，他之所以

選用「堅」和「緊」來類比「賢」，無疑是因為這三個字聲符相同都是「臤」，並且語義相通。宋沈括《夢溪筆談》卷十四《藝文一》記載：「王聖美治字學，演其義以為右文。古之字書皆從左文。凡字，其類在左，其義在右。如木類，其左皆從木。所謂右文者，如戔，小也。水之小者曰淺，金之小者曰錢，歹而小者曰殘，貝之小者曰賤。如此之類，皆以戔為義也。」王聖美即前文討論據聲符系聯提到的王子韶，其字學認為左文（意符）只代表字義大類，右文（聲符）纔代表字的語義，這就是所謂「右文說」，比楊泉的認識更具理論性和系統性。劉師培對「右文」現象的源起進行了研究，在《小學發微》中指出：「如『侖』字，本系靜詞，隱含分析條理之義。上古之時，只有『侖』字，就言語而言，則加『言』而作『論』；就人事而言，則加『人』而作『倫』；就絲而言，則加『絲』而作『綸』；就車而言，則加『車』而作『輪』；就水而言，則加『水』而作『淪』。（皆含文理成章之義）是『論倫』等字皆系名詞，實由『侖』字之義引伸也。『堯』字亦系靜詞，隱含崇高延長之義。上古之時，只有『堯』字，就舉足而言，則加『走』而作『趬』；就頭額而言，則加『頁』而作『顤』；就山而言，則加『山』而作『嶢』；就石言，則加『石』而作『磽』；就馬而言，則加『馬』而作『驍』（高馬也）。就犬而言，則加『犬』而作『獟』（高犬也）；就鳥羽而言，則加『羽』而作『翹』（長尾也）。是『嶢磽』等字皆系名詞，實由『堯』字之義引伸也。（又如從『台』之字皆有始字之義，草之初生者為『苔』，人之初成者曰『胎』，是也。從『少』之字皆有不多之義，言之少者曰『訬』，目之缺一者曰『眇』，禾之少者曰『秒』，是也。從『亥』之字皆有極字之義，果之盡處曰『核』，地之盡處曰『垓』，是也。）舉此數端，足證造字之初先有右旁之聲，後有左旁之形。聲起於義，故右旁之聲既同，則義象必同。……及事物浩繁，乃以右旁之聲為綱，而增益左旁之形。此以質體區別事物之始也。獨體為文，合體為字，形聲相益，斯為合體，斯為名詞。」意思是說形聲字是用初文做聲符添加意符構成的區別字，從而形成了與聲符的聲義關係，這是更具理據性的發生學研究。不少學者認為這也是一種造字法，即《說文解字·敘》所說的「建類一首，同意相受」的轉注。但是，「慟」跟聲符「動」的關係並不像「右文說」說的那樣聲義相關。杜子春：「動讀為哀慟之『慟』」，參看前文《說文》「霎」字段注：「凡傳注言『讀為』者，皆易其字也。」顯然杜子春此注是破假借，易「動」為「慟」，說明「動」、「慟」二字語義無關。章

炳麟早就指出並不是所有的形聲字和聲符的關係都可以用「右文說」來解釋。
他在《文始・叙例》中說:「昔王子韶創作『右文』,以為字從某聲,便得其義。
若句部有『鉤笱』,臤部有『緊堅』,丩部有『糾莍』,辰部有『辰覙』,及諸會
意形聲相兼之字,信多合者。然以一致相衡,即令形聲攝於會意。夫同音之字,
非止一二,取義於彼,見形於此者,往往而有。若『農』聲之字,多訓厚大,
然『農』無厚大義;『支』聲之字,多訓傾衺,然「支」無傾邪義。」章炳麟
指出「右文說」只適用於會意兼形聲字,這是對的,但是用「同音之字,非止
一二,取義於彼,見形於此」來解釋非會意兼形聲字為甚麼語義同聲符不相
關,卻未達 間,沒能說破。

段玉裁把假借分為兩類,《說文解字》卷十五上:「假借者,本無其字,
依聲託事」,段玉裁注:「本有字而代之,與本無字有異。然或叚借在先,製字
在後,則叚借之時本無其字,非有二例。惟前六字則叚借之後終古未嘗制正
字。後十字則叚借之後遂有正字,為不同耳。」所謂「前六字」和「後十字」
是段玉裁討論假借類型時所舉的例字,因為文字繁多,此不具引。劉又辛先
生也討論過假借的起源和類型,在 1957 年發表《從漢字演變的歷史看文字改
革》(《中國語文》1957 年第 5 期,1~9 頁)提出漢字曾經歷過一個以假借字
為主的階段,一字表示多詞,後來為了明確語義,添加意符發展為以形聲字
為主的階段。1982 年,劉又辛先生又發表《「右文說」說》(《語言研究》1982
年第 1 期,163~178 頁)重申自己的觀點。在假借字為主的階段,初文除了
本義外,還有多個假借義,有的形聲字如劉師培所說由初文引伸義來的可以
稱為「轉注形聲字」,由假借義來的可以稱為「假借形聲字」。轉注形聲字與
聲符聲義相關,假借形聲字與聲符聲同義無關,「慟」就是「動」的假借形聲
字,也就是段玉裁所說「叚借在先,製字在後,則叚借之時本無其字」。甲骨
文、金文「童」從「重」聲,《毛公鼎》假「童」作「動」,沒發現假為「慟」
的用例。這也許可以作為本有「動」字卻本無「慟」字的證據。從理論上推
想,制本字後,還會有一段假借字和本字同時併用的時間。杜子春說「動讀為
哀慟之『慟』」,顯然「哀慟」是漢代人耳熟能詳的語詞。《大廣益會玉篇・
心部》:「慟,哀也。《論語》曰:『顏淵死,子哭之慟。』」案,所引《論語》
見《先進》,曹魏何晏注引漢馬融曰:「慟,哀過也。」又《廣韻・一送》:「慟,
慟哭。哀過也。」可見雖然先秦典籍中已經有「慟」字,但是到漢魏時「動」

和「慟」仍然同用，所以④《檜風》和⑥《菀柳》毛傳用「動」，⑦鄭箋申傳，讀「蹈」為「悼」卻置「動」於不顧，可見當時可用「動」為「慟」，毛、鄭注經習焉不察。到唐宋「慟」纔逐漸排除假借字「動」而牢固取得了本字的合法身份。

「動」字是音義匹配的一個典型的案例，說明音義匹配可能是一件複雜的工作，需要綜合各個學科的知識，選用材料不僅要注意真實性、有效性，還需要具有歷史發展的眼光。漢魏時用「動」表假借義「哀慟」是正常現象，到唐宋用「動」就成了「慟」的假借字。前者是段玉裁說的「本無其字」的假借，後者是段玉裁說的製字後「本有其字」的假借。沒有這種歷史觀念，會如同孔疏，把毛傳鄭箋釋假借義「哀」的「動」當做「變動」的「動」，曲意牽合兩者的語義關係，或者如同段注，武斷判定「動於慟義相合」，也可能會將「動」和「慟」的字源的發生學關係看作語源的發生學關係，這些音義學上的音義誤配會造成訓詁學上的錯誤，導致義訓系聯的斷鏈，使得「小心求證」歸於失敗。

再看「大膽假設」。段玉裁根據①《說文解字》：「陳楚謂懼曰悼」和②《方言》：「陳楚之閒（哀）曰悼」兩條材料，提出「許易哀為懼」的假設。從前文「悼」字段注推理表看，這是同用系聯：

∵①懼＝悼且②哀＝悼

∴懼＝哀

換一種表述：①和②所指方言相同，被釋字「悼」相同，所以訓釋字「哀」和「懼」的語義也相同，推理猶如數學之等式兩邊消除同類項。因此，這個假設能不能成立，要看等式兩邊同時被刪除的是不是同類項，方言地域沒有問題，關鍵在於《說文解字》的「悼」是不是等於《方言》的「悼」。

宋人李孟傳在《〈方言〉序》中指出：「大抵子雲精於小學，且多見先秦古書，故《方言》多識奇字，《太元》多有奇語，然其用之，亦各有宜。」《方言》多奇字，不是因為揚雄「多識奇字」，於是就不問緣由濫用奇字，如果是那樣應該不能說「用之亦各有宜」。李孟傳的意思是說這種情況與圖書的性質相關，揚雄是因書制宜遣詞用字。《太玄》多奇語，是因為《太玄》是一部玄學著作；《方言》多奇字，是因為《方言》實際是方言田野調查詞彙表。古人記錄方言詞語，沒有國際音標之類的標音工具，西漢時反切還沒有產生，揚雄只能用同音漢字記錄方言詞語。從音韻學看其實質就是「直音」。與直音不

同的地方是直接用同音字表示方言詞讀音，不是為另一個字注音，也沒有
「音」、「讀」之類的用語作為標識。方言中往往有所謂「有音無字」的現象，
只能找一個同音漢字代替。這個漢字只記音，與字本身的語義無關，所以即
使是一個常見字，也會看起來就是一個音義脫節的「奇字」。從訓詁學看，這
就是「本無其字」的假借。如果雖然有字但是倉猝之間對不上號想不起來，
或者後人補制「本字」，就是「本有其字」的假借。其他文字、音韻、訓詁書
以及經、史、子、集四部古籍中往往也有記錄方言詞語的零散材料，清杭世
駿《續方言》和程際盛《〈續方言〉補正》是匯輯歷代這些方言資料的著作，
其中方言語料與揚雄《方言》性質相同。現代漢語方言學有「考本字」的研究
工作，目的是考定所謂「有音無字」的方言詞語究竟應該是哪個字。一般做
法是先調查歸納現代漢語方言的語音系統，再分析古今語音的演變規律，確
定與現代方言詞對應的古音音韻地位，匯聚與古音聲·韻·調全部都符合的
詞語，從中探尋語義也相符的漢字，篩選出字」。可見「方言考本字」的本質
就是古今「音義匹配」，而且如同一般方法論「大膽假設，小心求證」可能證
實，也可能證偽，考本字也可能有得，也可能無果。

　　「大膽假設」的①和②兩條都是方言材料，用可逆性進行測試，①通不
過，說明《說文解字》「陳楚謂懼曰悼」的「悼」字可能是「有音無字」的假
借字，可以嘗試使用「考本字」的方法探求「本字」，不過這時古今語音對應
指的是中古《切韻》音系同上古音的對應關係。「悼」字《廣韻·三十七號》
徒到切，定母字，「悼」在《詩經》入韻歸宵部，古音宵部到《廣韻》分入豪
晧号、蕭篠嘯、宵小笑、肴巧效十二韻；中古定母的來源最為複雜，清錢大昕
《十駕齋養新錄》卷五《舌音類隔之說不可信》提出「古無舌上音」和「章系
歸端」，近人曾運乾《喻母古讀考》提出「喻四歸定」，錢玄同《古音無邪紐
證》提出「邪紐歸定」，裴學海《古聲紐「船」「禪」為一「從」「邪」非二考》
提出「古音船禪合一」，所以中古定母來自上古定、澄、邪、船（床三）、禪、
以（喻四）六個聲紐。根據古今聲韻對應，《廣韻》符合條件要求的韻字共 190
個韻字，其中「心」部字除了「悼」之外，還有「愮恌」兩字，《廣韻·四宵》
餘昭切，以母，古音與「悼」音同；《廣韻》注愮：「憂也，悸也，邪也，惑
也。」恌：「上同（愮）。」案，「悸」意即恐懼，《楚辭·王逸〈九思·悼亂〉》：
「惶悸兮失氣，踴躍兮距跳。」王延壽注：「悸，懼也。」可見許慎所記方言

語料「陳楚謂懼曰悼」，「悼」是記音字，本字應該是「慆」或「恌」。本字語音與借字「悼」相同，語義與訓釋字「懼」相同，「音義匹配」完全沒有問題。既然《說文解字》的「悼」不等於《方言》的「悼」，「許易哀為懼」的假設便不能成立，即使沒有不識「動」字真面目的問題，義訓系聯、音義匹配、邏輯推理等所有「小心求證」的工作也就成了無的放矢，失去著落，毫無意義。

　　以上是從《說文解字》段玉裁注引發的對漢語音義學學科建設的一系列思考。音義學是重實證的學術研究，從一般方法論的高度看，無論是「大膽假設」，還是「小心求證」，都必須「放眼看書」以「選用材料」。材料和邏輯構成了學術研究的兩大支柱。材料必須真實有效，忌將沒有數據支持的私意想法當做真實材料進行推理。中國傳統語言學常用的研究方法是系聯法，有效的系聯要求等價關係，義訓系聯處理的是等同關係，首先必須進行可逆性測試。不具備可逆性的訓詁是假借，是漢語音義學的研究對象，必須進行音義匹配，破假借易本字纔能使用。區別等價關係和等同關係，進行可逆性測試判定是否假借，是音義學研究邏輯性的最基本的要求。辨識假借的各種類型，諸如「本無其字」和「本有其字」的假借、「引申形聲字」和「轉注形聲字」的假借、雙重假借、方言記音假借等等，對於「音義匹配」的成敗十分重要。音義匹配既是共時研究，更是歷時研究，歷史音韻學和歷史語義學的知識是漢語音義學研究者必須具備的學術素養。期待這些思考能引起漢語音義學學者專家的關注，更希望這些意見能有助於漢語音義學學科的建設。

　　　　　　　　　尉遲治平 2024 年 5 月 26 日於華中科技大學三外居

目 次

下　冊

略論漢語音義學的學科交叉性*

黄仁瑄*

摘　要

漢語音義學是經由文字學、音韻學、訓詁學、語法學和文獻學等多門學科交融而成的一門「新」學問。漢語音義學致力於探索歷代漢語特別是古代漢語語音和語義的匹配關係，其研究包括但不限於如下内容：(1) 漢語音義學研究的理論、材料與方法問題；(2) 漢語音義書注音與韻書、字書注音的本質區别與聯繫；(3) 漢字注音釋義與漢字字形的關係；(4) 語音—語義—語法的綜合研究；(5) 漢語語音語義匹配關係及其系統的演化、發展；(6) 漢文音義文獻的整理與研究；等等。漢語音義學研究需要綜合運用文字學、音韻學、訓詁學、語法學、文獻學、數字人文等多學科研究手段，有濃厚的跨學科屬性。漢語音義學是典型的交叉學科，其建設是新時代學術發展的客觀需要。

關鍵詞：漢語音義學；音義匹配；交叉學科；新時代學術

---

* 基金項目：國家社會科學基金重大項目「中、日、韓漢語音義文獻集成與漢語音義學研究」(19ZDA318)；華中科技大學一流文科建設重大學科平臺建設項目「數字人文與語言研究創新平臺」。

* 黄仁瑄，男（苗），1969 年生，貴州思南人，博士，教授，主要研究方向是歷史語言學、漢語音義學。華中科技大學中國語言研究所，武漢 430074。

「漢語音義學跟文字學、音韻學、訓詁學、語法學、文獻學等學科都有非常密切的關係，是典型的交叉學科。」這是我們在「中國音韻學第 21 屆學術研討會暨漢語音韻學第 16 屆國際學術研討會」（中國成都，2021 年 8 月 20 日～23 日）大會報告《漢語音義學材料系統述略》〔註 1〕中提出的意見，當時並未詳述理由，今試申說之。

一、什麼是交叉學科

隨著新工科、新醫科、新農科和新文科（簡稱「四新」）建設的深入推進，近年來，交叉學科成了現代漢語中的一個高頻詞，但學界對交叉學科的理解似乎並未達成一致和統一，因而不斷有所討論。

要了解什麼是交叉學科，首先需要知道學科是怎麼一回事兒。據《中華人民共和國國家標準學科分類與代碼》（GB／T 13745-2009）「引言」〔註 2〕：

> 人類的活動產生經驗，經驗的積累和消化形成認識，認識通過思考、歸納、理解、抽象而上升成為知識，知識在經過運用並得到驗證後進一步發展到科學層面上形成知識體系，處於不斷發展和演進的知識體系根據某些共性特徵進行劃分而成學科。學科是相對獨立的知識體系，這裏「相對」、「獨立」和「知識體系」三個概念是本標準定義學科的基礎。「相對」強調了學科分類具有不同的角度和側面，「獨立」則使某個具體學科不可被其他學科所替代，「知識體系」使「學科」區別於具體的「業務體系」或「產品」。本標準中出現了一些學科與專業、行業、產品名稱相同的情況，是出於使學科名稱簡明的目的，其內在涵義是不同的。

基於這樣的認識，就傳統小學而言，文字學、音韻學和訓詁學知識專門，有著相對獨立的話語體系，無疑都應該是自成門類的學科。

〔註 1〕刊於黃仁瑄主編《漢語音義學研究論集（一集）──首屆漢語音義學研究國際學術研討會暨第四屆佛經音義研究國際學術研討會論文集》（花木蘭文化事業有限公司，2023 年），頁 13～26。

〔註 2〕《中華人民共和國國家標準學科分類與代碼》〔GB／T 13745〕最初版本 GB／T13745-1992 於 1993 年 7 月實施。現行版本 GB／T 13745-2009 於 2009 年 05 月 06 日發佈，2009 年 11 月 01 日實施。現行版本的第一號修改單於 2011 年 12 月 29 日批准，2012 年 03 月 01 日實施；第二號修改單於 2016 年 07 月 25 日批准，2016 年 07 月 30 日起實施。

新的技術條件和數字化時代背景下，知識生產和科技創新活動變得非常活躍，這就使得學科建設和人才培養成為越益迫切的工作。為此，有關部門特別發佈《教育部　財政部　國家發展改革委關於深入推進世界一流大學和一流學科建設的若干意見》（教研〔2022〕1號），明確指出〔註3〕：

> 支持建設高校瞄準世界科學前沿和關鍵技術領域優化學科佈局，整合傳統學科資源，強化人才培養和科技創新的學科基礎。對現有學科體系進行調整升級，打破學科專業壁壘，推進新工科、新醫科、新農科、新文科建設，積極回應社會對高層次人才需求。佈局交叉學科專業，培育學科增長點。

> 實施「基礎學科深化建設行動」，穩定支持一批立足前沿、自由探索的基礎學科，重點佈局一批基礎學科研究中心。加強數理化生等基礎理論研究，扶持一批「絕學」、冷門學科，改善學科發展生態。根據基礎學科特點和創新發展規律，實行建設學科長週期評價，為基礎性、前瞻性研究創造寬鬆包容環境。

> 以問題為中心，建立交叉學科發展引導機制，搭建交叉學科的國家級平臺。以跨學科高水準團隊為依託，以國家科技創新基地、重大科技基礎設施為支撐，加強資源供給和政策支持，建設交叉學科發展第一方陣。創新交叉融合機制，打破學科專業壁壘，促進自然科學之間、自然科學與人文社會科學之間交叉融合，圍繞人工智慧、國家安全、國家治理等領域培育新興交叉學科。完善管理與評價機制，防止簡單拼湊，形成規範有序、更具活力的學科發展環境。

簡言之，學科的交叉融合已經成為時代學術發展的主旋律。不過，學科的交叉融合並非不同學科間的「1＋1＝2」式的簡單相加，而是在理論創新、方法改革、材料拓展等方面逐漸有所發展，最終促成一門新的學科——交叉學科——的誕生。換言之，交叉學科的發展遵循學術發展的內在邏輯，是有其階段性的。請看下表〔註4〕：

〔註3〕https://www.gov.cn/zhengce/zhengceku/2022-02/14/content_5673489.htm
〔註4〕表見王傳毅、王濤《交叉學科的演化：階段與特徵——兼論美國交叉學科的發展》，

交叉學科發展階段及其特徵

發展階段	內在建制	外在建制	是否進入學科目錄
孕育期	相關研究成果初現，知識增長顯著；外部學科知識不斷進入；專業術語開始出現且相互形成緊密聯繫	研究成果散見於相關期刊；依託科研項目或專題前沿課程培養人才；尚未建立正式組織形式的學術共同體	尚不具備進入目錄的基礎
發展期	相關研究成果涌現，知識生產增速加快；外部學科知識不斷進入；新出現的專業術語與前期出現的專業術語形成緊密關聯	出現了專門期刊刊載研究成果；出現專門的人才培養項目；形成正式組織形式的學術共同體	進入學科目錄制定的觀察範圍
穩定期	知識增速降低；相關學科知識的邊際貢獻不斷減小；理論體系基本成熟	期刊數量增多，學術聲譽上升；人才培養項目數量增多；學術組織開始產生分支組織	進入學科目錄
調整期	知識增速增大；新興學科出現，已有結構分化	聚焦專門領域或問題的期刊出現；人才培養項目形成不同特色；學術組織按領域分化；分支領域可能成長為獨立建制的學科	在學科目錄中優化、調整

　　上表所示當然是交叉學科發展可能經歷的一種理想化狀態，任何時候，現實與理想之間總是會存在一段不小的距離。傳統小學之音義學的發展就是如此，無論是理論基礎，還是研究對象和研究方法等，雖有很多頗有價值的發現，由於種種原因，音義學至今仍然存在許多有待深入探討的問題，更未能在現代學科目錄中佔得一席應有之地，可以說是一門發展中的交叉學科。

二、作為一門學科的漢語音義學

　　清人謝啟昆撰《小學考》〔註5〕，四分有漢迄清之 1180 種小學文獻，特標「音義」：

> 　　按：音義為解釋群經及子、史之書，故諸家著錄不收入小學。
> 然其訓詁、反切，小學之精義具在於是，實可與專門著述互訂得失，
> 且《通俗文》、《聲類》之屬，世無傳本者，散見於各書音義中至多。
> 則音義者，小學之支流也。昔賢通小學以作音義，後世即音義以證

〔註5〕《學位與研究生教育》2022 年第 9 期。

〔註5〕《小學考》，目錄學著作，清嘉慶三年（1798 年）成書，嘉慶二十一年（1816 年）初刻，所謂南康謝氏樹經堂本。

小學，好古者必有取焉。今從晁氏《讀書志》載《經典釋文》之例，別錄音義一門以附於末。」（《小學考》卷四十五《音義一》「王氏肅《周易音》」條。《小學考》，頁 681）

尉遲治平（2020）曾論及文字、音韻、訓詁和音義四類文獻的特點：

> 漢語是一種具有高度「像似性」和「內部理據性」的語言，漢字是一種形音義三位一體的文字系統，訓詁學的義書說義往往離不開析音，音韻學的音書談音往往離不開析義，文字學的字書解字一般也要既注音也釋義，所以，注音兼釋義並不是音義書獨具的性質，而是漢語小學書共同的特點。漢語小學四個分支文獻的區別應該是，以《爾雅》為代表的義書的目的是釋義，闡釋的是一般的普通的語義；以《切韻》為代表的音書的目的是注音，所注的音一般是字的一般的普通的讀音；以《說文解字》為代表的字書的目的是辨字，所注的是一般的普通的讀音，所釋的是一般的普通的字義；以《經典釋文》為代表的音義書的目的是疏通文意，所釋的是具體語境中的個別的具體的語義，所注的往往是指明本字揭示本義的讀破音，正因為這種隨文釋義的特點，需要摘錄原文若干字標識上下文語境，這些標識可以沒有意義，只是聯綴字串，從而形成了不同於義書、音書和字書的特別的體制。（尉遲治平《序——兼論漢語音義學和佛典音義》，頁 8～9。黃仁瑄 2020）

實際上，四類文獻性質的不同先秦兩漢時期已見其端倪：

> 趙孟曰：「何謂蠱？」對曰：「淫溺惑亂之所生也。於文，皿蟲為蠱。穀之飛亦為蠱。在《周易》，女惑男，風落山，謂之蠱。皆同物也。（《左傳・昭公元年》。《十三經注疏》，頁 2025 中）

> 夫文，止戈為武。（《左傳・宣公十二年》。《十三經注疏》，頁 1882 中）

> 齊桓公與管仲謀伐莒，謀未發而聞於國，桓公怪之，曰：「與仲父謀伐莒，謀未發而聞於國，其故何也？」管仲曰：「國必有聖人也。」桓公曰：「譆！日之役者，有執蹠癄而上視者，意者其是邪？」乃令復役，無得相代。少頃，東郭牙至。管仲曰：「此必是

已。」乃令賓者延之而上，分級而立。管子曰：「子邪言伐莒者？」
對曰：「然。」管仲曰：「我不言伐莒，子何故言伐莒？」對曰：「臣
聞君子善謀，小人善意。臣竊意之也。」管仲曰：「我不言伐莒，
子何以意之？」對曰：「臣聞君子有三色：顯然喜樂者，鐘鼓之色
也；湫然清靜者，衰絰之色也；艴然充盈手足矜者，兵革之色也。
日者，臣望君之在臺上也，艴然充盈手足矜者，此兵革之色也。君
呿而不唫，所言者『莒』也；君舉臂而指，所當者莒也。臣竊以慮
諸侯之不服者，其惟莒乎，臣故言之。」凡耳之聞以聲也，今不聞
其聲而以其容與臂，是東郭牙不以耳聽而聞也。桓公、管仲雖善
匿，弗能隱矣。故聖人聽於無聲，視於無形，詹何、田子方、老耼
是也。（《呂氏春秋·重言》。許維遹集釋本，頁 479～481）

晉趙鞅帥師，納衛世子蒯聵于戚。戚者何？衛之邑也。（《公羊
傳·哀公二年》。《十三經注疏》，頁 2346 上）

六月辛丑，蒲社災。蒲社者何？亡國之社也。社者，封也。其言
災何？亡國之社蓋揜之，揜其上而柴其下。蒲社災，何以書？記災
也。（《公羊傳·哀公四年》。《十三經注疏》，頁 2347 中）

風，風也，教也。風以動之，教以化之。（《詩·周南·關雎序》。
《十三經注疏》，頁 269 下）

季康子問政于孔子。孔子對曰：「政者，正也。子帥以正，孰敢
不正？」（《論語·顏淵》。《十三經注疏》，頁 2504 中）

天，豫、司、兗、冀以舌腹言之，天，顯也，在上高顯也；青、
徐以舌頭言之，天，坦也，坦然高而遠也。（釋名·釋天》。清疏四
種合刊本，頁 1006 下）

上引八則材料分別見《左傳》《呂氏春秋》《公羊傳》《詩》《論語》《釋名》，其
內容涉及文字、音韻、訓詁和音義，後世據之敷演，蔚為以《說文解字》為代
表的文字類文獻、以《切韻》為代表的音韻類文獻、以《爾雅》《方言》為代表
的訓詁類文獻和以《經典釋文》為代表的音義類文獻。四類文獻比肩而立，共
同構築成小學文獻之大觀，為文字學、音韻學、訓詁學和音義學的產生和發展
提供了堅實的材料基礎。

　　無可懷疑，《小學考》的成書標誌著作為一門學科的漢語音義學正式登上了學術史舞臺（參見黃仁瑄 2022），其中所謂的音義書是漢語音義學的歷史文獻（尉遲治平《序——兼論漢語音義學和佛典音義》，頁 8～9。黃仁瑄 2020）。音義書具有多個研究維度：「對音義書的整理屬於漢語音義學史的範疇，利用音義書討論古代漢語的詞義屬於漢語辭彙史的範疇，利用音義書歸納古代漢語的語音系統屬於漢語語音史的範疇，只有利用音義書探討古代漢語的音義匹配問題方才屬於音義學的範疇。」（尉遲治平《序——兼論漢語音義學和佛典音義》，頁 8。黃仁瑄 2020）某種意義上說，也許正是因為研究維度的多樣性，才使得人們對涉及音義學的許多問題認識模糊，進而導致了作為一門學科的漢語音義學至今仍然厠身於其他學科如訓詁學、語法學之列，未能在現代學科體系中獲得應有的一席之地。

　　作為一門學科〔註6〕，漢語音義學致力於探索歷代漢語特別是古代漢語語音和語義的匹配關係〔註7〕，其研究包括但不限於如下內容：（1）漢語音義學研究的理論、材料與方法問題；（2）漢語音義書注音與韻書、字書注音的本質區別與聯繫；（3）漢字注音釋義與漢字字形的關係；（4）語音—語義—語法的綜合研究；（5）漢語語音語義匹配關係及其系統的演化、發展；（6）漢文音義文獻的整理與研究；等等。

　　漢語音義學的研究內容豐富而複雜，其研究必然涉及多門學科知識，具有天然的「交叉」屬性。說得更明白、直截一些，漢語音義學是經由文字學、音韻學、訓詁學、語法學和文獻學等多門學科交融而成的一門「新」學問！這門學問的研究材料不僅具有系統性而且具有開放性（黃仁瑄 2023），研究手段既有對現有學科如訓詁學、音韻學、文字學等的合理借鑒復有許多探索創新（參見岳利民 2008、岳利民 2009、岳利民 2017、譚興富 2019）。伴隨著數字人文學科的興起和發展，漢語音義學研究的大數據、信息化更是成為必然。漢語音義學研究正沉穩地邁步走向真正屬於自己的學術時代！

〔註6〕　金立鑫（2007：7）認為：「一門學科要成為一門真正意義上的科學（即實證科學），必須滿足以下幾個條件：（1）有客觀的研究對象；（2）有自己的研究方法；（3）有系統的學科理論，該理論必須得到實證（包括邏輯實證）。」

〔註7〕　尉遲治平（2020）認為：「漢語音義學的性質是一門研究漢語語音和語義關係的學科。」（尉遲治平《序——兼論漢語音義學和佛典音義》，頁8。黃仁瑄2020）

三、漢語音義學與其他學科的關係

《小學考》成書於清嘉慶三年（1798年），初刊時間為嘉慶二十一年（1816年，世稱南康謝氏樹經堂本）。據其成書，時間已經過去了225年；即使以其初刊時間而論，時間也已經過去了207年。在這兩百多年的時間裡，無論是理論基礎建設還是研究實踐轉化，文字學、音韻學和訓詁學都取到了長足的進步和發展，且先後完成了由傳統而現代的華麗轉型。作為小學四分之一的音義學的學科屬性卻仍然沒有得到清楚的認識，實踐中亦未引起足夠的重視，雖然有持續的研究，也取得了不少成績，還使用了「音義學」這個術語（如吳傑儒1983），但更多的人仍視其為訓詁學的一個重要組成部分〔註8〕。釐清各門學科間的此疆彼界是新時代漢語音義學發展的客觀需要。

（一）音義學和文字學

通常所謂文字學，其實指的是漢字學。漢字學有傳統、現代之分。傳統漢字學〔註9〕，習稱傳統文字學，指的是「中國歷史上對漢字的起源、發展、演變、結構類型及形、音、義關係等方面進行研究而形成的學問。以《說文解字》及六書理論為核心，形體研究與音義研究緊密結合」〔註10〕。

音義學跟文字學關係密切。漢字是記錄漢語的文字符號，因為其意音的性質，漢字和漢語詞之間的關係十分複雜〔註11〕，進而造成漢字形音義的下列

〔註8〕孫玉文（2015：「前言」第5頁）認為：「漢語音義學是發源於先秦的訓詁學和發源於東漢的音韻學相融合而產生的一門學問，是訓詁學的重要分支學科。」「作為訓詁學的重要組成部分，音義之學不僅在我國，在整個世界的學術體系當中，也應該是非常重要的一門學問。」

〔註9〕與之相對的是漢字學。所謂漢字學，又稱「漢語文字學」「中國文字學」「文字學」。漢字學研究漢字的形成、發展、特點和性質，分析漢字的構成及其形、音、義關係，研究有關漢字改革與應用的各種問題。參見《語言學名詞》「漢字學」條，頁19～20。

〔註10〕見《語言學名詞》「傳統漢字學」條（《語言學名詞》，頁20）。

〔註11〕漢字和漢語詞間關係大略如次（周祖謨1966：13～16）：（1）字和詞不能完全相應。如「崎嶇、澎湃、淅瀝、逍遙、嘮叨、吩咐、徘徊」，兩個漢字表示一個漢語詞。（2）漢字本身不能正確表示語音。如「格、客、路、洛」，同從「各」聲，但都不讀「各」。（3）口語裏的詞未必有相應的字來寫。「例如一連串的東西叫一dulu，如說『一dulu葡萄』，『一dulu鑰匙』。『dulu』一詞一定很早就有了，可是不知道怎樣寫才更合適（曾經有人寫作『嘟嚕』）。」（4）語言裏同樣一個詞古今字有不同，造成很多的廢字。如表示「洗」的「shuàn」，唐人寫作「潠」，今人作「涮」，「潠」成了廢字；表示果子裏堅硬部分的「hú」，唐宋人作「欄」，今人作「核」，「欄」成了廢字。（5）漢字中有大量的同音字，字的應用要隨著所表達的語詞而變更。「例如『榆樹』、『娛樂』、『愉快』、『剩餘』、『愚昧』這些詞當中『榆、娛、愉、餘、愚』都是同音字，但在應用上就不能同音代替。」

矛盾現象（周祖謨 1966：20～23）：（1）同形異音同義，如「側」有 cè（《玉篇·人部》：「側，傍也。」）、zé（《釋名·釋姿容》：「側，偪也。」）兩讀、「栖」有 qī（同「棲」，《廣韻》音先稽切）、xī（同「棲」，《集韻》音千西切）兩讀；（2）同形同音異義，如「會」既表「會合」又表「會不會」、「升」既表「升斗」又表「升降」；（3）同形異音異義，如「行」既音 xíng（走）又音 háng（行列）、「盛」既音 shèng（興盛）又音 chéng（裝納）；（4）異形同音同義，如「槍鎗、檐簷、歡懽、愧媿、跡迹、階堦、谿溪」。

前述現象（4）一般謂之異體字，或者叫做異文（狹義）。異文材料對於漢語音義學研究具有特別重要的意義，這裡先分享幾則討論：

　　廿一，19a，11　垂斂。左氏作垂隴。

　　廿二，16b，6　垂斂。左氏作垂隴。

《公羊》文公二年：「盟於垂斂」。《穀梁》同，惟《左傳》作「垂隴」。此或《左傳》與《穀梁》方言之異。「隴」上古音當作 t'ɪoŋ ←t'ɪom。「斂，僉聲」，古聲母之發音部位不明。意者「隴」與「斂」為異文時，複輔音已消失，二字並從 l-。其時「隴」字韻尾 -m 則尚未變 -ŋ，（例如《離騷》韻，）而「斂」字之主元音或在 ɐ、o 之間。是則《公》《穀》方言之「隴」作 lɪom，「斂」作 lɪɐm，兩字自得通轉。此不敢必。

　　廿一，31a，6　叔痤。左氏作叔輒。

《公羊》昭公二十一年：「八月乙亥叔痤卒」。《穀梁》同。「輒」「痤」音形義不相類。襄公二十六年：「秋，宋公殺其世子痤」，三《經》相同，（《穀梁》爛文作「座」）。此處不知何以出此異文。

　　廿二，19b，4　熊氏。左氏作嬴氏。

　　廿二，19b，5　頃熊。左氏作敬嬴。

《穀梁》宣公八年：「夫人熊軟薨。……葬我小君頃熊」，《公羊》同。此條與「垂斂」、「垂隴」同，或《左傳》與《穀梁》方言之異。「嬴」上古音作 dɪeŋ，或來自 dɪem。「熊」《說文》「炎省聲」，可疑，然上古音可收 -m，如 di-m，主元音不知，當近乎 o，故變今音。是則上古齊魯方言讀「隴」為 lɪom，讀「斂」為 lɪɐm，讀「嬴」為 dɪem，讀「熊」為 diom。

以上見林燾（2001／1950：403～404）。

五，26b，6　溱洧。《說文》溱作潧。

《說文》云「溱水出桂陽臨武，入匯」，「潧水出鄭國，……《詩》曰，潧與洧，方渙渙兮」。大小徐本「潧」並「側詵切」，蓋讀「溱」字之音。《鄭風·褰裳》「溱人」為韻，其音不可移易。段《注》於「潧」下言「潧溱合韻」，後之說者更於諧聲強求其合。實則二字絕不以音轉。古蒸真二部不通，漢人叶韻亦只偶一為之。「潧」「溱」不能為假借。《國語·鄭語》云，「主芣騩而食溱洧」，與《詩》合。《水經》始言「潧水」，酈《注》云，「出鄶城西北……又南注於洧，世亦謂之鄶水也」。韋疑《水經》之「潧」本「澮」字之誤，故酈《注》隱約其辭。鄭之澮水即溱水，與河西之澮同稱，亦猶鄭之溱與桂陽之溱同稱也。《水經》一誤，而許書謬然從之，因傳為經籍異文，而音切自來不變。「曾」之訛為「會」，為「合」，不僅此例而已。

以上見林燾（2001／1950：407～408）。

林燾（2001／1950：349～460）全面深入地討論了《經典釋文》中的異文問題〔註12〕，文分如下幾個部分：（1）異文發生之原因及其價值；（2）經典釋文之版本；（3）分析異文之標準及方法；（4）異文之類別；（5）同聲首異文釋；（6）變體及形誤異文釋；（7）涉義而誤異文釋；（8）無從取決之異文；（9）同部異文表；（10）附後起異文。據統計，《釋文》中「同聲首異文共約 4660 條，其中多重出者」（林燾 2001／1950：367～368。表中「〔　〕」內文字為引者所添加）：

〔分類〕		普通類約	特殊類約
（1）正文無偏旁異文有偏旁	不同者	580	170
	重出者	490	20
（2）正文有偏旁異文無偏旁	不同者	480	110
	重出者	140	10
（3）正異文偏旁不同	不同者	1410	580
	重出者	590	80
〔總計〕		〔3690〕	〔970〕

〔註12〕李富孫《易經異文釋》《詩經異文釋》《春秋三傳異文釋》、趙坦《春秋異文箋》、朱駿聲《春秋三家異文覈》、俞樾《禮記異文箋》、陳喬樅《詩經四家異文考》等對相關典籍文異文材料有較系統之梳理。

無可懷疑，異文是一個文字學問題，但更多的時候其實是一個音義學問題，因為它蘊涵了特定時空裡的語音語義信息，深藏著語言歷時演變的密碼。林燾（2001／1950：349～460）的工作系統而全面，以經典的個案證明了音義學研究對於全面、深入地揭示文字（異文）材料所蘊涵之語言文化價值的重要性，極具示範意義。

（二）音義學和音韻學

所謂音韻學，又稱「聲韻學」，是「研究漢語各個時期語音狀況及其發展的學科。研究材料主要有韻書、等韻、反切、韻文、諧聲、異文、讀若和讀如、聲訓、直音、對音、漢語方言和親屬語言等，研究內容包括漢語語音史、音韻學理論、音韻學史等」〔註13〕。

音義學跟音韻學關係密切，我們先看兩則語料：

> 秋，七月，甲子，日有食之，既。冬，十月，己丑，葬我小君頃熊，雨不克葬。庚寅，日中而克葬。頃熊者何？宣公之母也。而者何？難也；乃者何？難也。曷為或言「而」或言「乃」？「乃」難乎「而」也。（《公羊傳・宣公八年》。《十三經注疏》，頁 2281 上～2281 中）

> 九月，滕子來會葬。丁巳，葬我君定公，雨不克葬。戊午，日下昃，乃克葬。（《公羊傳・定公十五年》。《十三經注疏》，頁 2344 上）

《宣公八年》傳文明言「而、乃」音讀不同，原因即在「『乃』難乎『而』也」。對照《定公十五年》傳文，東漢何休解釋說：「言乃者內而深，言而者外而淺。下昃，日昳久，故言乃。孔子曰：『其為之也難，言之得無訒乎？』皆所以起孝子之情也。雨不克葬者，為不得行葬禮。孔子曰：『生，事之以禮；死，葬之以禮，祭之以禮。』故不得行禮則不葬也。魯錄『雨不克葬』者，恩錄內尤深也。別朝莫者，明見日乃葬也。」（《十三經注疏》，頁 2281 中）

何休的意見固然重要，一般人卻很難得其要領。有鑒於此，周祖謨對何休的解釋做了更進一步的申說：「何休云：『言乃者內而深，言而者外而淺。』乃，《切韻》音奴亥反，在海韻，一等字也；而，如之反，在之韻，三等字也。乃屬泥母，而屬日母。乃、而古為雙聲，惟韻有弇侈之殊。『乃』既為一等字，

〔註13〕見《語言學名詞》「音韻學」條（《語言學名詞》，頁146）。

則其音侈；『而』既為三等字，則其音弇。『乃』無 i 介音，『而』有 i 介音，故曰『言乃者內而深，言而者外而淺』。」（《顏氏家訓音辭篇注補》。《問學集》，頁 405～407）比較何休注，周祖謨關於「而、乃」音讀差異的解釋顯然要科學、簡明得多。但周祖謨的解釋有意無意地忽略了《宣公八年》傳文中「『乃』難乎『而』也」這句話，而這，對全面理解傳文及其何休注非常重要。換言之，《宣公八年》傳文涉及的不僅是音韻學問題，更是一個音義學問題。全面解讀《宣公八年》傳文是音義學的任務：而讀 [*niə]，乃讀 [*nə]，都是副詞，表行事之難，而有程度輕重的不同。有必要強調一點，何休是東漢任城樊（今山東兗州）人，「而」「乃」間的這種音義差別應該是當時齊地方言（所謂「齊人語」）的反映。

高誘注《淮南子》《呂氏春秋》，其中多有「急氣言、急察言、急舌言」等標識，如《淮南子·墜形訓》「其地宜黍，多旄犀」注（集解本，頁 145）：「旄，讀近綢繆之繆，急氣言乃得之。」《氾論訓》「太祖軵其肘」注（集解本，頁 459）：「軵，擠也。讀近茸，急察言之。」《說山訓》「牛車絕轔」注（集解本，頁 553）：「轔，讀近藺，急舌言之乃得也。」周祖謨認為這些說法跟聲音的洪細有關，其中關鍵是 i 介音的有無：「夫一二等為洪音，三四等為細音，故曰凡言急氣者皆細音字，凡言緩氣者皆洪音字。……是有 i 介音者，其音急促造作，故高氏謂之急言。無 i 介音者，其音舒緩自然，故高氏謂之緩言。」（《顏氏家訓音辭篇注補》。《問學集》，頁 409）。周祖謨的音韻學解讀有其簡明、科學的一面，不過，其解讀顯然未能從根本上揭示或發掘高氏所言語料的全部價值，當然，作為前提和基礎，其工作為音義學的深入探索提供了方便和可能。

（三）音義學和訓詁學

訓詁學研究古代文獻的詞義問題，尤其著重於研究漢魏以前古書中的詞義、語法、修辭等語文現象。「訓詁學的研究對象就是詞義和詞義系統，它的首要任務就是研究語義發展演變的規律。」（周大璞《訓詁學要略》，頁 3）

音義學跟訓詁學關係密切，我們還是先看兩則材料：

（二十有八年）齊人伐衛，衛人及齊人戰，衛人敗績。伐不日，
此何以日？至之日也。戰不言伐，此其言伐何？至之日也。《春秋》
伐者為客，伐者為主，故使衛主之也。曷為使衛主之？衛未有罪

爾。敗者稱師,衛何以不稱師?未得乎師也。(《公羊傳·莊公二十八年》。《十三經注疏》,頁 2241 上)

（十有八年）宋公會曹伯、衛人、邾婁人伐齊。夏,師救齊。五月,戊寅,宋師及齊師戰于甗。齊師敗績。戰不言伐,此其言伐何?宋公與伐而不與戰,故言伐。《春秋》伐者為客,伐者為主,曷為不使齊主之?與襄公之征齊也。曷為與襄公之征齊?桓公死,豎刁、易牙爭權不葬,為是故伐之也。(《公羊傳·僖公十八年》。《十三經注疏》,頁 2255 下)

傳文兩言「《春秋》伐者為客,伐者為主」,比較前述《宣公八年》傳文中「而」「乃」之別,一般人已很難明白表示主、客關係之「伐」倒底有何不同,清人段玉裁做過如下解讀:

此謂引伸之義,伐敗疊韻。《左傳》:「凡師有鐘鼓曰伐。」《穀梁傳》:「斬樹木、壞宮室曰伐。」《文部》曰:「敗者,毀也。」《公羊傳》曰:「《春秋》伐者為客,伐者為主。」何云:「伐人者為客,讀伐,長言之;見伐者為主,讀伐,短言之:皆齊人語也。」按:今人讀房越切,此短言也;劉昌宗《周禮》大司馬、大行人、輈人皆房廢切,此長言也。劉係北音,周顒、沈約韻書皆用南音,去入多強為分別,而不合於古矣。伐人者有功,故《左傳》「諸侯言時記功,大夫稱伐」;《史記》「明其等曰伐,積日曰閱」;又引伸之,自功曰伐。(《說文解字·人部》「伐,擊也。從人持戈。一曰敗也」段玉裁注。上海古籍出版社 1981 年版,頁 381 下～382 上)

段氏的訓詁解讀旨在讓人明白《春秋》{伐}的內在意蘊,而所謂「去入多強為分別,而不合於古矣」,其考求顯然有違歷史事實。關於「伐者為客」,東漢何休云(《十三經注疏》,頁 2241 上):「伐人者為客,讀伐長言之,齊人語也。」關於「伐者為主」,東漢何休云(《十三經注疏》,頁 2241 上):「見伐者為主,讀伐短言之,齊人語也。」在《公羊傳》莊公二十八年(前 666 年)、僖公十八年(前 642 年)分別言及的兩場戰爭中,衛國、宋國當時是處在所謂正義的一方,所以傳文特別強調「主之」。以「讀伐長言之」的形式,其時「齊人語」對這一事實做出了明確的標識。

謂伐人者,必理直而兵強,故引聲唱伐,長言之,喻其無畏矣。

（《公羊傳・莊公二十八年》「《春秋》伐者為客」徐彥疏。《十三經
注疏》，頁 2241 上）

謂被伐主，必理曲而寡援，恐得罪於鄰國，故促聲短言之，喻
其恐懼也。公羊子齊人，因其俗可以見長短，故言此。（《公羊傳・
莊公二十八年》「伐者為主」徐彥疏。《十三經注疏》，頁 2241 上）

唐人徐彥大約是讀懂了《公羊傳》及其何休注的，長言之「伐」、短言之「伐」
分別標識或匹配有特別的語義信息。換言之，當時語言系統（何休所謂「齊人
語」）存在兩個音義結合體{伐}，從方便討論的角度考慮，不妨分別記作{伐 1}
{伐 2}。{伐 1}{伐 2}音義有別而詞形（表現為「伐」這個文字符號）相同，也
就是說，僅就上述兩則材料而言，只有音義學才致力於完成全面、正確的解
讀任務。

下面再看一則訓詁材料：

十五年《傳》：「潞何以稱子？潞子之為善也躬，足以亾爾。」何
注曰：「躬，身也。」引之謹案：躬行善事，無取滅亾之理，此非傳
意也。古字躬與窮通。《論語・鄉黨篇》「鞠躬如也」，《聘禮》鄭注作「鞠窮」；《大
戴禮記・哀公問五義篇》「躬為匹夫而不願富，貴為諸侯而無財」，躬與窮同。躬，當讀
為窮。「潞子之為善也窮」，言潞子之為善，其道窮也。蓋潞子去俗
歸義而無黨援，遂至於窮困。下文曰：「離于夷狄，而未能合于中國。
晉師伐之，中國不救，狄人不有。」是其窮於為善之事也。何注失
之！孔氏《通義》又以躬字屬下讀，而云「足以亾其躬」。案：經云
「以潞子嬰兒歸」，未嘗殺之也，不得云「亾其躬」。古人字多假借，
必執本字以求之，則迂曲而難通矣。（卷二十四「潞子之為善也躬」
條。《經義述聞》影印本，頁 583 上～583 下）

躬，《廣韻》居戎切，讀見紐；窮，《廣韻》渠弓切，讀羣紐：二字同韻，彼此
僅有清濁的不同。典籍中「躬、窮」相通用，王氏考據甚明，且特別指出：「古
人字多假借，必執本字以求之，則迂曲而難通矣。」以聲求義是訓詁學的重要
而根本的研究手段〔註 14〕，然「躬、窮」相通用反映了怎樣的語言事實，王氏

〔註14〕 王引之《〈經義述聞〉序》（影印本，頁 2 上）：「大人曰：詁訓之指存乎聲音。字之
聲同聲近者，經傳往往假借。學者以聲求義，破其假借之字而讀以本字，則渙然冰
釋；如其假借之字而強為之解，則詁籍為病矣。」

沒有回答，也無須回答：如何回答這個問題是音義學需要完成的解讀任務。音義匹配是音義學研究所遵循的基本原則和所運用的根本方法，我們認為，這是導致音義學跟訓詁學易相混淆的根本原因〔註 15〕。不過，訓詁學的終點許多時候恰好是音義學的新的起點，音義學能夠最大程度地揭示所涉語料的語言文化價值。

再回到上述材料。《公羊傳》的作者相傳為戰國時齊人公羊高，「躬、窮」相通用應該是齊地語言事實的反映。更早的例子見《詩·邶風·式微》(《十三經注疏》，頁 305 中)：「微君之躬，胡為乎泥中？」邶乃周武王分封殷紂王之子武庚之地，約當今河南省淇縣以北、湯陰縣東南一帶，毗鄰齊地。邶風乃邶地的民歌，大約存在同樣的語言事實，「微君」句馬瑞辰傳箋通釋（頁 140）：「古字躬與窮通。」以王氏訓詁所據事實而論，鄭玄乃東漢北海郡高密縣（今山東高密市）人，其研學三《禮》的實踐即出現了「躬、窮」通用之例。《荀子》亦見「躬、窮」相通用的例子，《正名》（點校本，頁 424）：「說行則天下正，說不行則白道而冥窮，是聖人之辨說也。」「說不行」句俞樾平議（點校本，頁 424）：「窮，當讀為躬。」荀子乃戰國時趙國郇人，長期游學於齊，並三為祭酒，其語言應該帶有很濃厚的齊地方言特徵，所以有此通用的事實亦屬正常。《大戴禮記》成書情況較為複雜，以理推之，其中「躬、窮」相通用的情況大約亦是齊地語言事實的反映。

語言符號乃特定音義的有機結合體，時空特徵鮮明，而揭示這種鮮明的時

〔註 15〕以聲求義，亦稱因聲求義。以聲求義和音義匹配似同而實異：「毫無疑問，『音義匹配』與『以聲求義』多有相通之處，二者的理論基礎都是音義關係的約定俗成性，作為研究音義關係的兩種方法，運行的步驟和過程基本相同，具有科學方法的可操作、可重複、可檢驗的特徵，但是『音義匹配』和『以聲求義』並不是一回事，特別是在研究取向上明顯不同。」「這組例子（引者按：指《經義述聞》卷五《〈毛詩〉上》「有紀有堂」條、《經典釋文》卷五《〈毛詩音義〉上》「有紀」條），《經義述聞》和本書同是討論《終南》的『紀』的音義關係而研究目的並不相同。《經義述聞》是根據假借字『紀』的讀音『以聲求義』，指明本字『杞』以疏通文意；本書則是根據直音『音起』與『紀』的異文『屺』的『音義匹配』，以免誤讀『紀』為『起』。……《經義述聞》此論正是戴震《〈轉語二十章〉序》所說：『疑於義者以聲求之，疑於聲者以義正之。』其研究取向是釋疑以通經，『以聲求義』的目的是疏通文意。本書關注的卻不是《詩經》本文，而是《經典釋文》的音注，所以《經典釋文》未收的『堂』字並不在研究的範圍之中；『音義匹配』的指向是指明沈重《詩音義》的直音『音起』所注的是別本異文『屺』，研究的目的避免學者誤認『紀』除了『如字』即本音之外，還另有『音起』的讀音。」（尉遲治平《序》，頁 2、頁 4～5。岳利民 2017）

空特徵，正是音義學努力的方向之一和價值之所在。周祖謨《四聲別義釋例》（《問學集》，頁 91～129）、孫玉文《漢語變調構詞考辨》（2015）等做出了許多建設的努力，可以參考。

（四）音義學和語法學

語法學是研究語言的結構法則及其發展規律的科學。漢語音義學研究和語法學有著密不可分的關係，相關討論很多，如趙元任《語言問題》（商務印書館，1980 年，頁 53～54）：

> 至於語法的音變，那又是一回事了。例如 man 是「人」的少數，把 a 變成 e，men 就成了「人」的多數了。又如 read / ri:d / 是「讀」的現在式，read / red / 是「讀」的過去式或過去分詞，這才是語法的音變。又如 breath / breθ / 出氣的「氣兒」，是名詞；breathe / bri:ð / 「呼吸」，是動詞。在中文裏頭比方有「長」，送氣、陽平，是形容詞；「長」，不送氣、上聲，是動詞。有時候音變麼，在意義上有點兒不同，不完全是簡單的語法的變化，「刷子」的「刷」，廣東音後頭收 t 音，如果 t 變了 n，成「涮」，那就是另外一種方式的跟「刷」相近的動作，這也是音變。

> 所謂音變啊，包括聲調，包括輕重音，都算是音變。比方「尺」是上聲，「寸」去聲，可是「尺」跟「寸」合起來，「寸」變了輕聲，「尺」變成陽平，成了一個複合詞，就是音法的音變。……英文裏比方 rebel / ri'bel / 「反叛」、動詞，rebel / 'rebl / 「叛徒」、名詞，也是語法的音變。

> 中國的調既然是音位，那麼聲調影響語法也是音變的例。比方「處」去、名詞，「處」上、動詞；「種」上、名詞，「種」去、動詞；「好」上、形容詞，「好」去、動詞。這些音變在歷史稍長的全國多數方言，都有相類的變化的，如剛說的幾個例。有的歷史較短的，在地域上的分佈也就較窄。例如「沖」陰平、動詞，「沖」去（如「自來水很沖」）、形容詞，限於北京方言；「錯」去、「不對」的意思，「錯」上、「相左」或「不齊」的意思，限於下江一帶方言。

更系統全面的討論可參看周法高《音變》（《中國古代語法·構詞篇》，頁 5～96）和王月婷《〈經典釋文〉異讀之音義規律探賾——以幫組和來母字為例》

（2011）、《〈經典釋文〉異讀音義規律研究》（2014）等，此不再贅。

（五）音義學和文獻學

文獻學是研究文獻及其發展規律的一門科學，文獻的特點、功能、類型、生產和分佈、發展規律、文獻整理方法及文獻與文獻學發展歷史等都在其關注範圍。文獻學對於漢語音義學研究的意義主要表現在兩個方面：一是四部分類法的創立和成熟催生了漢語音義學；一是音義文獻書目的梳理和編制推動著漢語音義學研究的深入和發展。

1. 文獻學的發展催生了漢語音義學

一般認為，謝啟昆《小學考》的問世是漢語音義學獨立的標誌（參見黃仁瑄2023）。《小學考》是重要的目錄學著作，目錄學可謂之專科文獻學。換言之，文獻學的發展催生了漢語音義學，尉遲治平（2023）對此有系統論述〔註16〕：

> 綜上所述，唐宋是四部分類法創立和成熟的時期，也是「音義學」生成成長的時期。唐太宗貞觀十年（636），魏徵《隋書·經籍志》確立經、史、子、集四部分類法的正統地位，「小學」附於經部，其下未設子曰，「音義書」散在本經所屬類目中。玄宗開元九年（721），元行沖《開元群書四部錄》、隨之母煚《古今書錄》以及後晉少帝開運二年（945），劉昫《舊唐書·經籍志》甲部新增「經解」類，著錄漢唐「音義書」之總匯《經典釋文》，乃成為「音義書」類屬動向的引擎；又從「論語」類中析出「爾雅廣雅」類目歸屬「小學」；「小學」中設立「偏傍」、「音韻」，與「爾雅廣雅」形成訓詁、文字、音韻三分的架構。宋仁宗慶曆元年（1041），歐陽修《崇文總目》將《經典釋文》從「經解」移入「小學」；「爾雅廣雅」正名為「訓詁」。南宋高宗紹興三十一年（1161），鄭樵《通志·藝文略》將「小學」提升為一級部類；「小學」下再立二級類目「音釋」，著錄《經典釋文》一系」「音義書」；在各類目下設立「音義」、「音釋」、「音」，著錄分見諸類的「音義書」。高宗紹興間尤袤《遂

〔註16〕 基本思想亦見尉遲治平《草蛇灰綫，其來有自——漢語音義學探源》，「第三屆漢語音義學研究國際學術研討會」（中國遵義，2023 年 7 月 21 日～25 日）大會報告。

初堂書目》、紹興二十一年（1151）晁公武《郡齋讀書志》、孝宗淳熙五年（1178）陳騤《中興館閣書目》也都將《經典釋文》入「小學」。唐宋官私書目的這些措置都為謝啟昆撰著《小學考》準備了充分條件。當然，唐宋目錄學家也有不少人持反對意見，代表人物如南宋理宗淳佑時（1241～1252年）人陳振孫。陳氏曾仕莆田，傳錄地方士人藏書至五萬餘卷，遂成《直齋書錄解題》，其中「夾漈鄭氏」即是鄭樵後人。鄭樵世稱「夾漈先生」，因他曾在家鄉興化軍莆田（今福建莆田）夾漈山築堂授徒講學，並於高宗紹興三十一年（1161）撰成《通志》。《直齋書錄解題》不標經、史、子、集之目，直接分為五十三類，體例與《通志·藝文略》相同，五十三類名目也大致與《藝文略》十二類之子目相同，可見《藝文略》是《直齋書錄解題》的重要資料；《直齋書錄解題》體制仿《郡齋讀書志》，還參考過《中興館閣書目》，這三種書都是「小學派」，但是陳振孫直斥「入之小學，非也」，而是從《新唐書·藝文志》將《經典釋文》「列於經解類」。「音義學」也就是在這兩種相反的意見中如鐘擺前後往復，逐步趨向成熟。

2. 漢語音義學的發展豐富了文獻學

就目錄學而言，漢語音義學發展的一個重要表現就是音義文獻書目的梳理和編制。

以佛典音義書目為例。《中國佛教經籍（續）》之《佛典音義》（田光烈1989）、《佛典音義書目》（水谷真成1949）、呂澂（1980：150）和黃仁瑄（2011：3～15）等有過專門的或詳或略的梳理，從漢語音義學學科建設的角度看，已有的工作卻是問題多多。尉遲治平（2020）特別討論《中國佛教經籍（續）》收錄之《佛典音義》，認為其中只有玄應《大唐眾經音義》、慧苑《新譯大方廣佛華嚴經音義》、慧琳《一切經音義》、可洪《新集藏經音義隨函錄》和希麟《續一切經音義》才是學科意義上的音義著作（尉遲治平《序——兼論漢語音義學和佛典音義》，頁9～16。黃仁瑄2020）。

歷代漢文大藏經如《磧砂藏》《思溪藏》《嘉興藏》《永樂北藏》《乾隆大藏經》等所收經卷的末尾亦多見音義文字，行文體例一依玄應音義，具有典型的

「隨函」特徵，顯然是佛典音義文獻整理需要關注的內容，從方便利用和研究的角度出發，有必要依「隨函」體例輯錄成書，並為之編列書目。輯錄歷代漢文大藏經之隨函文字並編列書目應該是漢語音義學學科建設的一個重要內容（黃仁瑄 2022）。

（六）音義學和數字人文

什麼是數字人文？「在數字化時代應運而生的數字人文，是借助計算機和數據科學等方法和手段進行的人文研究，究其性質是一門交叉學科，也是一種方法論。它將數字技術運用於人文闡釋，是由媒介變革引發的知識生產範式的一次轉型。」〔註17〕

作為一門新興的交叉學科，數字人文當然存在許多有待深入探討的問題。「數字人文作為新的學術形態，其存在的權利已無需贅述，但需要描畫前景，組織建制，躬行實踐，並輔之以批判性反思和融合性建設，以人文學科的問題關懷為基點，追問其價值與意義，在數字資源、方法論和具體方法、工具層面建立新的會通，實現深厚人文積淀、深刻問題洞見與專深數字方法的精妙合成。」〔註18〕問題與機遇並存，數字人文學科為全新歷史條件下學術研究的創新發展提供了無限可能：「數字環境下可以發現前數字時代難以發現的現象，提出前數字時代下難以提出的設想，開展前數字時代難以開展的工作，解決前數字時代難以解決的問題。」〔註19〕大體沿著「（音義文獻（含相關典籍）數字化→）音義信息的發現與提取→變異字形關聯程序設計→音韻地位批量標注→釋文相似度類聚→音義關係機輔識別（→音義文獻綜合利用平臺）」的思路，數字人文可以極大地助力漢語音義學研究，所涉內容大體如次：（1）音義文獻數字化及機輔校勘；（2）音義文獻 XML 建模與標注；（3）基於文本相似度計算的釋文類聚（參見圖1）；（4）專家知識資料庫（異體字資料庫、音韻屬性資料庫等）開發建設；（5）漢語音義文獻音義匹配關係機輔識別。

〔註17〕《數字人文》編輯部《發刊詞》，《數字人文》2020 年第 1 期。
〔註18〕《數字人文研究》編輯部《發刊詞》，《數字人文研究》2021 年第 1 期。
〔註19〕《數字人文》編輯部《發刊詞》，《數字人文》2020 年第 1 期。

圖 1　釋文類聚具體實現過程示意圖（張義副教授、博士生王進製圖）

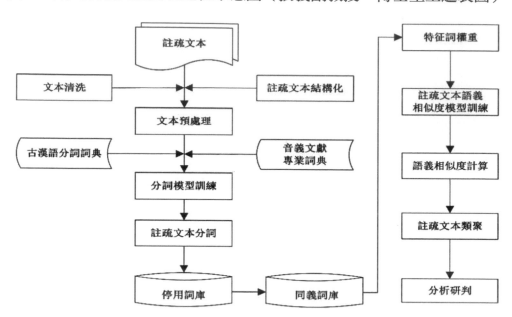

除了字書、韻書，比較而言，注疏類典籍蘊含有更為豐富的音義信息。注疏類典籍音義信息的提取是實現音義知識關聯、類聚和關係發現的基本前提，提取的結果服務於計量分析和可視化分析等知識挖掘。基於專家知識的同形或異形的相同信息類聚是提取方式追求的目標或結果。XML 標注是基於專家知識的形式語義標記，可以把典籍中的語音、詞彙、訓詁、徵引等語言或文獻知識通過相同的語義標記進行分散式標注，提取進而類聚並關聯音義知識和音義層次等信息。音義關係標注是大數據情況下複雜音義知識發現的基礎，音義信息提取和模型發現是大數據下傳統注疏類典籍研究向現代研究轉型的關鍵，當然也是數字人文助力漢語音義學研究的重要領域。

基於技術實現的視角，注疏類典籍標注工作的意義十分重大：既是注疏類文獻語言研究的基礎，也是機器自動標注和發現的前提。我們曾以李善注《文選》為例探討了這種可能性（姜永超、黃仁瑄 2021。參見圖 2），比較 XSLT 可擴展樣式表轉換語言、Python＋XML 文本、Python＋語義標注文本、典籍文本音注特徵等四種音義信息提取方法，從準確性看，前兩種方式既能發現音義信息的關聯和層次關係，又易於發現音義信息的聚類狀況，第四種提取方式無法滿足研究需要。XML 等網絡本體語言能夠很好地標識注釋類典籍中的音義信息，標記時需要注意信息標注的廣度、深度、準確性和規範性等問題（黃仁瑄、姜永超 2022）。

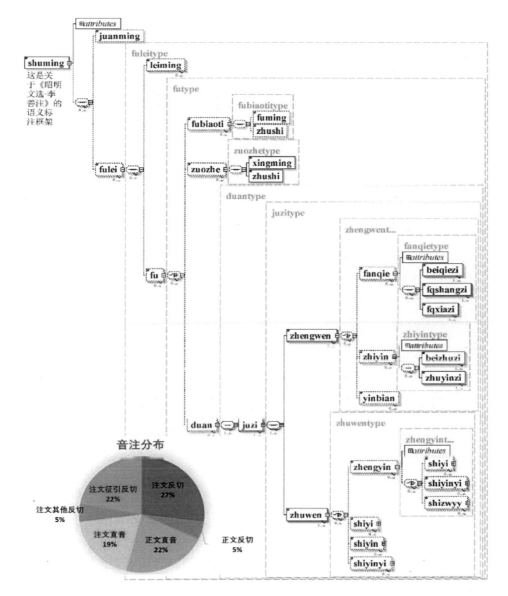

圖 2 《文選》李善注形式語義知識框架暨注音分佈圖

四、結　語

漢語具有高度的像似性和深刻的理據性；漢字有形有音有義，特徵鮮明〔註 20〕：這是漢語音義學作為一門學科得以成立的客觀事實和理論基礎。音義匹配法既是漢語音義學研究的基本原則，同時亦是一種重要的研究手段〔註 21〕；此

〔註 20〕段玉裁《廣雅疏證·敘》（頁 1 上）：「小學有形、有音、有義，三者互相求，舉一可得其二；有古形、有今形，有古音、有今音，有古義、有今義，六者互相求，舉一可得其五。」參見馬慶株（2007）、李如龍（2017）。

〔註 21〕尉遲治平認為：「所謂『音義匹配』是一種探求音義關係的研究方法。具體說來，就是根據反切或直音所標注的語音，依循音義關係，判定相配的語義，從而將被注字與音注關聯起來。」（《序》，頁 1。岳利民 2017）

外，注音比較法、形音義推求法等亦都是很常見的研究方法。漢語音義學的研究材料豐富多樣，音義專書且不論，字書、韻書等都在其關注、利用範圍（參見黃仁瑄 2023）。如此種種，既是漢語音義學存在、發展的理據，也是造成它厠身其他學科、進而遲滯其發展的重要原因，而根源其實都在它與生俱來的天然的「交叉」學科屬性。謝啟昆《小學考》四分小學文獻已有二百多年的時間，加強漢語音義學學科建設，既是學術自身發展的客觀需要，更是時代賦予我們的歷史責任。

五、引用暨參考文獻

1. 黃仁瑄，2011，《唐五代佛典音義研究》，中華書局。

2. 黃仁瑄，2020，《新譯大方廣佛華嚴經音義校注》，中華書局。

3. 黃仁瑄，2022，談談佛典音義文獻的整理與利用——基於漢語音義學學科建設的視角，《漢語史與漢藏語研究》（第 11 輯），中國社會科學出版社，頁 120～135。

4. 黃仁瑄，2023，漢語音義學材料系統述略，黃仁瑄主編《漢語音義學研究論集（一集）——首屆漢語音義學研究國際學術研討會暨第四屆佛經音義研究國際學術研討會論文集》，花木蘭文化事業有限公司，頁 13～26。

5. 黃仁瑄、姜永超，2022，注釋書音義信息的標注，《漢語學報》第 1 期，頁 121～128。

6. 姜永超、黃仁瑄，2021，注疏類典籍音義信息提取與網絡化的技術實現——以李善注《文選》為研究依據，《語言研究》第 4 期，頁 118～126。

7. 金立鑫，2007，《語言研究方法導論》，上海外語教育出版社。

8. 李如龍，2017，高本漢論漢語漢字特徵的啟發，《海外華文教育》第 4 期。

9. 林燾，2001／1950，經典釋文異文之分析，《林燾語言學論文集》，商務印書館，頁 349～460，《燕京學報》第 38 期。

10. 劉文典，《淮南鴻烈集解》，馮逸、喬華點校，中華書局，1989 年。

11. 馬慶株，2007，理據性：漢語語法的特點，《吉林大學社會科學學報》第 2 期。

12. 清·馬瑞辰，《毛詩傳箋通釋》，陳金生點校，中華書局，1989 年。

13. 清·阮元校刻，《十三經注疏》，中華書局，1980 年。

14. 《數字人文》編輯部，2020，發刊詞，《數字人文》第 1 期。

15. 《數字人文研究》編輯部，2021，發刊詞，《數字人文研究》第 1 期。

16. 孫玉文，2015，《漢語變調構詞考辨》，商務印書館。

17. 譚興富，2019，《〈可洪音義〉音義匹配研究》，華中科技大學博士學位論文。

18. 王傳毅、王濤，2022，交叉學科的演化：階段與特徵——兼論美國交叉學科的發展，《學位與研究生教育》第 9 期，頁 23～30。

19. 清·王念孫,《廣雅疏證》(附索引),中華書局,2004 年第 2 版。

20. 清·王先謙,《荀子集解》,沈嘯寰、王星賢點校,中華書局,1988 年。

21. 清·王引之,《經義述聞》(影印本),江蘇古籍出版社,1985 年。

22. 王月婷,2011,《〈經典釋文〉異讀之音義規律探賾——以幫組和來母字為例》,中華書局。

23. 王月婷,2014,《〈經典釋文〉異讀音義規律研究》,中國社會科學出版社。

24. 吳傑儒,1983,異音別義之源起及其流變,《國立臺灣師範大學國文研究所集刊》第二十七號,頁 243～362。

25. 語言學名詞審定委員會,2011,《語言學名詞》,商務印書館。

26. 尉遲治平,2020,序——兼論漢語音義學和佛典音義,黃仁瑄《新譯大方廣佛華嚴經音義校注》,中華書局。

27. 尉遲治平,2023,序言——唐宋目錄學視角下的漢語音義學史,黃仁瑄主編《漢語音義學研究論集(一集)——首屆漢語音義學研究國際學術研討會暨第四屆佛經音義研究國際學術研討會論文集》,花木蘭文化事業有限公司。

28. 岳利民,2008,《經典釋文》中的字頭和音義匹配,《語言研究》第 4 期。

29. 岳利民,2009,音義匹配的方法——以《經典釋文》為例,《長沙理工大學學報》第 1 期。

30. 岳利民,2017,《〈經典釋文〉音切的音義匹配研究》,巴蜀書社。

31. 周祖謨,1966 / 1957,漢字與漢語的關係,周祖謨《問學集》,中華書局,頁 13～23。

32. 周祖謨,1966 / 1946,四聲別義釋例,周祖謨《問學集》,中華書局,頁 91～129。

33. 周法高,1962,音變,周法高《中國古代語法·構詞篇》,中央研究院歷史語言研究所專刊之三十九,頁 5～96。

34. 趙元任,1980,《語言問題》,商務印書館。

35. 周大璞,2013 / 1980,《訓詁學要略》,武漢大學出版社 / 湖北人民出版社。

36. HECKHAUSEN H. 1972 Discipline and Interdisciplinarity〔G〕//. Interdisciplinarity: problems of teaching and research in universities. Washington DC: OECD Publications Center: 83-89.

〔附記〕本文曾在「第三屆漢語音義學研究國際學術研討會」(2023 年 7 月 21 日～25 日,中國·遵義)上以「大會報告」的形式宣讀。此次發表,文字做了許多充實、完善,而基本觀點沒有變化。

古漢語同族詞的聲母交替原則與諧聲原則一致論——附高本漢《漢語諧聲系列中的同源字》(1956)

馮蒸、邵晶靚[*]

摘　要

　　《說文》諧聲系列的系統研究始於瑞典漢學家高本漢的一系列專著和論文。特別是在上古聲母方面，高本漢在《漢語和漢日語分析字典》(1923) 一書中提出了 10 條聲母諧聲原則，通稱「高本漢的諧聲說」，其後，李方桂 (1971) 也提出了他的聲母諧聲說。這些原則已經成為當今上古聲母構擬的基礎。與此同時，高本漢也進行了古漢語的詞族研究，即通稱的同源字研究，尤其是系統研究了同聲符同源字。高氏 1956 年發表了重要論文《漢語諧聲系列中的同源字》，是從所著《漢文典》(1940) 以及其後的《修訂漢文典》(1957) 的 1260 條諧聲系列中找出了 546 條諧聲系列，確認其中部分是同聲符同源字。文章首先評述了當今中國學者（章太炎、林義光、王力、俞敏）的同源詞聲母通轉說，然後基於高本漢的上述研究，提出上古漢語同族詞的聲母通轉原則與音韻學的上古聲母諧聲原則一致論，有助於同族詞聲母通轉研究的系統化與科學化。附錄為高氏 1956 論文的全文翻譯，對推動同聲符同源字研究有重要意義。

關鍵字：同族詞、同源字；上古聲母諧聲原則；同源詞的聲母通轉條例；一致論

---

* 馮蒸，男，1948 年生，北京人，博士，教授，主要研究方向為音韻學，首都師範大學中國詩歌研究中心/首都師範大學文學院；邵晶靚，女，2003 年生，北京人，首都師範大學文學院本科生。

一、古聲母在同源詞研究中的重要性

王力先生在《同源字典》卷首的《同源字論》中說：「值得反復強調的是，同源字必須是同音或音近的字。這就是說，必須韻部、聲母都相同或相近。如果只有韻部相同，而聲母相差很遠，如「共 giong、同 dong」；或者只有聲母相同，而韻部相差很遠，如「當 tang、對 tuət」，我們就只能認為是同義詞，不能認為是同源字。至於憑今音來定雙聲疊韻，因而定出同源字，例如以「偃、嬴」為同源，不知「偃」字古屬喉音影母，「嬴」字古屬舌音喻母，聲母相差很遠；「偃」字古屬元部，「嬴」字古屬耕部，韻部也距離很遠，那就更錯誤了。」王力先生的這段話無疑是極為正確的。但是，考察學界近若干年對於同源字（即本文的同族字，下同）的研究，我們發現一個十分奇怪的現象，就是目前的同源字研究，在音韻方面，居然是注意古韻部的論著居絕大多數，對聲母多有忽略，詳細述評見本文第四節。

我們認為，上古的聲母問題，在同源詞的研究中佔有極為重要的地位。這裏我們引一段著名學者王國維（1877～1927），在《爾雅草木蟲魚鳥獸釋例·序》中的話，這段話頗為罕見，不是所有的《王國維全集》能夠見到的，中華書局印行的《觀堂集林》本就沒有，《王國維全集》本也沒有。似乎只見於《王國維遺書》中的同名論文。在該文中王國維有一序文說：

甲寅歲莫，國維僑居日本，為上虞羅叔言參事作《殷虛書契考釋後序》，略述三百年來小學盛衰。嘉興沈子培方伯見之，以為可與言古音韻之學也。然國維實未嘗從事於此，惟往讀昔聖賢書，頗怪自來講古音者，詳於疊韻，而忽於雙聲。夫三十六字母乃唐宋間之字母，不足以律古音，猶二百六部乃隋唐間之韻，不可以律古韻。乃近世言古韻者十數家，而言古字母者，除嘉定錢氏論「古無輕唇舌上二音」及，番禺陳氏考定《廣韻》四十字母，此外無聞焉。因思由陸氏《釋文》，上溯諸徐邈、李軌、呂忱、孫炎，以求魏晉間之字母；更溯諸漢人「讀為」、「讀若」之字與經典異文，以求兩漢之字母；更溯諸經傳之轉注、假借與篆文、古文之形聲。以為如此，則三代之字母雖不可確知，庶可得而擬議也。然後類古字之同聲同義者以為一書，古音之學至此乃始完具。……維又請業曰：「近儒皆言古韻明而後詁訓明，然古人假借、轉注多取雙聲。段、王諸君自

定古韻部目，然其言詁訓也，亦往往捨其所謂韻而用雙聲，其以疊韻說詁訓者，往往扞格不得通。然則，與其謂古韻明而後詁訓明，毋寧謂古雙聲明而後詁訓明歟？」方伯曰：「豈直如君言，古人轉注、假借雖謂之全用雙聲可也。君不讀劉成國《釋名》乎？每字必以其雙聲詁之，其非雙聲者，大抵譌字也。」國維因舉「天·顯也」三字以質之。方伯曰：「顯」與「濕」（濟漯之漯）俱從㬎（xiǎn）聲，濕讀他合反，則顯亦當讀舌音，故成國云：「以舌腹言之。」維大驚，……丙辰春，復來上海，所距方伯寓所頗近，暇輒詣方伯談，一日方伯語維曰：「棲霞郝氏《爾雅義疏》，於詁言訓三篇皆以聲音通之，善矣。然草木蟲魚鳥獸諸篇以聲為義者甚多，昔人於此似未能觀其會通。君盍為部居條理之乎？」又曰：「文字有字原、有音原。字原之學，由許氏《說文》以上溯諸殷周古文止矣；自是以上，我輩不獲見也。音原之學，自漢魏以溯諸群經《爾雅》止矣；自是以上，我輩尤不能知也。明乎此，則知文字之孰為本義，孰為引申假借之義，蓋難言之。即以《爾雅》「權輿」二字言，《釋詁》之「權輿，始也」，《釋草》之「其萌 / 蕍」，《釋蟲》之「蠸輿父守瓜」，三實一名。又《釋草》之「權黃華」，《釋木》之「權黃英」，亦與此相關。故謂「權輿」為「 / 蕍」之引申可也；謂「 / 蕍」「蠸輿」用「權輿」之義以名之，可也；謂此五者同出於一不可知之音原，而皆非其本義亦無不可也。要之，欲得其本義，非綜合後起諸義不可，而亦有可得有不可得，此事之無可如何者也。國維感是言，乃思《爾雅》聲類，以觀其義之通。然部分之法，輒不得其衷。蓋但以喉舌牙齒唇五音分之，則合於《爾雅》之義例。而同義之字聲音之關係，苦不甚顯。若以字母分之，則聲音之關係顯矣，然古之字母與某字之屬何母？非由魏晉六朝之反切，以上溯漢人讀為讀若之字，及諸經傳異文與篆文古文之形聲，無由得之。即令假定古音為若干母，或即用休甯戴氏古二字母之說以，部居爾雅，則又破爾雅之義例。蓋古字之假借、轉注，恒出入於同音諸母中，又疑泥、來、日、明諸母字，亦互相出入，若此類《爾雅》既類而釋之，今欲類之而反分之顛倒孰甚，因悟此事之不易，乃略推方伯之說，為《爾雅草木

鳥獸釋例》一篇，既名釋例，遂並其例之無關聲音者，亦並釋之，
雖未必得方伯之意，然方伯老且多疾，未可強以著書，雖以國維犬
馬之齒，弱於方伯者且三十寒暑，然曩者研求古字母之志，……。
後此音韻學之進步必由此道，此戔戔小冊者，其論誠無足觀，然其
指不可不記也，故書以弁其首。丙辰仲冬，海寧王國維。

我們這裡所以不厭其煩地引用王國維的這一段話，有兩個意義。首先，王國
維明確提出了在古漢語同源字研究中聲母的重要性。其次，這段文字並不好
找，原見於《王國維全集書信》（吳澤主編，中華書局，1984），亟有必要加以
重視，故基本上全文引在此處。王氏序文中所記述的從學老師沈子培（1850
～1922），名曾植，浙江嘉興人，清末民國時期著名學者。百度上介紹沈曾植，
生平年表部分，說：

（1）1915 年（乙卯）沈六十六歲。王國維來請教音韻學，給以啟導，王甚
敬先生。

（2）1916 年（丙辰）沈六十七歲。王國維自日本來滬，先生說：「郝氏
《爾雅義疏》一書於詁、言、訓三篇，皆以聲音通之，善矣。然草木蟲鳥獸諸
篇以聲為義者甚多，似未能觀其會通。君何不分條理之？文字有字原有音原，
可作釋例一卷。」王照辦。可與此處所說互證。

聲母在同源詞（含構詞法）研究中的重要性，從下文的論述可見一斑。

二、聲母諧聲原則：從高本漢的諧聲說到李方桂的諧聲說

第一位從聲母角度大規模全面系統分析諧聲字的是瑞典漢學家高本漢
（Bernhard Karlgren，1889～1978）。高氏早在《漢語和漢日語分析字典》（1923）
一書中就提出了他對諧聲系統中主諧字與被諧字聲母關係的看法，得出了十條
諧聲原則。音韻學界把這十條原則通稱之為「高本漢的諧聲說」。

這十條諧聲原則都是我們下文所稱的普通諧聲（或稱簡單諧聲）。這十條諧
聲原則筆者曾經歸納和解釋如下（馮蒸 1998）：

1. 舌尖前塞音端透定可以自由互諧；——馮蒸按：即端組內部互諧

2. 舌尖前塞擦音精清從與擦音心邪可自由互諧；——馮蒸按：即精組內部
互諧

3. 舌尖後塞擦音照穿床二等與擦音審二等可任意互諧；——馮蒸按：即壯

組內部互諧

4. 舌面前塞音知徹澄可自由互諧；——馮蒸按：即知組內部互諧

5. 舌尖前塞音端透定不與舌尖前塞擦音和擦音精清從心邪互諧。例外較少；——馮蒸按：即端精兩組不諧

6. 舌尖前塞擦音和擦音精清從心與舌尖後塞擦音和擦音照穿床審二等可自由互諧；——馮蒸按：即精莊兩組互諧

7. 舌面前塞擦音照穿床三等與擦音禪可自由互諧；——馮蒸按：即章組內部（除書母外）互諧

8. 舌面前擦音審三不與舌面前塞擦音和舌面前濁擦音互諧；——馮蒸按：即書母不參與章組內部互諧

9. 舌尖前塞擦音和擦音精清從心邪以及舌尖後塞擦音和擦音照穿床審二等兩方面均不與舌面前塞擦音和擦音照穿床審二等互諧；　　馮蒸按：即精莊兩組不與章組互諧

10. 舌尖前塞音端透定不但與舌面前塞音知徹澄自由互諧，且可與舌面前塞擦音及濁擦音照穿床禪三等自由互諧，但不與清擦音審三互諧。——馮蒸按：即端知章三組（除書母外）可以互諧

高氏的這十條原則，五、八、九講不能互諧，第十條講有諧有不諧，其餘六條講可自由互諧。

高氏的這十條諧聲原則是以他所認定的《廣韻》聲類及他本人對這些聲類的擬音為基礎，從發音部位和發音方法兩個角度，分類考察各組聲類在上古諧聲系統中的互諧與不互諧情況（限於普通諧聲），並根據這十條事實進一步擬測出了他的上古聲母系統（詳下文）。這個諧聲條例對王力先生的上古聲母擬音體系影響很大。這從王力的上古 33 聲母表可見一斑。

評價一個聲母構擬系統的科學性，一般來說要考慮三個方面，即：（一）事實的概括是否可靠全面；（二）音值的擬測是否合理；（三）是否能夠說明後世音變。下面先列出王力和高本漢的上古聲母表，王力先生在《漢語史稿》上冊（修訂本，1980）中定上古聲母有 6 類 32 個，另外他在《漢語語音史》（1985）一書中又增加了一個俟母，今一併補列在此（此表係綜合王力（1980、1985）二書而成，類名上根據 1980，音值上根據 1985。）。按原來濁母皆帶送氣，余母作不送氣 d，修訂本才刪去濁母送氣，余母改 ʎ。高本漢的上古聲母表取自李

方桂（1980：12）。二家上古聲母擬音如下：

王力上古漢語聲母表

幫 p	滂 pʻ	並 b	明 m			
端 t	透 tʻ	定 d	泥 n			來 l
精 ts	清 tsʻ	從 dz		心 z	邪 z	
莊 tʃ	初 tʃ	崇 ʤ		山 ʃ	俟 ʒ	
章 ȶ	昌 ȶʻ	船 ȡ	日 ȵ	書 ɕ	禪 ʑ	余 ʎ
見 k	溪 kʻ	群 g	疑 ŋ	曉 x	匣 ɣ	影 ʔ

高本漢上古漢語聲母表

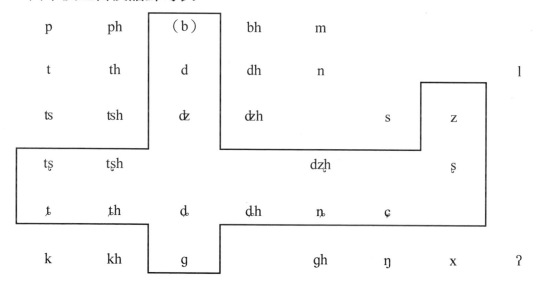

把這裏所列王力的上古聲母表與高本漢的上古聲母表兩相比較，二者幾乎完全一致，王力下加橫線的聲母與高本漢聲母表中李方桂畫出類似十字形狀內的聲母相當，李方桂認為應為後起聲母。這絕非偶然。高本漢的諧聲原則是用歸納法得出來的，即是從中古聲母角度出發，歸納了全部諧聲字例後得出的條例，這些原則除了少量須補正外，已經得到了音韻學界的普遍認同。當然，高本漢由於是第一位系統提出了上古聲母的諧聲原則的學者，他的工作不可能盡善盡美，從材料到方法到結論均有不少可議之處，對此陸志韋《古音說略》（1947）、董同龢《上古音韻表稿》（1948）、李方桂《上古音研究》（1971／1980）等學者均有所批評，並有若干修正。

高氏之後，新的諧聲說以高說為基礎，參考了陸志韋（1947）、董同龢（1948）對高說的修正和有關統計，簡化高氏的諧聲條例，而形成自己的新條例，目前影

響最大的是李方桂先生的諧聲說。李方桂的諧聲說(李方桂 1980：10)如下：

（一）上古發音部位相同的塞音可以互諧。

（a）舌根塞音可以互諧，也有與喉音（影及曉）互諧的例子，不常與鼻音（疑）諧。——馮蒸按：指 k-系音互諧

（b）舌尖塞音互諧，不常跟鼻音（泥）諧。也不跟舌尖的塞擦音或擦音相諧。——馮蒸按：指 t-系音互諧

（c）唇塞音互諧，不常跟鼻音（明）相諧。——馮蒸按：指 p-系音互諧

（二）上古的舌尖塞擦音或擦音互諧，不跟舌尖塞音相諧。

——馮蒸按：指 ts-系音互諧

據此，李氏認為上古聲母發音部位只有 p-、t-、k-、ts-四系音。這一看法，我們認為他是以漢藏系語言的音系結構（如藏文音系等）的類型學特徵為基礎得出的結論，因為這種聲母結構（特別是 p-、t-、k-三系音所謂輔音三角形並存）是世界各語言音系的普遍特徵。作者據此來修正高氏的上古聲母表，而改以新的擬音，得出了他的新聲母系統。

高氏根據他的諧聲條例，訂出了上古聲母發音部位有 p-、t-、k-、ts-、tʂ-、ȶ-六套音，李方桂修訂高氏的諧聲條例，得出了上古聲母發音部位不是這樣六套音，而是 p-、t-、k-、ts-四套音。李氏的這種看法比高氏有了很大改進，其優點不言而喻。但是否已完美無缺，還可進一步加以研討。從《說文》諧聲的實情和某些漢藏系語言（如侗台語族的部分語言）的音系構造特點看，如鄭張尚芳先生所指出的，上古塞擦音系統 ts-系音也可能是後起的，這樣，說漢語上古單聲母只有 p-、t-、k-三系塞音，或者如潘悟雲（1997）提出的喉音來自 q-系音，如此加上 q-系則為四系塞音，也是非常可能的，這些都是值得進一步研究的問題。由此看來，利用諧聲系統構擬上古聲母，已經越來越趨向於精密化和系統化了。以上純然是音韻學家根據諧聲系統得出的古漢語聲母通轉規則，與字義毫無關係。

三、當前同族詞研究的幾種聲母通轉理論及與諧聲說的關係述評

古漢語同族字的聲母通轉關係研究，目前大致可以分為五派：（一）章黃說，（二）林義光說，（三）王力說，（四）俞敏說，（五）高本漢說，本文姑且

這麼命名，這五派的排序不完全按照時間，可能還有其他派別待補。

（一）**章黃說**。章黃學派的詞源學研究可以章太炎的《文始》為代表。但章太炎的《文始》只提出了七條韻轉原則：1.近轉；2.近旁轉；3.次旁轉；4.正對轉；5.次對轉；6.交紐轉；7.隔越轉。請注意後二者的交紐轉和隔越轉也是韻轉，不是聲轉。不過，《文始》卻完全未涉及聲轉關係，未免令人奇怪。客觀方面說，當時的上古音聲母研究尚在起步階段，還未形成一個系統。我們知道，章氏的《成均圖》雖有一個紐目表，是當時章氏的古聲母說，可是有關歷史資料表明聲母方面章氏後來基本上是持黃侃的古聲 19 紐說。但章太炎的同源詞研究至今未見有人從聲母系統特別是聲母通轉的角度進行全面分析。我們猜想，既然《文始》確認了 6 千多個同源詞，不可能對古聲母問題完全沒有考慮，可惜他沒有說明。許良越著《章太炎〈文始〉同源字典》（2018），列舉了各字的音韻地位，對章太炎的聲母系統及其通轉尚未做系統分析，也沒有用音標標示，但有助於此項研究。

（二）**林義光說**。林義光（？～1932）著有《文源》（1920／2012）一書，《文源》雖然主要是講古文字，但是也有少數內容涉及到音義相關字的問題，其實也就是同族字，由於林義光的《文源》在古文字學研究方面頗有特色，他的很多見解至今仍然被古文字學界所接受，所以他的個別詞源學探討也很有特色，惜尚無人詳細探討。林義光在該書的《古音略說》部分提出了韻轉表和聲轉表，聲轉表他稱之為「紐音通轉」。我們知道，如果兩個字沒有音義關係，僅僅是字形關係，他的書根本用不著韻轉表和聲轉表，他顯然是從古文字的角度探討了若干同源詞的聲母通轉問題，只是數量不多，但所論頗有值得注意之處，也不無可商之處。他的「紐音通轉」表如下：

紐音十等韻字母剖析紐音最為詳密，求之古音，則聲近者或相混，今以字母省併，為十紐音如下。〔註1〕

等韻字母	古紐音
見溪羣	羣
疑	疑
影喻曉匣	喻
端透定知徹澄	端

〔註1〕原文豎排，「下」字原作「左」。

精清從照穿牀	精
心邪審禪	審
邦滂並非敷奉	滂
明微	明
來	來
泥日孃	孃

　　紐音通轉羣疑喻三紐，端精審三紐，滂明二紐，其紐音皆相近，通轉之例亦多，茲不備載。凡非相近之紐而通轉者，為表以明之。

聲紐	諧聲例
滂　審	必聲　瑟
明　審	尾聲　犀；眇　少聲
來　審	樂聲　鑠；婁聲　數；隸　示聲
孃　審	怒　叔聲；濡　需聲；奈　示聲；孃　襄聲
來　明	厲　萬聲
來　端	林聲　郴；龍聲　寵；翏聲　瘳；賴聲　獺；豐聲　體；凌　或　騰
孃　端	難聲　歎；耳聲　恥；餒　妥聲；狃　丑聲
來　精	先聲　霰；斂　刃聲；梁　子聲
孃　精	拈　占聲
明　喻	每聲　海；冒聲　勖；毛聲　秏；麻聲　麾；微聲　徽；瞢聲　薨；默　黑聲
來　喻	立聲　昱；荔　茘聲；盧聲　㿛；桿　或　粗
孃　喻	肉聲　育；肉聲　裔；卨聲
精　喻	昌聲　楫；井聲　刑；勻聲　約；饎　喜聲；迹　亦聲；札　乚聲；綖；篋　咸聲
審　喻	失聲　佚；西聲　垔；所　戶聲；穗　惠聲；俟　矣聲；筊　攸聲；誦　枲聲；式　弋聲；拾　合聲；祀　或　禩
孃　疑	饒　堯聲
端　喻	多聲　移；眔聲　裏；兌聲　閱；蟲聲　融；蠻　號聲；代　弋聲；牘　寶聲；妒　戶聲；涂　余聲；惕　易聲；軸　由聲；條　攸聲；沈　苔聲；殆　通
來　羣	林聲　禁；呂聲　莒；翏聲　膠；裸　果聲；隆　降聲；練　東聲；藍　監聲；涼　京聲
孃　羣	肉聲　牟；念　今聲
審　疑	邪　牙聲；朔　芽聲；穌　魚聲；爇　埶聲；產　彥聲
來　疑	癆　樂聲
端　羣	自聲　歸；隓　貴聲；唐　庚聲；䅼　或　經
精　羣	丈聲　䟗；旨聲　耆；井聲　耕；自聲　洎；造　告聲
審　羣	殳聲　股；示聲　祁；氏聲　祇；頌　公聲；收　丩聲
滂　羣	棼　棘聲；駁　交聲

　　林義光的聲母通轉說顯然並不嚴密，但是其所舉例，仍然值得注意。這可以說是傳統學派在同源詞方面首次提出的同源詞聲母通轉說，還是很有意義的。

　　（三）王力說。直到王力先生（1900～1986）才提出一個明確的聲母通轉原則，除了同聲母外，還包括如下四項：1.準雙聲；2.旁紐；3.準旁紐；4.鄰紐四條。王力先生的聲轉理論見下表（王力1982）：

紐　表

喉		影 ·						
牙		見 k	溪 kh	羣 g	疑 ng		曉 x	匣 h
舌	舌頭	端 t	透 th	定 d	泥 n	來 l		
	舌面	照 tj	穿 thj	神 dj	日 nj	喻 j	審 sj	禪 zj
齒	正齒	莊 tzh	初 tsh	牀 dzh			山 sh	俟 zh
	齒頭	精 tz	清 ts	從 dz			心 s	邪 z
唇		幫 P	滂 ph	並 b	明 m			

同紐者為雙聲，例從略。

　　王力先生說：同類同直行，或舌齒同直行者為準雙聲。按：基本上是輔音同發音部位的聲母可通轉，例如：

端照準雙聲〔t：tj〕　　　　　　　泥日準雙聲〔n：nj〕

照莊準雙聲〔tj：tzh〕　　　　　　審心準雙聲〔sj：s〕

著〔tia〕：彰〔tjiang〕　　　　　　乃〔nə〕：而〔njiə〕

至〔tjiet〕：臻〔tzhen〕　　　　　　鑠〔sjiôk〕：銷〔siô〕

　　這裡面說的照莊準雙聲，意思是照二、照三可以通轉，還需再研究。

　　王力先生說：同類同橫行者為旁紐。按：此指聲母發音方法上的區別，主要是聲母清濁之別，例如：

見羣旁紐〔k：g〕　　　　　　　　見匣旁紐〔k：h〕

溪羣旁紐〔kh：g〕　　　　　　　　端定旁紐〔t：d〕

透定旁紐〔th：d〕　　　　　　　　照穿旁紐〔tj：thj〕

精清旁紐〔tz：ts〕　　　　　　　　精從旁紐〔tz：dz〕

幫並旁紐〔p：b〕　　　　　　　　　（例從略）

　　王力先生說：同類不同橫行者為準旁紐，例如：

透神準旁紐〔th：dj〕　　　　　　　定喻準旁紐〔d：j〕

它〔tḽai〕：蛇〔djya〕　　　　　　　跳〔dyô〕·躍〔jiok〕

王力先生說：喉與牙、舌與齒為鄰紐。按：此種情況比較特殊。例如：

影見鄰紐［‧：k］　　　　　　　　神邪鄰紐［dj：z］

喻邪鄰紐［j：z］　　　　　　　　影［yang］：景［kyang］

順［djiuən］：馴［ziuən］　　　　夜［jyak］：夕［zyak］

王力先生說鼻音與鼻音、鼻音與邊音，也算鄰紐。按：其實這是複聲母的問題，不是簡單的單聲母通轉問題。例如：

疑泥鄰紐［ng：n］　　　　　　　釅［ngiam］：醲［niuəm］

來明鄰紐［l：m］　　　　　　　令［lieng］：命［mieng］

王先生說：在同源字中，雙聲最多，其次是旁紐。其餘各種類型都比較少見。

我們認為，王先生畢竟提出了一個現代語言學意義上的同源詞聲母通轉體系，上述同源字的聲轉類型與條例，雖是一家之言，但是很有代表性。由於王力先生的上古聲母的發音部位是六套聲母：1.喉牙音；2.舌頭音；3.舌面音；4.正齒音；5.齒頭音；6.唇音。從這個六套部位的聲母體系可知，仍然基本上是中古音的聲母格局，王先生未接受黃侃的「照二歸精、照三歸端」說，所以照二、照三兩套在上古音體系中仍然保持，此外，也基本上未接受章太炎的「娘日二紐歸泥說（日母保存，娘母歸泥）」，這其實就是上述高本漢諧聲說的結果，但王先生的這個聲母體系完全沒有提到高本漢，只說是在中古聲母的基礎上接受了錢大昕說和曾運乾的古聲母說。這個體系，明顯與高本漢的諧聲說一致，與高氏諧聲說的聲母通轉情況也基本上符合。這個六套發音部位的聲母通轉說，與李方桂先生的諧聲說還有距離。這裡我們指的是單聲母。複聲母問題則又另當別論。

（四）**俞敏說**。俞敏先生（1916～1995）的聲母通轉理論見所著《論古韻合帖屑沒曷五部之通轉》（1948）和《古漢語派生新詞的模式》（1984）二文，《論古韻合帖屑沒曷五部之通轉》列出了18組同源詞，其結果如下：

（1）入內納；（2）入汭；（3）入枘；（4）立位；（5）卅世；（6）盍蓋；（7）合會；（8）泣淚；（9）接際；（10）給氣（既）；（11）執贄；（12）集雜萃最；（13）甲介；（14）答對；（15）乏廢；（16）匝匭；（17）及暨；（18）沓詍泄。這十八組同源詞又見於俞先生的《古漢語派生新詞的模式》（1984）一文。

俞敏先生此文的最大貢獻之一就是明確指出了哪個是源，哪個是流。他

說：「今所論次，宗牟、章之說，以音轉為新語孳乳之管轄。凡字之在合帖二部者命之曰根，根語之義，皆表德業之語；其用於句中，相當於印歐語之動詞（verb）及數詞（numeral）。於根語之尾，附以添尾詞（suffix），遂迻而入屑沒曷部，大致皆表實之語，當於印歐之名詞（noun）者也。其接尾之詞，究當何若，非所能詳。要之，苟合於德業：實＝-p：-d（此姑就高氏所說，實則上古尾音性能，今尚難明。凡下文用-p，兼有-p-b，用-d，兼有-t-d 二解）之式，即可知其同根。猶有語義全同者若干文，未能如式，亦附見焉。」這段文字非常重要，此處音節末尾所加的-d 俞先生認為不確，俞敏 1989 已經改為-s。其實，這是目前幾乎所有的同源詞研究者都未能夠很好解決的問題。也是同源詞研究中最為棘手的問題。正如王力先生在《同源字典：序》中所說：「同源字的研究，其實就是語源的研究。這部書之所以不叫做《語源字典》而叫做《同源字典》，只是因為有時候某兩個字，哪個是源，哪個是流，很難斷定。」俞敏先生的《古漢語派生新詞的模式》（1984）是當代古漢語同源詞研究的代表作之一。該文的框架和音變類型如下：

古漢語派生新詞的模式	
A. -∅- ：-i-	
1. 羅：離罹	6. 終：冬
2. 隱：穩	7. 男：任
3. 勾：句	8. 人：年
4. 封：邦	9. 生：姓
5. 入：內納	10. 集：雜
B. p- ：b-	
1. 降	14. 教：傚
2. 期	15. 見：現
3. 閒（閑）	16. 皆：偕
4. 比	17. 半：叛
5. 解	18. 包苞：袍
6. 斷	19. 增：層
7. 校	20. 驕：喬
8. 奇	21. 晶：晴
9. 朝	22. 過：禍
10. 長	23. 乾：旱

11. 子：字慈	24. 諦：禘
12. 干：扞	25. 釴：共
13. 哉：才裁	
C. kh：g	
1. 圈	3. 披：被
2. 土：斁	4. 坎：陷
D. kh：x	
1. 气：氣	4. 考：孝
2. 虛：墟	5. 參：三
3. 卿：鄉	6. 縗：衰
E. d：t	
1. 勺：酌	2. 折
F. s：j	
1. 說	2. 釋
G. z-：·j-	
1. 巳：已	2. 頌（容）
H. l-：m-	
1. 來：麥	3. 卯
2. 令：命	4. 戀：蠻
I. s-：l-：dz-	
1. 史使：吏（理李里）：事（士）	
J. -b：-s	
K. -s：-n	
1. 尉	

俞先生的這個通轉表，絕大多數是聲母的通轉，以聲母清濁通轉為多，也涉及介音和韻尾的交替問題，恕不贅述。

（五）高本漢說。高氏的古漢語同族詞的聲母通轉理論請見下文。

四、上古同源詞的聲母通轉應與聲母諧聲原則一致論

關於上古同源詞的聲母通轉規則與上古聲母的諧聲原則之間的關係問題，尚未見學界有何討論，這個問題的焦點是：表面上看，二者的根本區別在於意義方面。表面上看，同一諧聲系列的字，主諧字與被諧字之間通常被視為純然是語音上的關係，似乎與意義無關。目前不管是高本漢的諧聲說還是李方桂的

諧聲說，都純然是從音韻學角度加以考慮的，完全沒有涉及到意義方面的問題。但是，同源字則完全不是這樣，同源字的定義就是音義相同或相近。但是，這並不影響我們討論二者在聲母通轉方面關係的一致性。

我們認為，討論諧聲系列的聲母通轉通則，加入意義與不加入意義性質不變。加入意義之後，則該通轉原則將更為可信，因為我們都知道，古漢語有所謂同聲符同源字，即同一諧聲系列中，就有相當一批形聲字的聲符表義，是所謂同源義。也就是訓詁學界所說的「聲符表義」說。由此可知，同源詞的聲轉原則完全可以與音韻學中的諧聲原則一視同仁，使同源字的聲母通轉原則完全可以更為規律化，如李方桂的諧聲說至少可供同源字的聲轉原則參考。此外，目前的諧聲原則也不是說絕對不可以修改的，或許同源詞的聲轉原則有可以補充或者糾正諧聲原則之處，亦未可知。同一諧聲系列中的諧聲原則與同源字聲母原則，更可以推及到那些沒有形體關係的同源字研究中，這一點意義重大。請看如下二例：

（一）高本漢的《漢語諧聲系列中的同源字》（Cognate Words in the Chinese Phonetic Series）（1956）一文共收 546 條諧聲系列中的同聲符同源字，這份材料均見於高氏早期的《漢文典》（Grammata Serica，1940）和其後的《修訂漢文典》（Grammata Serica Recensa，1957），《修訂漢文典》該書的字頭是按照諧聲字族系連的，從編號 1「可」一直到編號 1260「冪」。這樣編排既有利於諧聲字的研究，也便於同源字的研究，其成果是對我們這一看法的有力支持。546 條佔到總數 1260 條的約 20%。高氏找出這 546 條同聲符同源字，是對古漢語同源字研究的一大貢獻。今把高氏此文全文譯出作為本文附錄，以供學者參考。需要特別說明的是：高氏此文所說的「諧聲同源字」（cognate words in the Chinese phonetic series ），雖多數指的是聲符，但並不是說該聲符（主諧字）所衍生的諧聲系列中的所有字均有同源關係，高氏一般只是就字論字，這可分為二種情況：（1）或該字有異讀（一般是二讀），這二讀可視為同源。（2）或某一諧聲系列中的二個字或二個以上的同聲符字有同源關係，特請注意。

（二）據楊潤陸 1990 文統計，王力《同源字典》共收有 1567 條同源詞族或者稱為同源詞群，其中同聲符字相釋詞目有 784 條，佔到總條目的二分之一。總的來說，王力先生是不太贊成「右文說」的，所以他在《同源字論》中基本上沒有涉及到這個問題。但是，楊潤陸的上述統計說明王先生著作中

似乎並未完全忽略此問題。

上述兩項資料足證在諧聲系列中，除了有大約多一半的聲符與意義無關，但是至少也有相當數量與同源字有關。我們無法把同聲符同源字從諧聲系列中剝離出來，這是同聲符同源字符合諧聲說的最有力證據。所以，無論是高本漢的諧聲說還是李方桂的諧聲說，我們認為都完全適用於同源詞的聲母通轉研究。有了這個認識，這無疑將為今後的同源詞聲母通轉研究開闢了一條康莊大道（參丘彥遂 2016）。

如果確認了同一諧聲系列中的諧聲原則與同源字聲母原則一致論，我們由此更可以推及到那些沒有形體關係的同源字研究中，這一點意義顯然更為重大，今後的工作可以說是任重而道遠。

附錄：高本漢：漢語諧聲系列中的同源字（1956） 　馮蒸；邵晶靚譯

漢語單音節詞事實上不是孤立的單位，儘管它們之間不存在親屬關係，但它們一般都形成於兩個或更多的同源組，也就是同一個詞幹可有不同形式。這樣的詞族問題已經被 19 世紀的學者認識到，並且孔好古（A. Conrady）和其他學者已經針對該問題展開調查。只要瞭解漢字的現代聲符，即便是一個沒受過語言學訓練的學者也能輕易地識別出同源詞。比如都表示「看見」意義的「看」k'an、「見」kien 和「觀」kuan 一定是同源詞；都表示「不、非」意義的「不」pu 和「弗」fu 是有同源關係的；表示「我、我們」的「吾」wu 和同樣表示「我、我們」的「我」wo 是有關聯的；或者表示「死亡」的「死」sï 和表示「遺體」的「屍」shï 一定是一個詞幹的變體。在《遠東考古博物館年報》第 5 期（BMFEA 5，1933）中，我發表了名為《漢語詞族》的論文，在該文中我已經對這個主題做了更較全面的處理。當時我可以比早期的漢學家做的更多，這多虧了周代早期的漢語詞發音，我們已經用語言學方法構擬了上古漢語音系。雖然經過了 2500 年的語音變化，但語音在文字構造上的相似性揭示了的真實可信的同源關係，它讓建立大的詞群成為可能，這可能是同源的（見《漢語詞族》）。當然，我的列表是暫定的：在諸多實例中，所列舉的同源關係是顯而易見且不能否認的，在其他例子中，這種關係可能的或者僅僅是其中一種可能性，需要進一步的研究來確定所提出的詞幹交替（stem alternation）。儘管如此，被許多可靠的例子（例如那些在下文按 A-D 處理過的）代表的大量的交替可以被認為成確鑿

的事實。這些交替的一小部分再一次見於我的新書《中國語之性質及其歷史》（《The Chinese Language, an Essay on its Nature and History》N. Y. 1949, pp. 79～95）；在這種情況下最重要的結果是，許多上述交替意味著不同的語法功能。（例如：度*d'âk，「度量」，動詞；同字：度*d'âg，「量器」，名詞）。

在本文中，我將從不同的觀點在有限的範圍內重新討論這個問題。我想提出的問題是：周朝早期的中國文人是否曾察覺到並意識到，兩個或更多個這樣有親屬關係的詞相互從屬，是同源的，是同一個詞的不同表現？在有限範圍中，由於漢字的特殊性質，我們能夠回答這個問題。造字者有時會透露他們在這方面的感受。

在諸多字例中，他們要麼沒有這種感覺，要麼沒有借助漢字的形體去探討。比如上面所舉的第一個例子：當造字者寫*k'ân「看」、*kian「見」和*kwân「觀」（在接下來的幾頁中，上古音標注用斜體字和星號，中古音標注是沒有星號的斜體，現代普通話音是帶空隙的羅馬拼音字母。漢語中古音用冒號表示上聲，用連字號表示去聲，用無音標表示平聲，例如：姑*ko / kuo / ku¹: 古 *ko / kuo: / ku³: 故*ko / kuo- / ku⁴。）三個完全不同的字時，他們對自身是否意識到三者間有同源關係沒有給出任何的提示。但在相當多的例子中，造字者明確地表示，他們完全意識到了有關詞語的親屬關係。上面所舉例的詞「度」就是一個很好的例子。他們有一個詞*d'âk表示「度量」，另一個詞*d'âg表示「量器」。文字的創造者顯然認識到了它們之間有同源關係，所以用同樣的字形「度」來書寫它們。同理，都用「分」來表示*pi̯wən / pi̯uən / fen「切分」和*b'i̯wən / b'i̯uən / fen「一部分」，著重地指出了它們是同一個字的兩個變體。

像這樣的例子是簡單而明確的，但是我們可以從它們上討論更複雜的問題。首先，我們要明確一些基本的原則。

當我們有一個像這樣的諧聲系列：牙*ngå / nga / ya「牙齒」：芽 ngå / nga / ya「芽苗」：訝*ngå / nga- / ya「歡迎，接受」，這一眼看起來第二個和第三個字形像是用同樣的方式構成的：第二個字「芽」由部首「草」（意義決定因素）和聲符*ngå「牙」組成。同理，第三個字「訝」由部首的「言」和*ngå聲符「牙」組成。但這是錯誤的。在上例中，「芽」ngå「芽苗」（詞源上講）和「牙齒」的*ngå「牙」是同一個詞（芽是土中迅速長出的牙齒）。「芽」中的「牙」不是聲

符，而是基本的、主要的符號，和「牙」一樣，是它的核心義（sense）變體之一，意為土地上的「牙」，原本的符號「牙」僅是通過在頂部添加「草」而進行了說明性的擴大。「訝」的情況則完全不同。在此處符號「牙」*ngå 用作假借，表示同音詞*ngå「歡迎」——這兩個詞是絕不同源的。當這兩種「牙」意義混合時，此時添加部首「言」就是為了區分它們。在此例中，我們就得到了一個形聲字。

必須記住部首添加的重要性——不管是闡明了主要符號意義上的擴大，就像「芽」，或者使假借符號表現其區分性，就像「訝」——總的來說這是一種出現較晚的現象。部首的發明相當早，就像殷和周早期的銘文中的幾個例子所顯示的，但在周朝早期，它很少被使用。實際上，部首只在晚周才出現較多。今天仍有很多這樣的例子沒有加部首，如：來*ləg/lâi/ㄌㄞˊ，意為「一種麥子」（《詩經》）被借來表示*ləg/lâi/ㄌㄞ「過來」，並且今天「過來」依舊被書寫為「來」，並未添加任何符號。在周代早期的青銅器銘文中這種現象（假借字，無部首）幾乎是一個通例：「者」用作「諸」，「隹」用作「唯」，「乎」用作「呼」，「女」用作「汝」（古文中這些用法也很常見），「古」用作「故」等等。它們有的有部首或者無部首，本文認為這是很無關緊要的：如果加了部首，那麼很有可能這個部首原來是沒有的，而是在晚周甚或漢代才加上去。

讓我們看看這一重要事實對我們的研究有什麼意義。回到我們上文的諧聲系列*ngå / nga / ㄧㄚ，我們可能認為這是理所當然的，在早期，一個「牙」字既表示*ngå「牙齒」，又表示*ngå「芽苗」和*ngå「歡迎」，沒有任何附加的部首；換句話說，專門區分「芽」的符號「草」和區分「訝」的符號「言」是後加上去的。在我們看來，這個問題後來決定了「牙」在「芽」中是不是聲符，還是代表本意的符號——在這種情況下，造字者們覺得「牙」*ngå「牙齒」和「芽」*ngå「芽苗」是同一個詞，或者它是「牙」的假借（正如「牙」被「訝」假借）——在一些情況下他們沒有意識到*ngå「牙齒」和*ngå「芽苗」之間的語源關係。在這裡，我們所根據的標準只能是看其在意義上是否有明顯的同源關係，從而認定它們的身份是聲符還是假借符，正如*pįwən「分」和*b'įwən「份」用相同的符號「分」表示。如果我們足夠小心，我們就可以很好地找到一系列這種同類型的案例，如下文所示。它足以說明我們無需考慮部首在現代合體字中的重要性，「牙」表示「牙齒」，「芽」表示「芽苗」（最

初「牙」表示「牙齒」，也表示「芽苗」）的案例在原則上和「分」表示「分」
和「份」是相同的。

下面再看這樣三個字：付 *pįu / pįu- / fu「送去」，附 *b'įu / b'įu- / fu「附
著」，和「駙」*b,įu / b'įu- / fu「附加之馬」（一隊馬）。對於兩個 *b'įu 來說，
「付」是一個典型的被假借字，它們之間沒有同源關係。但事實是假借字「付」
被用來表示 *b'įu「附著」和 *b'įu「附加之馬」是非常重要的。後兩個字顯然
是同一字義的不同變體。當造字者假借「付」表示「送去」的「付」表示 *b'įu
「附著」（後來寫成了「附」）和 *b'įu「附加之馬」（後來寫成了「駙」），這看
起來他們認為兩個 *b'įu 是同一個詞，或說是一個同源詞的兩個變體。在此，
我們可以得出結論：當兩個字的規範字體有同樣的聲符或當它們的意義明確
顯示了有同源關係時，我們可以斷言造字者已認識到它們的同源關係，無需
管後加的部首。

在做了一般性的討論後，讓我們再選幾例加以說明。我們先選上面討論的
*ngå: *ngå 例（兩詞同源）。它們的關係多數是十分明顯的（比如「四」*sięr / si-
/ sï「四」，駟*sięr / si- / sï「四匹馬一組」；參 *ts'əm / ts'ậm / ts'an「三，三個
一組」：驂*ts'əm / ts'ậm / ts'an「三匹馬一組」；員 *gįwan / jįwän / yüan「旋」：
圓 gįwan / jįwän / yüan「圓的」；等等）沒有必要將它們一一列出：所有《漢文
典》的讀者（有聲調的新版正在印刷中）會很快發現諸多這樣明顯的例子。但我
們最好引用幾個例子，一對同源字中的兩個字同源關係不甚明顯：這表明了漢字
創造者們已經聰明地認識到它們之間的同源性，並且把它們歸入在同一聲符組
中：（譯者注：高氏原文在排列各諧聲系列時有兩種處理方式：一種是一個字屬於
一個諧聲系列，單獨一行並標號；另外一種則是某兩個或兩個以上的字接排在一
起各自標號，這些排在一起的字在字形上屬於同一個諧聲系列，原文用冒號或連
詞「和」（and）隔開。此原則有少許例外，但本譯文仍從高氏，將這些字接排在
一起，但為方便閱讀，改用浪線「~」分隔各字，同時將高氏現代語音的標音改為
漢語拼音。本譯文將《修訂漢文典》字頭標注在每行之後）/

1. 義：*ngia / ngjię- / yì 正直，正義 ~2. 議：音同上。選擇，討論，決定
（2號）；

3. 家：*kå / ka / jiā 房子，家庭 ~4. 嫁：音同上。（獲得一個房子：）出嫁
（指女人）（32號）；

5. 鼓：*ko / kuo: / gǔ 鼓 ~6. 瞽：音同上。瞎子（»一個鼓手»：盲人被任命為音樂家）（50 號）；

7. 互：*g'o / ɣuo- / hù 交錯，纏結 ~8. 枑：音同上。柵欄（54 號）；

9. 單：*tân / tân / dān 單獨，單一 ~10. 襌：音同上。單衣（147 號）；

11. 虎：*χo / χuo: / hǔ 虎 ~12. 琥：音同上。虎形玉器（57 號）；

13. 延：*dian / iän / yán 伸 ~14. 筵：音同上。（一个»覆盖面»：）席子（203 號）；

15. 連：lian / liän / lián 一連串地，連續不斷地 ~16. 漣：音同上。細浪（213 號）；

17. 全：*dz'iwan / dz'iwän / quán 完整的，無缺的 ~18. 牷：音同上。（無缺的）純色祭牲（234 號）：

19. 還：*g'wan / ɣwan / huán 轉回，回歸 ~20. 環鐶：音同上。 圈（256 號），

21. 曼：*miwǎn / miwɒn- / wàn 延展的，延長的 ~22. 蔓：音同上。蔓生植物（266 號）；

23. 徹：*d'iat / d̂'iät / chè 穿透 ~24. 澈：音同上。（穿透：）透明的（286 號）；

25. 列：*liat / liät / liè 分割，分開，分配 ~26. 裂：音同上。分開，撕裂（291 號）；

27. 括：*kwât / kuât / kuò 捆束，捆紮 ~28. 髻：音同上。挽束的頭髮（302 號）；

29. 會：*kwâd / kuâi- / kuài 放在一起，相加 ~30. 襘：音同上。皮帶兩端的連接點（321 號）；

31. 厲：*liad / liäi- / lì 尖銳，刺骨，殘忍 ~32. 癘：音同上。時疫 ~33. 蠣（《修訂漢文典》作「蠇」）：音同上。有螫針的毒蟲（340 號）；

34. 敝：*b'iad / b'iäi- / bì 毀壞，破壞，破舊 ~35. 弊：音同上。破壞，毀滅 ~36. 斃：音同上。殺，殺死（341 號）；

37. 玄：*g'iwen / ɣiwen / xuán 深色，黑色 ~38. 眩：音同上。（變黑的:）眼花（366 號）；

39. 因：*ˑiĕn / ˑiĕn / yīn 依據，依靠 ～40. 茵：音同上。（依靠什麼：）席子（最初的字形是一個人躺在席子上）（370 號）；

41. 圂：*gʼwən / ɣuən- / hùn 廁所 ～42. 溷：音同上。髒的，混亂的（425號）；

43. 熏～44. 薰：*χiwən / χiuən / xūn 煙霧，刺鼻，香氣 ～45. 勳：音同上。功勳（461 號）；

46. 疾：*dzʼiət / dzʼiĕt / jí （使痛苦:）憎恨 ～47. 嫉：音同上。妒忌（494號）；

48. 出：*t̂ʼiwət / tśʼiuĕt / chū 出去，提出 ～49. 黜：音同上。驅逐，貶黜降級（496 號）；

50. 術：*d̂ʼiwət / dźʼiuĕt / shù 道路，方法 ～51. 述：音同上。（»到路徑»:）跟隨，傳播，遵從（497 號）；

52. 遂：*dzʼiwəd / zwi- / suì 進步，伴隨，跟隨 ～53. 隧：音同上。通道，道路，地道（526 號）；

54. 幾：*kiər / kjei / jī 小，少 ～55. 機：音同上。弩機，精巧的裝置（547號）；

56. 眉：*miər / mji / méi （眼睛的邊緣：）眉毛 ～57. 湄：音同上。河邊（567 號）；

58. 洽：*gʼɛp / ɣăp / qià 一致，集合 ～59. 祫：音同上。合祭於祖先（675號）；

60. 郭：*kwâk / kwâk / guō 城的外牆 ～61. 槨：音同上。外棺（774 號）；

62. 昔：*siăk / siăk / xī 從前，過去，昨天 ～63. 腊：音同上。（老肉:）乾肉（798 號）；

64. 生：*sĕng / ṣɐng / shēng 活 ～65. 牲：音同上。（活的生物:）獻祭的動物（812 號）；

66. 冥：*mieng / mieng / míng 黑，暗 ～67. 瞑：音同上。閉眼（841 號）；

68. 才：*dzʼəg / dzʼᴀi / cái （心智資源:）才能，天賦 ～69. 材：音同上。原料，品性 ～70. 財：音同上。（經濟資源:）財產，財寶（943 號）；

71. 右：*giŭg / jiᴀu- / yòu 右手，右邊 ～72. 佑：音同上。輔助（995 號）；

73. 包：*pŏg / pâu / bao 包容，包裹 ～74. 胞：音同上。子宮（1113 號）；

75. 工：*kung / kung / gōng 工作 ～76. 功：音同上。成就 ～77. 攻：音同上。從事，致力於（1172 號）；

78. 同：*d'ung / d'ung / tóng 聚集 ～79. 銅：音同上。（混合物：）青銅，銅（1176 號）；

80. 蒙：*mung / mung / méng 覆蓋 ～81. 朦：音同上。（蒙目：）眼睛失明（1181 號）。

在前述的諸類別中，很明顯，早期的造字者意識到了詞之間的同源關係，我們將繼續討論一些更有趣的類別，即那些兩個字的語音不同（包括聲調，如 *ngǎ 一例），但是顯示了語音的對立。

此處是一個簡單的分類，首先詞根變異只包含聲調的變化。一個眾所周知的例子是「好」，當這個字讀作*χôg / χâu: / ｎａｏ（上聲）意為「好」，讀作 *χôg / χâu- / ｈａｏ（去聲）意為「愛好」。在這一類中，早期的作者毫無疑問地認為它們是同一个字形。這種詞根變異的例子非常多，詳見下列諸例：

82. 左：*tsâ / tsâ: / zuǒ 左邊，往左 ～83. 佐：*tsâ / tsâ- / zuǒ 幫助（5 號）；

84. 加：*ka / ka / jiā 添加，實施 ～85. 駕：*ka / ka- / jià（施加在馬上：）駕馭（15 號）；

86. 義：*ngia / ngjiç- / yì 正確，正確的 ～87. 儀：*ngia / ngjiç / yì 正確的舉止（2 號）；

88. 古：*ko / kuo: / gǔ 古代 ～89. 故：ko / kuo- / gù 先前的，從前的，原因，緣故（49 號）；

90. 剉：*ts'wâ / ts'uâ- / cuò 切割 ～91. 脞：ts'wâ / ts'uâ: / cuǒ 細割（12 號）；

92. 居：*kịo / kịwo / jū 居住 ～93. 踞：*kịo / kịwo- / jù 蹲坐（49 號）；

94. 處：*t'ịo / tś'ịwo: / chǔ 居住，安置：同字.*t'ịo / tś'ịwo- / chù 地方（85 號）；

95. 女：*nịo / ńịwo: / nǔ 女人：同字.*nịo / ńịwo- / nǚ 嫁為妻（94 號）；

96. 數：*slịu / sịu- / shù 數字：同字.*slịu / sịu: / shǔ 計算（123 號）；

97. 樹：*djịu / źịu- / shù 樹木：同字.*djịu / źịu: / shù 栽種，樹立（127 號）；

98. 取：*ts'ịu / ts'ịu: / qǔ 拿取：同字.～99. 娶：*ts'ịu / ts'ịu- / qǔ 娶妻（131 號）；

100. 付：*pi̯u / pi̯u- / fù 給 ～101. 府：*pi̯u / pi̯u: / fǔ（交付地點：）倉庫（136 號）；

102. 安：*·ân / ·ân / ān 和平的，寧靜的 ～103. 按：*·ân / ·ân- / àn 使鎮靜，壓抑（146 號）；

104. 彈：*d'ân / d'ân / tán 射彈丸：同字. *d'ân / d'ân- / dàn 彈丸（147 號）；

105. 難：*nân / nân / nán 不容易：同字. *nân / nân- / nàn 困難（152 號）；

106. 冠：*kwân / kuân / guān 帽子：同字. *kwân / kuân- / guàn 戴帽子（160 號）；

107. 閒：*kăn / kăn / jiān 縫隙，空隙：同字. *kăn / kăn- / jiàn 找縫隙，挑剔（191 號）；

108. 善：*d̑i̯an / ẓi̯an: / shàn 好 ～109. 膳：*d̑i̯an / ẓi̯an- / shàn 美味，煮熟的食物 ～110. 繕：*d̑i̯an / ẓi̯an- / shàn （使變得好：）修復（205 號）；

111. 傳：*d'i̯wan / d̑'i̯wän / chuán 移：同字. *d'i̯wan / d̑'i̯wän- / zhuàn（什麼被傳：）記錄（231 號）；

112. 轉：*ti̯wan / t̑i̯wän: / zhuǎn 轉動，運，移 ～113. 傳：*ti̯wan / t̑i̯wän- / zhuàn（傳送的地點：）傳達（郵件）（231 號）；

114. 遠：*gi̯wăn / ji̯wɒn: / yuǎn 遠：同字. *gi̯wăn / ji̯wɒn- / yuàn 遠離（256 號）；

115. 田：*d'ien / d'ien / tián 田地：同字. *d'ien / d'ien- / diàn 耕種田地（362 號）；

116. 引：*di̯ĕn / i̯ĕn: / yǐn 拉 ～117. 靷：*di̯ĕn / i̯ĕn- / yìn 引車前行的皮帶（371 號）；

118. 陳：*d'i̯ĕn / d̑'i̯ĕn / chén 排列，闡明：同字. *d'i̯ĕn / d̑'i̯ĕn- / zhèn 列戰陣（373 號）；

119. 盡：*dzi̯ĕn / dzi̯ĕn: / jìn 竭盡，耗盡 ～120. 燼：*dz'i̯ĕn / dz'i̯ĕn- / jìn 灰燼，燒焦的（381 號）；

121. 賓（《修訂漢文典》作「賓」）：*pi̯ĕn / pi̯ĕn / bīn 客人 ～122. 儐（《修訂漢文典》作「儐」）：*pi̯ĕn / pi̯ĕn- / bīn 迎賓者，迎接（389 號）；

123. 旬：*dzi̯wĕn / zi̯wĕn / xún 到處，一圈，十天 ～124. 徇：*dzi̯wen /

zịwĕn- / xùn 巡遊（392 號）；

125. 很：**gʼən / ɣən: /* hěn 對抗，好爭吵 ~126. 恨：**gʼən / ɣən- /* hèn 憎恨，不高興（416 號）；

127. 寸：**ts'wəm / ts'uən- /* cùn 拇指，寸 ~128. 忖：**ts'wən / ts'uən: /* cǔn 揣測，估量（431 號）；

129. 聞：**mị̯wən / mị̯uən /* wén 聽見：同字.**mị̯wən / mị̯uən- /* wèn 被聽見，名望（441 號）；

130. 近：**gʼị̯ən / gʼị̯ən: /* jìn 附近：同字.**gʼị̯ən / gʼị̯ən- /* jìn 接近（443 號）；

131. 先：**siən / sien /* xiān 從前的：同字.**siən / sien- /* xiàn 先行（478 號）；

132. 幾：**kị̯ər / kị̯ei /* jī 小，少：同字.**kị̯ər / kị̯ei: /* jǐ 少，（怎麼少：）多少（547 號）；

133. 衣：**ʼị̯ər / ʼị̯ei /* yī 衣服：同字.**ʼị̯ər / ʼị̯ei- /* yì 穿衣（550 號）；

134. 纍：**lị̯wər / lị̯wi /* léi 纏繞，依附（像藤本植物一樣） 135. 蔂：**lị̯wər / lị̯wi: /* lěi 蔓生植物（577 號）；

136. 非：**pị̯wər / pị̯wẹi /* fēi 不是 ~ 137. 匪：**pị̯wər / pị̯wẹi: /* fěi 不是（579 號）；

138. 氐：**tiər / tiei: /* dǐ 根，根本，基礎 ~139. 底：音同上。底部 ~140. 低：**tiər / tiei /* dī 降低（590 號）

141. 弟：**dʼiər / dʼiei: /* dì 弟弟： 同字.**dʼiər / dʼiei- /* dì （年輕的、兄弟的:）尊敬兄長（591 號）；

142. 妻：*ts'iər / ts'iei /* qī 配偶，妻子：同字.**ts'iər / ts'iei- /* qì 嫁女（592 號）；

143. 遲：**dʼị̯ər / ḑʼi /* chí 停留，緩慢的：同字.**dʼị̯ər / ḑʼi- /* zhì 等候（596 號）；

144. 風：**pị̯ŭm / pị̯ung /* fēng 風，曲調 ~145. 諷：**pị̯ŭm / pị̯ung- /* fěng 朗誦，吟誦（625 號）；

147. 三：**səm / sậm /* sān 三：同字.**səm / sậm- /* sàn 三次（648 號）；

146. 擔：*tâm / tâm / dān 肩挑：同字.*tâm / tâm- / dàn 重負（619號:）；

148. 陰：*ˑiəm / ˑiəm / yīn 北坡，陰暗：同字.*ˑiəm / ˑiəm- / yìn 庇護（651號）；

149. 飲：*ˑiəm / ˑiəm: / yǐn 喝：同字.*ˑiəm / ˑiəm- / yìn 給……喝（654號）；

150. 深：*śiəm / śiəm / shēn 深：同字.* śiəm / śiəm- / shèn 深度（666號）；

151. 任：*ńiəm / ńźiəm / rén 負載，經受：同字.*ńiəm / ńźiəm- / rèn 重負（667號）；

152. 喪：*sâng / sâng / sāng（失去：）喪事，埋葬：同字.*sâng / sâng- / sàng 失去（705號）；

153. 長：*d'iang / d'iang: / cháng 長：同字.*d'iang / d'iang- / zhàng 長度（721號）；

154. 杖：*d'iang / d'iang: / zhàng 手杖：同字.*d'iang / d'iang- / zhàng（對手杖：）憑依（722號）；

155. 當：*tâng / tâng / dāng 抵，相等，相當：同字.*tâng / tâng- / dàng 合適的（725號）；

156. 上：*d̑iang / źiang- / shàng 上，向上：同字.*d̑iang / źiang: / shàng 升（726號）；

157. 將：*tsiang / tsiang / jiāng 帶來，帶領：同字.*tsiang / tsiang- / jiàng 統領（727號）；

158. 藏：*dz'âng / dz'âng / cáng 儲存：同字.*dz'âng / dz'âng- / zàng 庫藏（727號）；

159. 攘：*ńiâng / ńźiang / ráng 扯去，驅逐 ~160. 讓：*ńiang / ńźiang- / ràng 讓步，讓與（730號）；

161. 養：*ziang / iang: / yǎng 提供食物：同字.*ziang / iang- / yàng 養育（特指父母）（732號）；

162. 兩：*liang / liang: / liǎng 二，雙：同字.*liang / liang- / liàng（兩個車夫的：）馬車（736號）；

163. 量：liang / liang / liàng 尺度：同字.*liang / liang- / liáng 度量（737號）；

164. 王：*ɡiwang / i̯wang / wáng　王：同字. *ɡiwang / i̯wang- / wàng　稱王，統治（739 號）；

165. 更：*kăng / kɐng / gēng　改變：同字. *kăng / kɐng- / gèng　再（745 號）；

166. 行：*g'ăng / ɣɐng / xíng　走，道路，施行：同字. *g'ăng / ɣɐng- / xìng　行為（748 號）；

167. 竟：*ki̯ăng / ki̯ɐng: / jìng　邊界，界限：同字. *ki̯ăng / ki̯ɐng- / jìng　結束，最後（752 號）；

168. 秉：*pi̯ăng / pi̯ɐng: / bǐng　持，拿　～ 169. 棅：*pi̯ăng / pi̯ɐng- / bǐng　柄（758 號）；

170. 永：*ɡiwăng / i̯wɐng: / yǒng　長的　～ 171. 詠：*ɡiwăng / i̯wɐng- / yǒng（拉長：）吟誦（764 號）；

172. 敬：*ki̯ĕng / ki̯ɐng- / jìng　恭敬，尊敬　～ 173. 警：*ki̯ĕng / ki̯ɐng: / jǐng（去威懾：）警告，告誡（813 號）；

174. 盛：*d̂i̯ĕng / źi̯äng / chéng　裝載，裝滿：同字. *d̂i̯ĕng / źi̯äng- / shèng（裝滿：）豐富的，大量的（818 號）；

175. 正：*ti̯ĕng / tśi̯äng- / zhèng　正直，正確，校正：同字. *ti̯ĕng / tśi̯äng / zhēng（校正：）第一個（月）～ 176. 征：音同上。（更正：）遠征（833 號）；

177. 梃：*d'ieng / d'ieng: / tǐng　棒子，木杖　～ 178. 莛：*d'ieng / d'ieng / tíng　莖，梗（835 號）；

179. 聽：*t'ieng / t'ieng / tīng　聽：同字. *t'ieng / t'ieng- / tìng　聽到，服從（835 號）；

180. 知：*ti̯ĕg / ţi / zhī　知道：同字. *ti̯ĕg / ţi- / zhì　知識，智慧（863 號）；

181. 應：*i̯əng / i̯əng- / yìng　應答，相應，適合：同字. *i̯əng / i̯əng / yīng（符合事物應該是什麼：）應當，照要求來說（890 號）；

182. 勝：śi̯əng / śi̯əng- / shèng　征服，超過：同字. * śi̯əng / śi̯əng / shēng　有能力，勝任（893 號）；

183. 稱：*ţ'i̯əng / tś'i̯əng / chēng　衡量輕重：同字. *ţ'i̯əng / tś'i̯əng- / chèng（平衡：）等於，對等（894 號）；

184. 乘：*d̂'i̯əng / dź'i̯əng / chéng　乘，駕，登上：同字. *d̂'i̯əng / dź'i̯əng- / shèng（登上什麼：）馬車，（什麼被記錄：）一組注解，史書（895 號）；

185. 采：*ts'əg / ts'âi- / cǎi 摘取，採集：同字.*ts'əg / ts'âi- / cài（採取了什麼作為收入：）俸祿 ～186. 菜：*ts'əg / ts'âi- / cài（被採集的植物：）蔬菜（942 號）；

187. 來：*ləg / lậi / lái 來：同字.*ləg / lậi- / lài（使到來：）吸引，刺激（944 號）；

188. 中：*tiông / tiung / zhōng 中間：同字.*tiông / tiung- / zhòng 擊中中心，擊中（1007 號）；

189. 受：*dîôg / źiəu: / shòu 接受 ～189 b. 授：*dîôg / źiəu- / shòu 給予，移交（1085 號）；

190. 守：*śiôg / śiəu: / shǒu 保留，保衛：同字. *śiôg / śiəu- / shòu 某人所守的領地，采邑（1099 號）；

191. 操：ts'og / ts'âu: / cāo 持，拿：同字.*ts'og / ts'âu- / cāo（持了什麼：）目的，意圖（1134 號）；

192. 勞：*log / lâu / láo 辛苦：同字.*log / lâu- / lào（承認某人的辛苦）慰勞（1135 號）；

193. 小：*siog / siäu: / xiǎo 與「大」相對，小 ～194. 肖：*siog / siäu- / xiào（成為縮影：）相像（如父與子）（1149 號）；

195. 眇*miog / miäu: / miǎo 微小的 ～196. 妙：*miog / miäu- / miào（無限小的，不可理解的：）奇異的，極妙的（1158 號）；

197. 昭：*tiog / tśiäu / zhāo 明亮 ～198. 照：*tiog / tśiäu- / zhào 照耀（1131 號）；

199. 用：*diung / iwong- / yòng 使用，雇傭 ～200. 庸：*diung / iwong / yōng 使用，雇傭（1185 號）；

201. 重：*d'iung / d'iwong: / zhòng 與「輕」相對，輕：同字.*d'iung / d'iwong / chóng 雙重（1188 號）；

202. 種：*tiung / tśiwong: / zhǒng 種子，不同種類的穀物：同字.*tiung / tśiwong- / zhòng 播種（1188 號）；

203. 從：*dz'iung / dz'iwong / cóng 跟從：同字.*dz'iung / dz'iwong- / zòng 跟隨者（1191 號）；

204. 奉：*b'iung / b'iwong: / fèng 接受 ～205. 俸：*b'iung / b'iwong- / fèng

（接受了什麼：）薪水（1197 號）。

在下列諸類中，它們之間的關係並不甚明顯（不知早期的造字者是否能認識到兩個或兩個以上的「詞」之間的同源關係），有待研究。

A. 詞幹變異是不送氣清塞音聲母與送氣濁塞音聲母的交替：

206. 奇：*kia / kjiᶒ / jī 奇數：同字.*g'ia / g'jiᶒ / qí 奇怪的，非凡的（1 號）；

207. 餔：*pwo / puo / bū 吃 ～208. 哺：*b'wo / b'uo- / bǔ 口含食物（102 號）；

209. 瞿：*kịwo / kịu- / jù 驚視，擔心 ～210. 懼：g'ịwo / g'ịu- / jù 怕（96 號）；

211. 父：*pịwo / pịu: / fǔ（»父親«：）表尊敬的後綴，如「家父」：同字.*b'ịwo / b'ịu: / fù 父親（102 號）；

212. 俱：*kịu / kịu / jù （全部的：）都，所有 ～213. 具：*g'ịu / g'ịu: / jù 準備，俱全（121 號）；

214. 拄：*ṭịu / ṭịu: / zhǔ 支撐，支持 ～215. 柱：*d'ịu / ḍ'ịu: / zhù 柱子（129 號）；

216. 干：*kân / kân / gān 盾 ～217. 扞：*g'ân / γân- / hàn 保護，避免（139 號）；

218. 腶：*twân / tuân- / duàn 一片乾肉 ～219. 段：*d'wân / d'uân- / duàn 撕成碎片（172 號）；

220. 半：*pwân / puân- / bàn 一半 ～ 221. 畔：*b'wân / b'uân- / pàn（裂開：）田埂（181 號）；

222. 間：*kăn / kăn / jiàn 縫隙，空隙：同字.*g'ăn / γăn / xián（時間的空隙：）空閒，閒暇（191 號）；

223. 卷：*kịwan / kịwän / juǎn 卷：同字.g'ịwan / g'ịwän / quán 彎，曲（226 號）；

224. 傳*ṭịwan / ṭịwän- / zhuàn 驛站（郵政等.）：同字.*d'ịwan / ḍ'ịwän / chuán 發出，發送（231 號）；

225. 見：*kian / kien- / jiàn 看見：同字.*g'ian / γien- / xiàn（被看見：）出現，引人注目的（241 號）；

226. 會：*kwâd / kuâi- / kuài （加上：）計算：同字. *g'wâd / ɣuâi- / huì
收集，使聚集（321 號）；

227. 艮：*kən / kən- / gèn 固執的 ～228. 很：*g'ən / ɣən: / hěn 對抗，好
爭吵（416 號）；

229. 分：*pi̯wən / pi̯uən / fēn 劃分：同字. *b'i̯wən / b'i̯uən- / fèn 部分（471
號）；

230. 幾：*ki̯ər / ki̯ei / jī 靠近 ～231. 畿：*g'i̯ər / g'i̯ei / jī（離國都最近：）
天子的領地（547 號）；

232. 比：*pi̯ər / pji- / bǐ 相比，聯結：同字. *b'i̯ər / b'ji- / bì 調集，集中
（566 號）；

233. 皆：*kɛr / kǎi / jiē 都 ～234. 諧：*g'ɛr / ɣǎi / xié 和諧地（599 號）；

235. 訾：*tsi̯ăr / tsi̯ɛ: / zǐ 誹謗，詆毀 ～236. 疵：*dz'i̯ăr / dz'i̯ɛ / cī 缺點，
瑕疵（358 號）；

237. 漸：*tsi̯am / tsi̯äm / jiān 沾濕，流入：同字. *dz'i̯am / dz'i̯äm: / jiàn 逐
滴地，逐漸地（611 號）；

238. 檢：*kli̯am / ki̯äm: / jiǎn 控制，限制 ～239. 儉：*g'li̯am / g'i̯äm: / jiǎn
受限制，節儉的（613 號）；

240. 夾：kǎp / kǎp / jiā 兩邊夾住，鉗子 ～241. 狹：*g'ǎp / ɣǎp / xiá（夾
住的：）狹窄的（630 號）；

242. 梜：*kiap / kiep / jié （鉗子：）筷子 ～243. 挾：*g'iap / ɣiep / xié 夾
在胳膊底下（630 號）；

244. 閤：*kəp / kâp / gé （合上：）門 ～245. 合：*g'əp / ɣâp / hé 加入，
聚集，關閉（675 號）；

246. 長：*ti̯ang / ti̯ang: / zhǎng 長高，長大，年長的人：同字. *d'i̯ang /
d'i̯ang / cháng 長，高（721 號）；

247. 伯：*păk / pɒk / bó （白髮的那个：）最年長的，首領 ～248. 白：*b'ăk
/ b'ɒk / bái 白色（782 號）；

249. 踖：*tsi̯ăk / tsi̯äk / jí 恭敬而行：同字. *dz'i̯ăk / dz'i̯äk / jí 踖（798 號）；

250. 井：*tsi̯ĕng / tsi̯äng: / jǐng 水井 ～251. 穽 阱：*dz'i̯ĕng / dz'i̯äng: /
jǐng 陷阱，坑（819 號）；

252. 怲：*piĕng / piäng- / bǐng 悲傷 ～253. 病：*b'iĕng / b'iäng- / bìng 痛苦，憂傷，疾病（757 號）；

254. 解：*kĕg / kai: / jiě 鬆解：同字.*g'ĕg / γai: / xiè（鬆解的：）懈怠，懶散，疏忽（861 號）；

255. 辟：*piĕk / piäk / bì 統治者：同字.*b'iĕk / b'iäk / bì 法規（853 號）；

256. 脊：*tsiĕk / tsiäk / jǐ 脊椎 ～257. 瘠：*dz'iĕk / dz'iäk / jí 瘦弱的（852 號）；

258. 卑：*piĕg / pjię / bēi 低下 ～259. 庳：*b'iĕg / b'jię: / bì 低（874 號）；

260. 冋 坰：*kiweng / kiweng / jiōng 遠離國都的區域 ～261. 泂：*g'iweng / γiweng: / jiǒng 遠（842 號）；

262. 嫡：*tiek / tiek / dí 正妻 ～263. 敵：*d'iek / d'iek / dí 對等者，敵手（877 號）；

264. 帝：*tieg / tiei / dì 君主，神 ～265. 禘：*d'iey / d'iei- / dì 祭祀（877 號）；

266. 隄：*tieg / tiei- / dī 堤壩 ～267. 堤：*d'ieg / d'iei / dī 堤壩（866 號）；

268. 曾：*tsəng / tsəng / zēng 累加，加倍 ～269. 層：*dz'əng / dz'əng / céng 兩層樓，重疊（884 號）；

270. 載：*tsəg / tsậi- / zài 裝載：同字.*dz'əg / dz'ậi- / zài 承載物（943 號）；

271. 背：*pwəg / puậi- / bèi 脊背：同字.*b'wəg / b'uậi- / bèi 轉過身（909 號）；

272. 期：*kiəg / kji / jī 一個完整的固定時間：同字.*g'iəg / g'ji / qī 規定的時間，期待（952 號）；

273. 子：*tsiəg / tsi: / zǐ 孩子 ～274. 字：*dz'iəg / dz'i- / zì 哺育（964 號）；

275. 戒：*kεg / kăi- / jiè 戒備，警告 ～276. 駴：*g'εg / γăi: / xiè 恐嚇，威嚇（990 號）；

277. 中：*tiông / t̑iung / zhōng 中間 ～ 278. 仲：*d'iông / d̑'iung- / zhòng（中間的一個：）兄弟中的老二（1007 號）；

279. 降：*kộng / kång- / jiàng 下降：同字.*g'ộng / γång / xiáng 降伏（1015 號）；

280. 包：*pôg / pâu / bāo 包裹 ～281. 抱：*b'ôg / b'âu: / bào 擁抱，擁在懷中（1113 號）；

282. 複：*piôk / piuk / fù 雙層的 ～283. 復：*b'iôk / b'iuk / fù 回來，重複，重新開始（1034 號）；

284. 丩 糾：*kiôg / kiəu: / jiū 纏繞 ～285. 觓：*g'iôg / g'iəu / qiú 角曲長貌（1064 號）；

286. 酒：*tsiôg / tsiəu: / jiǔ 酒 ～287. 酋：*dz'iôg / dz'iəu / qiú 掌酒之官（1096 號）；

288. 驕：*kiog / kiäu / jiāo 驕傲，傲慢 ～289. 喬：*g'iog / g'iäu / qiáo 高（1138 號）；

290. 朝：*tiog / t̑iäu / zhāo 早上：同字.*d'iog / d̑'iäu / cháo（晨間儀式：）朝見（1143 號）；

291. 焦：*tsiog / tsiäu / jiāo 烤 ～292. 樵：*dz'iog / dz'iäu / qiáo 柴薪（1148 號）；

293. 共：*kiung / kiwong: / gǒng 拱手：同字.*g'iung / g'iwong- / gòng 一起，都（1182 號）；

294. 橋：*kiog / kiäu- / jiāo 井上汲水的杠杆：同字.*g'iog / g'iäu / qiáo 橫梁（1138 號）。

以下的字例有進一步說明：295：296；334：335；345：346；357；358：359；468；475：476。

這樣的例子多得令人驚訝，其中許多是如此驚人，毫無疑問，早期的文人清楚地認識到每個詞對成員之間的同源關係，因此他們在創造的文字中加以表現。他們一定對這種在「分」*piwən「分」和*b'iwən「份」之間同源關係有明確的感受，正如一個使用英語的人所感受到的下列詞的名動之別，如「to bind」和「a bond」、「clean」和「cleanse」、「to lose」和「lost」之間的聯繫。各種部首的添加（應該在晚期）確實無關緊要，不會影響我們的結論。下文研究的所有類別，也可以得出同樣的結論。

B. 清塞音韻尾與濁塞音韻尾的交替：

295. 割：*kât / kât / gē 用刀割斷 ～296. 害：*g'âd / ɣâi / hài 傷害，損壞

（314 號）；

297. 殺：*săt / ṣăt / shā 殺：同字. *săd / ṣăi- / shài 降低，減少（319 號）；

298. 鍥：*k'iat / k'iet / qiè 用刀刻 ～299. 契：*k'iad / k'iei- / qì 契刻文字
（279 號）；

300. 說：*śi̯wat / śi̯wät / shuō 說：同字. śi̯wad / śi̯wäi- / shuì 勸（324 號）；

301. 發：*pi̯wăt / pi̯wɐt / fā 發出，發射 ～302. 廢：*pi̯wăd / pi̯wɐi- / fèi 廢
除（275 號）；

303. 結：*kiet / kiet / jié 繫，打結 ～304. 髻：*kied / kiei- / jì 髮髻（393
號）；

305. 出：*t̂'i̯wət / tś'i̯uĕt / chū 出去，出來，提出：同字. *t̂'i̯wəd / tś'wi- /
chuì 拿出，擺出（496 號）；

306. 帥：*sli̯wət / ṣi̯uĕt / shuài 率領：同字. *sli̯wəd / ṣwi- / shuài 領導者
（499 號）；

307. 執：*t̂i̯əp / tśi̯əp / zhí 抓，拿 ～308. 鷙：*t̂i̯əb / tśi- / zhì 猛禽，捕食
（685 號）；

309. 度：*d'âk / d'âk / duó 度量：同字. *d'âg / d'uo- / dù 尺度（801 號）；

310. 惡：*·âk / ·âk / è 壞的：同字. *·âg / ·uo- / wù（發現不好：）厭惡，憎
恨（805 號）；

311. 嚇：*χăk / χɐk / hè 恐嚇：同字. *χăg / χa- / xià 恐嚇（779 號）；

312. 射：*d̂'i̯ăk / dź'i̯äk / shè 射箭：同字. *d̂'i̯ăg / dź'i̯a- / shè 以弓箭射及
（807 號）；

313. 阨：*·ĕk / ·ɛk / è 隘道：同字. *·ĕg / ·ai- / ài 隘道（844 號）；

314. 責：*tsĕk / tṣɛk / zé 要求報酬：同字. *tsĕg / tṣai- / zhài 債（868 號）；

315. 易：*di̯ĕk / i̯äk / yì 改變：同字. *di̯ĕg / i- / yì（可改變的：）容易的（850
號）；

316. 積：*tsi̯ĕk / tsi̯äk / jī 收集，積累：同字. *tsi̯ĕg / tsi̯ɛ- / jì 壘成一堆，一
堆，囤積（868 號）；

317. 畫（高氏原文作「畵」，為筆誤）：*g'wĕk / γwɛk / huò 描繪：同字.
*g'wĕg / γwai- / huà 畫畫，設計（847 號）；

318. 塞：*sək / sək / sè 堵塞，開口：同字. *səg / sâi- / sài 要隘（908 號）；

319. 憶：*ˀiək / ˀiək / yì 記憶 ～320. 意：*ˀiəg / ˀi- / yì 想（957 號）；

321. 福：*piŭk / piuk / fú 幸福，福氣 ～322. 富：*piŭg / piəu- / fù 富裕（933 號）；

323. 伏：*b'ˀiŭk / b'ˀiuk / fú 附伏：同字.*b'ˀiŭg / b'ˀiəu- / fù 孵卵（935 號）；

324. 告：*kôk / kuk / gù 宣告：同字.*kôg / kâu- / gào 宣告（1039 號）；

325. 祝：*tɕiôk / tɕiuk / zhù 祈禱，祝禱者：同字.*tɕiôg / tɕiəu- / zhòu 詛咒（1025 號）；

326. 宿：*siôk / siuk / sù 過夜：同字.*siôg / siəu- / xiù（太陽落山處：）星宿，黃道帶的一部分（1029 號）；

327. 复 復：*b'ˀiôk / b'ˀiuk / fù 回來，重複，重新開始：同字. b'ˀiôg / b'ˀiəu- / fù 重複地，反復地（1034 號）；

328. 覺：*kôk / kåk / jué 睡醒：同字.*kôg / kau- / jiào 叫醒（1038 號）；

329. 學：*g'ôk / ɣåk / xué 學習 ～330. 斅：*g'ôg / ɣau- / jiāo 教（1038 號）；

331. 約：*ˀiok / ˀiak / yūe 捆綁，約束：同字. ˀiog / ˀiäu- / yào 契約，盟約（1120 號）；

332. 燋：*tsiok / tsiak / zhuó 火把：同字.*tsiog / tsiäu / jiāo 烤焦（1148 號）；

333. 濯：*d'ŏk / d̑'åk / zhuó 洗滌：同字.*d'ŏg / d̑'au- / zhào 洗衣服（1124 號）。

更多的例請見：341：342；352：353；401：402；414：415；418：419；428：429；459：460；478：479；484；486：487；492。

C. 元音 â：a：ǎ 的交替

334. 嘉：*ka / ka / jiā 好，優秀 ～335. 賀：*g'â / ɣâ- / hè 祝賀（15 號）；

336. 安：*ˀân / ˀân / ān 平安，和平的，寧靜的 ～337. 晏：*ˀan / ˀan- / yàn 和平，和平的（146 號）；

338. 言：*ngiăn / ngiɐn / yán 說 ～339. 唁：*ngian / ngiän- / yàn 吊唁（251 號）；

340. 貫：*kwân / kuân- / guàn 從中心穿過，穿成一串，關係密切：同字.

*kwan / kwan- / guàn 習慣，熟習（159號）；

341. 割：*kât / kât / gē 用刀割斷 ～342. 犗：*kad / kai- / jiè 閹割過的牛（314號）；

343. 監：*klam / kam / jiān 看，監視 ～344. 覽：*glâm / lâm: / lǎn 視（609號）；

345. 斬：*tsăm / tṣăm: / zhǎn 砍去 ～346. 暫：*dz'âm / dz'âm / zàn 暫時，短時間（611號）；

347. 行：*g'ăng / ɣɒng / xíng 走，路：同字.*g'âng / ɣâng / háng 列隊行進的士兵（748號）；

348. 景：*kli̯ăng / ki̯ɒng: / jǐng 明 ～349. 亮：*gli̯ang / li̯ang- / liàng 指導（755號）；

350. 蒦 獲：*g'wăk / ɣwɒk / huò 捉住，得到 ～351. 穫：*g'wâk / ɣwâk / huò 收穫（784號）；

352. 亞：*ˑag / ˑa- / yà 次等，第二 ～353. 惡：*ˑâk / ˑâk / è 壞的（805號）。

更多的例請見：357；358：359；360；361：362；370：371；372：373；414：415；422：423；426：427；428：429；434：435；466：467；504：505；514：515。

D. 介音「i̯」有無的交替：

354. 偶：*ngu / ngə̯u: / ǒu 一對，成對的 ～355. 遇：*ngi̯u / ngi̯u- / yù 碰到（124號）；

356. 趣：*ts'u / ts'ə̯u: / còu 驅策使跑：同字.*ts'i̯u / ts'i̯u- / qù 跑，加快做事（131號）；

357. 乾：*kân / kân / gān 乾燥（在太陽下面曬）：同字.* g'i̯an / g'i̯än / qián 天（陽光）（140號）；

358. 團：*d'wân / d'uân / tuán 圓 ～359. 轉：*ti̯wan / t̂i̯wän: / zhuǎn 轉過來（231號）；

360. 曼：*mwân / muân- / màn（延長：）無限的：同字.*mi̯wăn / mi̯wɒn- / wàn 延伸的，長（266號）；

361. 艾：*ngâd / ngâi- / yì（切斷：）盡頭，終點 ～362. 乂 刈：*ngi̯ăd / ngi̯ɒi- / yì（切：）割草（347號）；

363. 掄：*lwən / luən / lún 挑選 ～364. 倫：*lịwən / lịuěn / lún 種類（470 號）；

365. 卒：*tswət / tsuət / zú 士兵：同字. *tsịwət / tsịuět / zú 死（490 號）；

366. 內*nəp / nập / nà 收進來 ～367. 入：*ńịəp / ńźịəp / rù 進入（695 號）；

368. 雜：*dz'əp / dz'ập / zá 混雜 ～369. 集：*dz'ịəp / dz'ịəp / jí 會集，聚集（691 號）；

370. 卬 昂：*ngâng / ngâng / áng 高，高舉 ～371. 仰：*ngịang / ngịang: / yǎng 臉向上（699 號）；

372. 諾：*nâk / nâk / nuò 同意，應允 ～373. 若：*ńịak / ńźịak / ruò 允諾，順從，像，如（777 號）；

374. 生：*sĕng / ṣɒng / shēng 生育，養育，活 ～375. 性：*sịĕng / sịäng- / xìng 本性，生命（812 號）。

更多的例請見：391：392；407：408；422：423；424：425；426：427；428：429；434：435；438：439；452：453；512：513；514：515；535：536；540：541。

E. 送氣清聲母與送氣濁聲母的交替：

376. 取：*ts'ịu / ts'ịu: / qǔ 拿取 ～377. 聚：*dz'ịu / dz'ịu- / jù 彙集，貯藏（131 號）；

378. 淺：*ts'ịan / ts'ịän: / qiǎn 淺 ～379. 俴：*dz'ịan / dz'ịän: / jiàn 薄，淺（155 號）；

380. 卷：*k'ịwan / k'ịwän / quán 彎曲 ～381. 拳：*g'ịwan / g'ịwän / quán（捲曲的手：）拳頭（226 號）；

382. 痊：*ts'ịwan / ts'ịwän / quán 治癒 ～383. 全：dz'ịwan / dz'ịwän / quán 完全，全部（234 號）；

384. 判：*p'wân / p'uân- / pàn 分開，劃分 ～385. 畔：*b'wân / b'uân- / pàn 分開，劃分田埂（181 號）；

386. 大 太：*t'âd / t'âi- / tài 極大的 ～387. 大：*d'âd / d'âi- / dà 極大的（317 號）；

388. 牽：*k'ien / k'ien / qiān 拉 ～389. 弦：*g'ien / ɣien / xián（被拉的東西：）弓弦（366 號）；

390. 氾：*p'ị̆wăm / p'ị̆wɒm- / fàn 溢出，氾濫：同字.*b'ị̆wăm / b'ị̆wɒm- / fàn 流出，分散（626 號）；

391. 窟：*k'wət / k'uət / kū 穴，洞 ~392. 掘：*g'ị̆wət / g'ị̆uət / jué 發掘，挖洞（496 號）；

393. 梯：*t'iər / ts'iei / tī（步驟序列：）樓梯 ~394. 第：*d'iər / d'iei- / dì 續集，順序（591 號）；

395. 妻：*ts'iər / ts'iei / qī（地位平等的對等物：）配偶，正妻（592 號）~396. 齊：（拱形，字形與 395 的上半部分相同）*dz'iər / dz'iei / qí 相同，統一（593 號）；

397. 覆：*p'ị̆ôk / p'ị̆uk / fù 顛倒 ~398. 復：*b'ị̆ôk / b'ị̆uk / fù 返回（1034 號）；

399. 抽：*t'ị̆ôg / t'ị̆əu / chōu 拔出 ~400. 胄：*d'ị̆ôg / d'ị̆əu- / zhòu（後果：）後裔（1079 號）；

401. 糶：*t'iog / t'ieu- / tiào 賣穀 ~402. 糴：*d'iok / d'iek / dí 買穀（1124 號）；

403. 捧：*p'ị̆ung / p'ị̆wong: / pěng 雙手持著 ~404. 奉：*b'ị̆ung / b'ị̆wong: / fèng 雙手捧著（1197 號）。

F. 不送氣清塞音聲母與送氣清塞音聲母的交替：

405. 跛：*pwâ / puâ: / pǒ 跛腳 ~406. 頗：*p'wâ / p'uâ / pō 歪斜，不公平（25 號）；

407. 車：*kị̆o / kị̆wo / jū 戰車，馬車 ~408. 庫：*k'o / k'uo- / kù 藏兵甲戰車的倉庫（74 號）；

409. 半：*pwân / puân- / bàn 一半 ~410. 判：*p'wân / p'uân- / pàn 分開（181 號）；

411. 卷：*kị̆wan / kị̆wän: / juǎn 卷；同字.*k'ị̆wan / k'ị̆wän / quán 捲曲的，卷起來的（226 號）；

412. 決：*kiwat / kiwet / jué 切斷 ~413. 缺：*k'iwat / k'iwet / quē 破，碎，有缺點的（312 號）；

414. 劫：*kị̆ăp / kị̆ɒp / jié（帶走：）搶劫，掠奪 ~415. 去：*k'ị̆ab / k'ị̆wo- / qù 離開，帶走（642 號）；

416. 廣：*kwâng / kwâng: / guǎng 廣，寬，大 ~417. 曠：*k'wâng / k'wâng: / k uàng（廣闊的地方：）荒野（707 號）；

418. 博：*pâk / pâk / bó 寬，充足的（771 號）~419. 尃：*p'âg / p'uo- / fū 廣，大（102 號）；

420. 弓：*kịŭng / kịung / gōng 弓 ~421. 穹：*k'ịŭng / k'ịung / qióng 高而成拱狀，穹隆（901 號）。

G. 濁塞音聲母與送氣濁塞音聲母的交替：

422. 延：*dịan / ịän / yán 延伸 ~423. 誕：*d'ân / d'ân: / dàn 擴展，使偉大（203 號）；

424. 圜：*gịwan / jịwän / yuán 圓 ~425. 環：*g'wân / ɣwân / huán 圓環（256 號）；

426. 爰：*gịwǎn / jịwɒn / yuán 緩行貌 ~427. 緩：*g'wân / ɣwân: / huǎn 緩慢，鬆弛，疏忽（255 號）；

429. 悅：*dịwat / ịwät / yuè 高興，愉快 ~428. 兌：*d'wâd / d'uâi- / duì 喜悅（324 號）；

430. 引：*dịĕn / ịĕn: / yǐn 拉，牽 ~431. 紖：*d'ịĕn / d̑'ịĕn: / zhèn 牽牛繩（371 號）；

432. 視：*d̑ịər / źi- / shì 看 ~433. 示：*d̑'ịər / dź'i- / shì（使看到：）表示，顯示（553 號）；

434. 炎：*dịam / ịäm / yán 燃燒 ~435. 惔：*d'âm / d'âm / tán 火燒（617 號）；

436. 由：*dịôg / ịəu / yóu 自，從 ~437. 胄：*d'ịôg / d'ịəu- / zhòu（後果：）後裔（1079 號）。

H. 濁塞音聲母與清塞音聲母的交替：

438. 域：*gịwək / jịwək / yù 疆域，國土 ~439. 國：*kwək / kwək / guó 國家（929 號）；

440. 勺 杓：*d̑ịok / źịak / sháo 長柄勺子 ~441. 勺 酌：*t̑ịok / tśịak / zhuó 舀取（1120 號）；

442. 召：*d̑ịog, d'ịog / źịäu-, d̑'ịäu- / shào, zhào 召喚 ~443. 招：t̑ịog / tśịäu

/ zhāo 召喚（1131 號）；

444. 屬：*djuk / źiwok / shǔ 依附，屬於：同字. *tjuk / tśiwok / zhǔ 連接（1224 號）。

I. 濁塞音聲母與送氣清聲母的交替：

445. 衍：*gian / ịän: / yǎn 流出，溢出，過度 ～446. 愆：*k'ian / k'ịän / qiān 超過，過量，差錯（197 號）；

447. 延：*dian / ịän / yán 延伸 ～448. 梴：t'ian / t'ịän / chān 長（特指橫樑）（203 號）；

449. 由：*diôg / ịəu / yóu 自，從 ～450. 抽：t'iôg / t'iəu / chōu 拔出（1079 號）。

K. 主要元音「o」與「å」的交替：

451. 賈：*ko / kuo: / gǔ 商人，同字. *kå / ka- / jià 價格（38 號）；

452. 禦：*ngịo / nɡịwo: / yù 抵擋，敵手，對手 ～453. 御：*ngå / nɡa- / yà 迎接（60 號）；

454. 樂：*nglök / nɡåk / yuè 音樂：同字. *glåk / lâk / lè 喜悅（1125 號）。
更多的例請見：512：513。

L. 主要元音「ɛ」與「ɔ」的交替：

457. 合：*g'əp / γâp / hé 連接，結合，聚集 ～458. 祫：*g'ɛp / γăp / xiá 合祭於祖先（675 號）；

455. 埳：*k'əm / k'âm / kǎn 坑 ～456. 陷：*g'ɛm / γăm- / xiàn 掉進坑裡（672 號）。

更多的例請見：461：462；463：464。

M. 介音「i」有無的交替：

459. 夬：*kwad / kwai- / guài 分開 ～460. 決：*kiwat / kiwet / jué 切斷（312 號）；

461. 齊：*dz'iər / dz'iei / qí 相同，統一 ～462. 儕：*dz'ɛr / dẓ'ăi / chái 輩，類（593 號）；

463. 洒：*siər / siei: / xǐ 洗：同字. *sɛr / ṣăi / sǎ 撒了，洗淨（594 號）；

464. 覃：*d'əm / d'âm / tán 延長，伸展 ～465. 簟：*d'iəm / d'iem: / diàn（一個»伸展»：）竹席（646 號）；

466. 夾：*kăp / kăp / jiā 兩邊夾住，鉗子 ～467. 梜：*kiap / kiep / jiā（鉗子：）筷子（630 號）。

更多的例請見：495；504：505。

N. 介音「i̯」與介音「i」的交替：

468. 齊：*dz'i̯ər / dz'iei / qí 相同，相等，統一：同字.*tsi̯ər / tsi- / zī 衣服鑲邊的下擺（593 號）；

469. 頸：*ki̯ĕng / ki̯äng: / jǐng 脖子 ～470. 剄：*kieng / kieng: / jǐng 割頸（831 號）；

471. 正：*t̂i̯ĕng / tśi̯äng- / zhèng 正直，正確，校正 ～472. 定：*d'ieng / d'ieng- / dìng（擺正：）固定，安身（833 號）；

473. 兒：*ńi̯ĕg / ńźi / ér 兒童 ～474. 倪：*ngieg / ngiei / ní 幼小（873 號）；

475. 并：*pi̯ĕng / pi̯äng- / bìng 合併，總共一起 ～476. 併：*b'ieng / b'ieng: / bìng 並排（824 號）；

477. 屏：*b'i̯ĕng / b'i̯äng / bǐng 遮蔽，移開：同字.*b'ieng / b'ieng: / píng 屏風（824 號）；

478. 賜：*si̯ĕg / si̯ĕ- / cì 給予 ～479. 錫：*siek / siek / xī 給予（850 號）；

480. 跬：*k'i̯wĕg / k'jwiĕ: / kuǐ 行走時舉足一次為跬 ～481. 奎：*k'iweg / k'iwei / kuí 跨部（879 號）。

更多的例請見：493：494。

O. 介音「w」有無的交替：

482. 熱：*ńi̯at / ńźi̯ät / rè 熱 ～483. 爇：*ńi̯wat / ńźi̯wät / ruò 燒（330 號）；

484. 內 納：*nəp / nập / nà 收進來：同字.*nwəb / nuậi- / nèi 內部（695 號）；

485. 衡：*g'ăng / γɒng / héng 橫檔：同字.* g'wăng / γwɒng / hóng 橫耕（748 號）；

486. 北：*pək / pək / běi（背部：）北面 ～487. 背：*pwəg / puậi- / bèi 脊背，後面部分（909 號）。

更多的例請見：520：521。

在卜面幾組中我們發現了一種在舌尖音和硬顎音（ι、î 等）以及牙音和牙

上音（ts' :tṣ'）。

P, a. 舌尖音聲母與顎清塞音聲母的交替：

488. 哲：*ṭi̯at / ȶi̯ät / zhé 敏銳的，有洞察力的 ～489. 折：*ṭi̯at / tśi̯ät / zhé 折斷，決斷（287 號）；

490. 致：*ṭi̯ĕd / ȶi- / zhì（使到來：）提出，傳送，導致 ～491. 至：*ṭi̯ĕd / tśi- / zhì 到達（413 號）：

492. 質：*ṭi̯əd / ȶi- / zhì 誓言，宣誓，人質：同字 *ṭi̯ət / tśi̯ĕt / zhì 本體，本質（493 號）；

493. 的：*tiok / tiek / dí 明亮 ～494. 灼：*ṭi̯ok / tśi̯ak / zhuó 燒，明亮（1120 號）；

P, b. 舌尖音聲母與舌尖後塞擦音聲母的交替：

495. 差：ts'a / tṣ'a / chā 分歧，差異：同字.*tṣ'ia / tṣ'i̯ɛ / cī 長短不同的（5 號）；

496. 親：*ts'i̯ĕn / ts'i̯ĕn / qīn 親近 ～497. 櫬：tṣ'i̯ĕn / tṣ'i̯ĕn- / chèn 內棺（離屍體最近）（382 號）；

498. 輯：*dz'i̯əp / dz'i̯əp / jí 收集，聚集 ～ 499. 戢：tṣi̯əp / tṣi̯əp / jí 收集（688 號）；

Q. 舌尖清塞音聲母與顎清送氣塞音聲母的交替（參看上文 A）：

500. 諸：*ṭi̯o / tśi̯wo / zhū 許多，全部 ～501. 儲：*d'i̯o / ḍ'i̯wo / chǔ 貯藏（45 號）；

502. 周：*ṭi̯og / tśi̯əu / zhōu 環繞，遍及 ～ 503. 綢：*d'i̯ôg / d'i̯əu / chóu 纏繞（1083 號）。

R. 舌尖清塞音聲母與顎清送氣塞音聲母的交替（參看上文 F）：

504. 多：*tâ / tâ / duō 眾多 ～505. 侈：*ṭ'ia / tś'i̯ɛ: / chǐ 大，奢侈（3 號）。

S. 顎濁塞音聲母與送氣舌尖濁塞音聲母的交替（參看上文 G）：

506. 侍：*ḍi̯əg / źi- / shì 服侍：待 *d'əg / d'ậi: / dài 等待（961 號）。

T. 舌尖濁塞音聲母與顎清塞音聲母的交替，反之亦然（參看上文 H）：

507. 鬻：*di̯ôk / i̯uk / yù 養育：同字.*ṭi̯ôk / tśi̯uk / zhū 稀飯，粥（1024

號）；

508. 殊：*ậịu / źịu / shū 殺死 ～509. 誅：*tịu / t̑ịu / zhū 處罰，殺（128
號）；

510. 署：*ậịo / źịwo- / shǔ 職位 ～511. 著：*tịo / t̑ịo- / zhù 位次，安排位
次（45 號）。

U. 齶濁塞音聲母與送氣舌尖清塞音聲母的交替（參看上文 I）：

512. 社：*ậịǎ / źịa: / shè 土地神 ～513. 土：*t'o / t'uo: / tǔ 泥土（62 號）。

綜上所述， Q, R, S, T, U 的交替，是前文研究過的 A, F, G, H, I 相同詞幹變
異的附加例。

V. 鼻音韻尾與清塞音韻尾的交替：

514. 干：*kân / kân / gān 衝突，冒犯（139 號）～515. 訐：*kịat / kịät / jié
控告，揭發（300 號）；

516. 掠：*glịang / lịang- / liàng 搶奪：同字. *glịak / lịak / lüè 搶奪（755
號）；

517. 廣：*kwâng / kwâng: / guǎng 廣，寬，大 ～518. 擴：*k'wâk / k'wâk
/ kuò 擴充，擴大（707 號）；

519. 冥：*mieng / mieng / míng 黑，暗：同字. *miek / miek / mì 覆蓋（841
號）；

520. 貶：*pịăm / pịɒm: / biǎn 削弱 ～521. 乏：*pịwăp / pịwɒp / fá 空缺，
耗盡（641 號）；

522. 嚵：*ts'əm / ts'ạm: / cǎn 銜：同字.*tsəp / tsạp / zá 叮咬（660 號）。

X. 「n」韻尾與 「r」韻尾的交替：

523. 牝：*b'ịən / b'ịĕn: / pìn 雌性禽獸：同字.*b'ịər / b'ji: / bì 雌性（566
號）；

524. 洗：*siən / sien: / xiǎn 洗滌：同字.*siər / siei: / xǐ 洗滌（478 號）；

525. 烜：*χịwăn / χịwɒn: / xuān 在太陽下曬乾：同字.*χịwăr / χjwiẹ: / huǐ
陽光（164 號）；

526. 難：*nân / nân- / nán 困難，災難：同字.*nâr / nâ / nàn 阻止（152
號）。

上述交替是相當合理和有規律的。除此之外，我們還發現了一些十分奇怪的例子，也不應被忽視，如下列諸例：

527. 為：*gwia / jwiĕ / wéi 做 ～ 528. 偽：*ngwia / ngjwiĕ- / wěi 偽造，虛假（27 號）；

529. 虛：*k'io / k'iwo / qū 廢墟：同字. *χio / χiwo / xū 空虛（78 號）；

530. 黑：*χmək / χək / hēi 黑的 ～ 531. 墨：*mək / mək / mò 黑的，墨（904 號）；

532. 稟：*pliəm / piəm: / bǐng 配給口糧 ～ 533. 廩（《修訂漢文典》作「廩」）：*bliəm / liəm: / lǐn 糧倉（668 號）；

534. 參：*ts'əm / ts'ậm / cān 三，三個一組：同字. *siəm / siəm / shēn（三個一組的星：）星座名（獵戶座的一部分）（647 號）；

535. 合：*g'əp / γâp / hé 聚集，和睦 ～ 536. 翕：χiəp / χiəp / xī 團結，和睦（675 號）；

537. 射：*ḍ'iăk, ḍ'iăg / dź'iäk, dź'ia- / shè 射出 ～ 538. 榭：*dziăg / zia- / xiè 練習射箭的大廳（807 號）；

539. 食：*ḍ'iək / dź'iək / shí 吃：同字. *dziəg / zi- / sì 食物（921 號）；

540. 帚：*tiôg / tśiʒu: / zhǒu 笤帚 ～ 541. 掃：*sôg / sâu: / sǎo 掃（1087 號）；

542. 小：*siog / siäu: / xiǎo 和「大」相對，小 ～ 543. 少：*śiog / śiäu: / shǎo 與「多」相對，少（1149 號）；

544. 蚤：*tsôg / tsâu: / zǎo 跳蚤 ～ 545. 搔：*sôg / sâu / sāo 抓撓（1112 號）；

546. 識：*śiək / śiək / shí 知道：同字. *tiəg / tśi- / zhì 記住，記錄（920 號）。

從上面引用的一系列例子中可以得出這樣的結論：早期的造字者有一個令人驚訝的好構想，即聲音的哪些變異構成了一個詞幹中的自然交替：他們認識到 tân 和 d'ân 可以是一個在明確界定規則中產生變化的詞，並且他們在選擇的字形中表達了這一看法。生活在周初的中國古代學者提供的證據有力地支援了我們的結論，即在上述 A～X（其中 Q～U 僅僅是 A 和 F～I 的推論）中所研究的詞幹變異可以被認為是在上古漢語中可信的變化。

（高氏原文題目和出處是：Karlgren B. 1956 Cognate Words in Chinese Phonetic Series.*BMFEA* 28：1～18，譯文據此翻譯）

六、參考文獻

1. 馮蒸，1998，漢語上古聲母研究中的考古派和審音派——兼論運用諧聲系統研究上古聲母特別是複聲母的幾個問題《漢字文化》1998 年 2 期，17～30 頁。

2. 馮蒸，2006，《馮蒸音韻論集》，北京：學苑出版社。

3. 馮蒸，2020，論新三分框架體系下的三十一個訓詁學理論——兼論王引之〈經義述聞〉「通說」、段玉裁〈說文解字注〉「凡」例和王力〈古代漢語〉「通論」對構建訓詁學理論體系的啟示，《辭書研究》第 3 期 1～24 頁。

4. 馮蒸，2024，新四分框架下的新四十五個訓詁學理論，《漢字文化》第 1 期 1～25 頁。

5. 李方桂，1980，《上古音研究》，北京：商務印書館。

6. 林義光：《文源》，上海：中西書局，2012。

7. 丘彥遂，2016，《從漢藏比較看漢語詞族的形態音韻》，臺北：五南圖書出版股份有限公司。

8. 王國維，1983，《爾雅草木蟲魚鳥獸名釋例‧序》，《王國維遺書》，上海：上海古籍出版社。

9. 王力，1982，《同源字典》，北京：商務印書館。

10. 許良越，2018，《章太炎〈文始〉同源字典》，北京：中國社會科學出版社。

11. 楊潤陸，1990，論右文說，《學術之聲（3)》，北京師範大學學報增刊，北京師範大學中文系主編，143～159 頁。

12. 俞敏，1948，論古韻合帖屑沒曷五部之通轉，《燕京學報》第 34 期 29～49 頁。

13. 俞敏，1984，古漢語派生新詞的模式，《中國語文學論文選》，東京：光生館，93～125 頁。

14. 俞敏，1989，漢藏同源字譜稿，《民族語文》第 1、2 期。

15. 章太炎，1999，《章太炎全集（七）：文始》，上海：上海人民出版社。

16. Karlgren, Bernhard 1933 Word families in Chinese. *BMFEA* 5：9～120.

17. Arlgren, Bernhard 1949: *The Chinese Language, an Essay on its Nature and History*，N. Y. 1949。

18. Karlgren B. 1956 Cognate Words in Chinese Phonetic Series.*BMFEA* 28：1～18

《大唐西域記》
在佛典音義書中的地位與影響

施向東[*]

摘　要

　　《大唐西域記》是一部具有世界意義的歷史地理學巨著。它不是一本音義書，但是，它在佛教音義書的歷史上具有非常重要的地位。首先，它的作者玄奘在佛教史上具有崇高的地位，它是佛典翻譯史上的巨匠，它是兼通漢梵兩種語言的大師，他的弟子玄應是著名音義書《一切經音義》的作者。其次，《大唐西域記》書中有許多夾注，這些夾注大多數就是對梵語詞的音義翻譯，若單獨抽出，不啻為一部小型的音義書。第三，《大唐西域記》的夾注是梵語音義翻譯的典範，體現了佛教史中「新譯」的特徵。第四，《大唐西域記》的音義內容，對於梵漢對音研究、音義書沿革研究都有重要的意義，值得今人深入研究。

關鍵詞：大唐西域記；夾注；梵語音義；新譯特徵；音義書沿革

---

[*] 施向東，男，1948 年生，上海市人，教授，主要研究方向為音韻學，漢藏比較和梵漢對音。天津大學語言科學研究中心，天津 300072。

一

　　《大唐西域記》是一部具有世界意義的歷史地理學巨著。它不是一本音義書，但是，它在佛教音義書的歷史上具有非常重要的地位。玄奘從西行取經回到長安後，唐太宗李世民親自要求他把親歷 110 國和傳聞得知 28 國的情況寫成書。回國的第二年即貞觀二十年七月，書成，玄奘就表奏進呈給了李世民。

　　我們說《大唐西域記》在佛教音義書的歷史上具有非常重要的地位，首先就在於他的作者玄奘在佛教史上具有崇高的地位。玄奘是佛典翻譯史上的巨匠，佛典「新譯」的代表人物。他是兼通漢梵兩種語言的大師，他的弟子玄應是著名音義書《一切經音義》的作者。

　　關於《大唐西域記》的作者，文獻的記載前後並不一致。為此書作序的尚書左僕射燕國公于志寧說，玄奘「奉詔翻譯梵本，凡六百五十七部。……著《大唐西域記》，勒成一十二卷。」言之鑿鑿，肯定了玄奘的著作權。于志寧是玄奘同時代人，又是朝廷重臣，他的話應該是可信的。玄奘弟子慧立、彥悰在《大慈恩寺三藏法師傳》卷六記載此書始末說：「貞觀十九年……二月己巳……帝又謂法師曰：『佛國遐遠，靈跡法教，前史不能委詳，師既親睹，宜修一傳，以示未聞。』……二十年……秋七月……前又洛陽奉見日敕令法師修《西域記》，至是而成。」也沒有提到其他人。慧琳《一切經音義》卷八二在《大唐西域記》卷第一下也僅題「三藏沙門玄奘奉敕撰」。玄奘弟子道宣所著《大唐內典錄》（664 年）卷五將《大唐西域傳》一部十二卷跟玄奘所譯其他佛典放在一起，總括說：「右大小乘經論六十七部，一千三百四十四卷，京師大慈恩寺沙門釋玄奘奉詔譯。……勅名德沙門二十餘人助緝文句……沙門靈閏等證義，沙門行友等綴文，沙門辯機等執筆。」「西域傳」的名稱，明顯地與太宗皇帝「宜修一傳」的聖諭有關。所謂「助緝文句、證義、綴文、執筆」都是翻譯佛典譯場的助理工作。稍後道世（道宣之兄）《法苑珠林》（668 年）卷一百記載：「大唐西域傳十二卷。右此一部，皇朝西京大慈恩寺沙門玄奘奉勅撰。」就沒有把此書與譯作相混，而是單獨列出，且明確是「玄奘奉勅撰」。六十多年後智升的《開元釋教錄》（730 年）也把《大唐西域記》十二卷說成是玄奘「奉敕於弘福寺翻經院撰，沙門辯機承旨綴緝。」明確了玄奘「撰」、辯機「綴緝」也就是文字編輯的事實。又七十年後圓照的《貞元新定釋教目

錄》（800 年）的記載也大同小異：玄奘「奉敕於弘福寺翻經院撰，沙門辯機承旨綴。」道宣未把「著作」和「譯作」分開，默認「服從多數」地用了「譯」字，這就為以後的混亂埋下了伏筆，但是沒有將辯機個人和《大唐西域記》綁定，這記錄了事實的真相。智昇和圓照則把辯機跟《西域記》綁定了，然其身份僅僅是「綴緝、綴」，尚未遠離事實真相。總之，終唐之世，都沒有人懷疑《大唐西域記》是玄奘所撰著。

但是，唐之後的文獻卻出現了不同的說法。宋代歐陽修等《新唐書·藝文志三》著錄「玄奘《大唐西域記》十二卷，辯機《西域記》十二卷」，無端將一書分為二，將著作權分授二人。元代王古《大藏聖教法寶標目》卷第九：「《西域記》十二卷，唐奘法師譯，沙門辯機撰」，更將《大唐西域記》視為譯作，玄奘只是譯者，而撰作權莫名其妙地落到辯機一人頭上。明代智旭《閱藏知津》、清代咫觀《法界聖凡水陸大齋法輪寶懺》繼承了王古《法寶標目》的說法，以訛傳訛，謬種流傳。《大正藏》No. 2087《大唐西域記》卷第一下就作「三藏法師玄奘奉詔譯，大總持寺沙門辯機撰」。直至今日，「百度百科」猶云「《大唐西域記》又稱《西域記》，是由唐代玄奘口述、辯機編撰的地理史籍」；「古典名著網、古詩文網、百度文庫、國學典籍網」等都作「玄奘述，辯機撰文」。此種誤傳，不得不辨。

按，「辯機撰」之說，蓋源於《大唐西域記》全書末尾的「贊」語。《西域記》全書十二卷，書末有辯機所加的「記贊曰」一段話。其中說到：「辯機遠承輕舉之胤，少懷高蹈之節，年方志學，抽簪革服，為大總持寺薩婆多部道岳法師弟子。雖遇匠石，朽木難彫；幸入法流，脂膏不潤。徒飽食而終日，誠面壁而卒歲。幸藉時來，屬斯嘉會。負燕雀之資，廁鵷鴻之末。爰命庸才，撰斯方志。」看似自謙，卻扯了一個是他「撰斯方志」的大謊。據上所述，撰寫《大唐西域記》的任務明明白白是李世民直接交給親歷西域的玄奘的，而從未到過西域的辯機充其量是一個編輯助手〔註1〕。沒有任何證據可以證明，撰寫《大唐

〔註1〕作為編輯助手，辯機所做的工作，止於「綴緝」而已。道宣《續高僧傳·玄奘傳》談到玄奘譯場中助手所起作用時，有如下一段描述：「自前代已來所譯經教，初從梵語倒寫本文，次乃回之順同此俗，然後筆人亂理文句，中間增損多墜全言。今所翻傳，都由奘旨，意思獨斷，出語成章。詞人隨寫，即可披翫。」《大唐西域記》辯機贊亦云：「昔孔子在位，聽訟文辭，有與人共者，弗獨有也；至於修《春秋》，筆則筆，削則削，游、夏之徒，孔門文學，嘗不能贊一辭焉。法師之譯經，亦猶是也。」譯經如此，著述豈異於是？

西域記》的任務是落到辯機頭上的。只有書末的「記贊」，從行文內容和語氣措辭可以判斷，確是辯機所作。「贊」作為一種文體，原本是著作者自己用來「辯疑惑，釋凝滯」〔註2〕，揭示文章的要義隱義的，例如《漢書》每篇末的贊；而唐人有在他人著作中加贊語的風習，比如《史記索隱》作者司馬貞給《史記》130 篇文章每篇文末都加了「述贊」。辯機的「記贊」也是如此。辯機扯謊說他「撰斯方志」，冒奪其師的著作權，極為無恥。考其後來穢亂宮闈的醜行〔註3〕，他是做得出這種醜事的。唐代諸僧尚知其事始末，不曾淆亂了《西域記》的著作權。後人不察，誤信了辯機的訛言，又誤解了《大唐內典錄》的「譯」字，因此產生了紛爭。現代人更是將「名人口述，寫手整理」的模式套用到了《西域記》上，把一池清水攪渾了。

二

《大唐西域記》十二卷，前後共有隨文夾注 325 條〔註4〕。這些夾注和被注釋的詞語，如果單獨抽出，則不啻為一本音義著作。畢竟在此之前，佛典音義著作，據《大唐內典錄》卷五，有高齊（按即北齊）沙門釋道慧所著《一切經音》，但是久已逸失不傳，其體例、內容、規模都不得其詳。現存主要的五大佛典音義書——《玄應音義》《慧苑音義》《慧琳音義》《希麟音義》和《可洪音義》——都是在《大唐西域記》之後出現的，其中單經音義只有慧苑音義即《新譯大方廣佛華嚴經音義》，可與《西域記》的注釋做一比較。新譯《華嚴經》80 卷，《慧苑音義》1285 條，平均每卷出注 16 條；《西域記》12 卷，出注 325 條，平均每卷 27 條。可見，《西域記》的音義注解，是一筆巨大的財富，不由得我們不加以重視。

《西域記》的夾注，從其內容看，大致可以區分為以下幾類：

1. 注音。注音的夾注，有的是對不常見的難讀字的注音，如卷一「殑巨勝反伽河」，「殑」字不常見，故為之注音。卷三「昔摩訶薩埵王子於此投身飤餓烏檡音徒」，按「檡」字別本作「菟、㲦」，或誤作「擇」，根據注文「音徒」就可確定「檡（擇）」為誤字。《左傳·宣公四年》「楚人謂虎於菟。」《漢書·敘傳》

〔註2〕見劉知幾《史通·論贊》。
〔註3〕《新唐書》中《合浦公主傳》、《房玄齡傳》都記載有辯機私通合浦公主（即高陽公主）而被誅之事。
〔註4〕如果加上「記贊」中的兩條夾註，則共為 327 條。

作「於檡」，顏師古注：「於音烏，檡字或作菟，並音塗。」《切韻》〔註5〕平聲度都反「䖘，烏䖘，虎名。」「投身飼餓烏檡」就是捨身飼虎的故事。有的是對異讀字的注音，如卷四「屈露多國（kulūta）〔註6〕」、卷八「屈屈吒阿濫摩（kukkuṭārāma）」、卷九「屈屈吒播陀山（kukkuṭapāda）」、卷十二「屈浪拏國（kurān）」等諸條，「屈」字下都注音「居勿反」。按：「屈」字《切韻》有「區物反又居物反」兩讀〔註7〕，這裏用「居勿反」注音，說明在這些國名、地名中「屈」不能讀常用的溪母（kh-），必須讀見母（k-），才能正確對音。還有的是借用近音字表示一個漢字系統中沒有的音去跟梵語音節對音，比如卷九「有窣堵波，謂亘許贈反娑（haṃsa）」，按「亘」字本音「古嶝反」（見《王三》去聲嶝韻），見母，而嶝韻中沒有曉母字，所以借用「亘」字而加注「許贈反」來表示這裏要讀曉母。

2. 釋義。釋義的夾注，還可以分成兩小類：

一類是單純的釋義。如卷三「缽露羅國北印度境」、卷四「波理夜呾羅國中印度境」、卷十「案達羅國南印度境」、卷十一「蘇剌侘國西印度境」、「僧伽羅國雖非印度之國路次附出」等等，這是解釋諸國的地理位置。又卷一「大清池或名熱海，又謂鹹海」、卷四「林邏娑國亦謂三波訶國」、卷十「羯朱嗢祇羅國彼俗或謂羯蠅揭羅國」，這是提示異名。又卷二「六時合成一日一夜晝三夜三。居俗日夜分為八時晝四夜四，於一一時各有四分」、卷八「每歲至如來大神變月滿之日，出示眾即印度十二月三十日，當此正月十五日也」等等，這是解釋僧界和俗家的歲時制度。

另一類是用漢語詞來釋梵語音譯詞的意義，這一類通用格式是「某某唐言某某。」如「伊濕伐邏（iśvara）唐言自在」，卷三「摩訶伐那（mahāvana）唐言大林伽藍」，卷十「拘摩羅（kumāra）唐言童子」等等。這種音譯詞的釋義，常常還伴有其他內容，如卷四「羯若鞠闍國（kanyākubja）唐言曲女城國。中印度境」、卷十「僧伽羅國（simghala）唐言執師子，非印度之境」，兼釋地理位置；卷八「缽羅笈菩提山唐言前正覺山，如來將證正覺，先登此山，故云前正覺也」，兼釋得名之原。

3. 對舊譯加以辨正。佛典傳譯自後漢三國以還，歷經多代譯師，多處譯場，對梵語的譯音、譯義頗多異同，玄奘在《西域記》的夾注中，對大量詞語

〔註5〕見「王三」平聲十一模韻（故宮藏宋跋本）。
〔註6〕括號中的拉丁轉寫梵文為原文所無，是本文為了幫助讀者理解加上的。下文仿此。
〔註7〕見「切三」入聲六物韻（王國維抄本）。

的舊譯進行了辨正，有的是針對譯音，有的是針對譯義，有的音義兼辨，指出了舊譯的「訛、略」，給出了新譯。這一類夾注的數量很多，其語言學和語言學史的價值極大。這裏舉一個典型的例子，卷三「至一精舍，中有阿縛盧枳低濕伐羅菩薩像唐言觀自在。合字連聲，梵語如上；分文散音，即阿縛盧枳多譯曰觀，伊濕伐羅譯曰自在。舊譯為光世音，或云觀世音，或觀世自在，皆訛謬也。」這裏是說，佛門菩薩名 Avalokiteśvara 應該是 Avalokita（觀）＋iśvara（自在），前字末音 a 跟後字首音 i「合字連聲」（梵文法稱為 saṃdhi），a＋I＞e，因此應該讀作「阿縛盧枳低濕伐羅」，譯作「觀自在」。舊譯未能正確識別梵文複合詞的原始形式和連讀形式，正確離合其組成語素，可能看到了 avalokita（觀）、āloka（光）、loka（世界）、svara（音）等語素，因此有「光世音、觀世音、觀世自在」諸譯，鳩摩羅什還譯為「觀音」〔註8〕，而這些都是錯誤的，因此玄奘斥為「皆訛謬也」。

對於玄奘批評舊譯「訛也、略也、訛略也、訛謬也」的夾注，歷史上早有人注意到了。宋代法雲《翻譯名義集》〔註9〕序云：「或問：玄奘三藏，義淨法師，西遊梵國，東譯華言，指其古翻，證曰『舊訛』。豈可初地龍樹，論梵音而不親如以『耆闍』名『鷲』。『掘』名『頭』。奘云『訛也。今云姞栗羅矩吒』，三賢羅什，譯秦言而未正什譯『羅睺羅』為『覆障』。奘譯『羅怙羅』為『執日』？既皆紕繆，安得感通，澤及古今，福資幽顯？」今試釋曰：秦楚之國，筆聿名殊。殷夏之時，文質體別。況其五印度別，千載日遙，時移俗化，言變名遷。遂致梁唐之新傳，乃殊秦晉之舊譯。苟能曉意，何必封言？設筌雖殊，得魚安別？」意思是五印度之地各不相同，又歷經千載，語言豈無差別變化？我國語文尚有時地之異，新舊傳譯之不同是自然而然的。只要能理解佛典的意義，則得魚忘筌，得意忘言有什麼不可以的？從佛學的角度而言，法雲之說是有道理的。但是如果我們從語言學的角度去看，則不得不去深究新舊譯的不同之正誤及其根源了。

季羨林等《大唐西域記校注》在《西域記》全書第一條玄奘夾注「索訶世界舊曰娑婆世界，又曰娑訶世界，皆訛也」下出校〔註10〕，引用季羨林《論梵文 ṭ ḍ 的音譯》〔註11〕一文中的觀點說：「在玄應音義、慧琳音義和玄奘《大唐西域記》

〔註8〕見鳩摩羅什譯《妙法蓮華經》（大正藏 No.0262）卷七。
〔註9〕宋‧法雲《翻譯名義集》（大正藏 No.2131）自序。
〔註10〕見季羨林等《大唐西域記校注》，北京：中華書局，1985：34～36。
〔註11〕見季羨林《中印文化關係史論文集》，北京：三聯書店，1982：311。

裏，我們常常看到：『舊言某某，訛也（或訛略也）』，這類的句子。其實這些
舊日的音譯也不『訛』，也不『略』，因為據我們現在的研究，有很多中譯佛典
的原文不是梵文，而是俗語，或中亞古代語言。這些認為是『訛略』的舊譯就
是從俗語或中亞古代語言譯過來的。」此言道出了一半的真實情況。漢譯佛典，
尤其是早期的經典，很多是通過中亞西域的僧人翻譯過來的，如安世高、安玄
是安息人，支婁迦讖、支曜、支謙是月氏人，康巨、康孟祥、康僧鎧、康僧會、
曇諦是康居人，帛延是龜茲人，等等，他們所熟悉的語言並不是梵語，他們翻
譯所依據的經本，不是梵本而是所謂胡本即中亞西域文本，或者是雜有天竺俗
語或中亞古代語言成分的混合梵語本，可能性是極大的。因此譯文中出現一些
與梵文詞語不對等的音譯詞是常見的，比如卷一「呾蜜國」條下「窣堵波即舊
所謂浮圖也，又曰鍮婆，又曰塔婆，又曰私鍮簸，又曰藪斗波，皆訛也。」按，「窣堵
波」是梵
文 stūpa 的譯音，是現在我們稱為「塔」的建築物。東晉瞿曇僧伽提婆譯《增
壹阿含經》、元魏慧覺等譯《賢愚經》則作「鍮婆」，姚秦竺佛念譯《鼻奈耶》、
隋吉藏撰《金剛般若疏》作「塔婆」〔註12〕，如果按此詞的巴利文形式 thūpa，
則對音並不訛〔註13〕，也不略。再如卷九「王舍城」條下「殊底色迦唐言星曆。
舊曰樹提伽，訛也。」按，「殊底色迦」是梵文 jyotiṣka 的譯音，而此詞巴利文作
jyotika，後秦鳩摩羅什譯《大莊嚴論經》作「樹提伽」〔註14〕、北涼曇無讖譯
《佛所行讚》作「樹提迦」〔註15〕，都不能以「訛」概之。玄奘以中天竺梵音
的立場來評價〔註16〕，所以才會有「訛」或「訛略」的考語。

　　上述季羨林等學者所道及的「一半的真相」，本質上就是說我們必須承認
音譯外來詞的借出方實際上不是唯一的和標準的梵語。而他們未曾道及的另
一半真相，這裏需要特別指出來的，就是音譯外來詞的借入方語音的時地不

〔註12〕俱見《大正藏》：《增壹阿含經》No.125、《賢愚經》No.202、《鼻奈耶》No.1464、
　　　　《金剛般若疏》No.1699.
〔註13〕「鍮、塔」皆透母 th-，「婆」字並母 b-，對音 thūpa，雖不夠精確，尚可稱不訛。
〔註14〕見《大正藏》：《大莊嚴論經》No.201.
〔註15〕見《大正藏》：《佛所行讚》No.192.
〔註16〕玄奘《大唐西域記》卷二論印度文字云：「詳其文字，梵天所製，原始垂則，四
　　　　十七言也。寓物合成，隨事轉用。流演枝派，其源浸廣，因地隨人，微有改變，
　　　　語其大較，未異本源。而中印度特為詳正，辭調和雅，與天同音，氣韻清亮，為
　　　　人軌則。隣境異國，習謬成訓，競趨澆俗，莫守淳風。」這可以看做是他辨正譯
　　　　語的出發點。

同，也就是譯者所處的時代和所操的漢語方音的不同，也是需要我們特別注意辨正的。玄奘所指出的「訛、訛謬」，有許多並非由於原詞來源不同，而是由於譯者所處時代不同，漢語語音本身已經發生了變化，舊譯反映的古音已經異於今音；有的是由於譯者所操方音跟玄奘所操的中原正音不同，舊譯體現的語音系統不同於中原正音，所以玄奘認為需要辨正。比如卷一「殑巨勝反伽河舊曰恒河，又曰恒伽，訛也。」按，此詞梵文作 gaṅgā，後漢曇果及康孟祥譯《中本起經》作「恒水」、吳支謙譯《菩薩本緣經》作「恒河」、又其譯《撰集百緣經》作「恒伽河」，都用匣母字「恒」對音 gaṅ（gā）。李方桂構擬的匣母上古音正是*g-，俞敏也為上古音匣母構擬*g-〔註17〕。到中古，匣母音值擦化為 ɣ-，「恒」字不能正確對音梵音 g-，所以玄奘指斥其「訛也」，改為群母（g-）字「殑」並為其注音「巨勝反」。再如對音梵語元音 u，舊譯常用幽部字或侯部字，而玄奘將它們改為唐代的模韻字，如卷三「覩史多天舊曰兜率他也，又曰兜術他，訛也」、「鄔波第鑠論舊曰優波提舍論，訛也」、卷五「伐蘇畔度菩薩唐言世親。舊曰婆藪盤豆，譯曰天親。訛謬也。」按，「覩、鄔、蘇、度」上古屬魚部，中古模韻；「兜、藪、豆」上古屬侯部，中古屬侯韻；「優」上古屬幽部，中古尤韻。可以發現，舊譯反映的是中古以前的語音現象，而玄奘是用唐代的中原正音來糾正它們。

　　玄奘對舊譯的辨正，當然不僅僅體現在語音上。在詞義和其他方面也有重要的體現。比如卷三「頌舊曰伽，梵文略也。或曰偈他，梵音訛也。今從正音，宜云伽他。伽他者，唐言頌，頌三十二言也」，不但辨正了語音，提出「正音」的觀念，還揭示了同義詞（頌或曰偈），並解釋了偈頌作為文學體裁的規範和定義；卷七「毘摩羅詰唐言無垢稱。舊曰淨名，然淨則無垢，名則是稱，義雖取同，名乃有異。舊曰維摩詰，訛略也」，論及義譯與音譯的不同，以及不同義譯和不同音譯之間的差別；卷十二「瞿薩旦那國唐言地乳，即其俗之雅言也。俗語謂之渙那國，匈奴謂之于遁，諸胡謂之豁旦，印度謂之屈丹。舊曰于闐，訛也」，涉及雅言與俗語以及梵語與胡語之間的區別。

　　因此，《大唐西域記》對舊譯的辨正，在漢語史尤其是語音史上具有重要的意義。下文我們還要著重討論這一問題。

〔註17〕見李方桂《上古音研究》，北京：中華書局，1980：18；俞敏《俞敏語言學論文選》，北京：商務印書館，1999：17。

三

在《大唐西域記》序論中，玄奘交代了全書的宗旨：「清心釋累之訓，出離生死之教，象主之國，其理優矣。斯皆著之經誥，問諸土俗，博關今古，詳考見聞。然則佛興西方，法流東國，通譯音訛，方言語謬，音訛則義失，語謬則理乖。故曰：「必也正名乎」，貴無乖謬矣。夫人有剛柔異性，言音不同，斯則繫風土之氣，亦習俗之致也。……至於象主之國，前古未詳，或書地多暑濕，或載俗好仁慈，頗存方志，莫能詳舉，豈道有行藏之致，固世有推移之運矣。是知候律以歸化，飲澤而來賓，越重險而款玉門，貢方奇而拜絳闕者，蓋難得而言焉。由是之故，訪道遠遊，請益之隙，存記風土。黑嶺已來。莫非胡俗。雖戎人同貫，而族類群分，畫界封疆，大率土著。建城郭，務殖田畜；性重財賄，俗輕仁義；嫁娶無禮，尊卑無次；婦言是用，男位居下。死則焚骸，喪期無數；劓面截耳，斷髮裂裳，屠殺群畜，祀祭幽魂。吉乃素服，凶則皂衣。同風類俗，略舉條貫；異政殊制，隨地別敘。印度風俗，語在後記。」就是說，本書要對「象主之國」即五印度的佛教理義、修習方法，以及風土國俗、異政殊制，言語音聲，一一記敘，予以「正名」，使無乖謬。因此本書不僅以其夾注實現了音義書的功能，就是它的全書正文，也有很多地方是在正音釋詞，辨析語源，糾正前誤。這些內容大致可以概括為如下幾個方面：

1. 正文中直接用新譯譯音詞取代舊譯詞，以體現對舊譯的糾正。如：

苾芻（苾蒭） 卷三呾叉始羅國：「此龍者，即昔迦葉波佛時壞醫羅鉢呾羅樹苾芻者也。」按，苾芻，梵語 bhikṣu（巴利文作 bhikkhu），是出家佛弟子已受具足戒者的通稱，舊譯「比丘」，如後漢安世高譯《長阿含十報法經》、西晉白法祖譯《佛般泥洹經》、東晉法顯譯《大般涅槃經》、隋闍那崛多等譯《起世經》〔註18〕等等，都作「比丘」。「丘」字上古音 *khʷɯ，屬之部，後漢轉入幽部，音 *khu。可見安世高是用「比丘」對音巴利型的梵語方音 bhikkhu。到中古，「丘」字屬尤韻，音 khiu，無論對音正梵音還是巴利音都已經不諧。因此，玄奘從精準對音梵文的目的出發，將 bhikṣu 改譯為「苾芻」，「苾」是並母質韻字 biɪt，對音濁音 bhi-，「芻」是初母虞韻字 tʂʻiu，對音梵音 tʂʻu（＜kṣ），這樣在玄奘看來才是比較精確的。

〔註18〕俱見《大正藏》：《長阿含十報法經》No.13、《佛般泥洹經》No.5、《大般涅槃經》No.7、《起世經》No.24。

薩縛達多　卷三烏仗那國「如來昔修菩薩行，號薩縛達多王唐言一切施。」按，「薩縛達多」是梵文 sarvadatta 的對音，sarva 義為「一切」，datta 義為「布施，給予」（動詞，＜詞根 dā）。此詞後漢支婁迦讖譯《雜譬喻經》、三國吳康僧會譯《六度集經》、後秦鳩摩羅什譯《佛藏經》、隋慧遠撰《觀無量壽經義疏》〔註19〕等皆作「薩和檀」，鳩摩羅什譯《大智度論》〔註20〕作「薩婆達」。梵文 v-在方言中常常與 b-相混，故 va 常常與「婆」對音；而後漢三國時代漢語匣母一部分是 w-〔註21〕，因此支婁迦讖和康僧會用「和」對音 va。至唐初，漢語中輕重唇音分化，玄奘用奉母字「縛」對音 va。又按，舊譯中的「檀」字對音的是梵語 dāna（名詞，＜詞根 dā），玄奘按照梵語的標準音義改譯作「薩縛達多」。

印度　卷二篇首：「詳夫天竺之稱，異議紛紜，舊云身毒，或曰賢豆，今從正音，宜云印度。……印度者，唐言月……良以其土聖賢繼軌，導凡御物，如月照臨。由是義故，謂之印度。」按，「印度」一詞為玄奘首創，此前，《史記》稱為「身毒」，《後漢書》稱為「天竺」，符秦僧伽提婆、竺佛念譯《阿毘曇八犍度論》作「身毒」，南朝宋求那跋陀羅譯《雜阿含經》作「天竺」，隋達磨笈多譯《緣生初勝分法本經》序作「賢豆」。按，現代學者認為，「印度之名，起源於梵文 Sindhu 一詞，此字本義為河流，後又專指今之印度河。公元前六世紀，操伊朗語的波斯人從西北方侵入印度，首遇此大河，便以該河名 Sindhu 命名其所在地。後來此名進而成為外民族對整個次大陸地區的總稱……梵語 Sindhu 一詞在伊朗語中被讀為 Hindu。後來 Hindu 一詞因 h 弱化而成為 Indu。」（季羨林等，1985：162）事實上「身毒」對音 Hindhu，「天竺、賢豆」對音 Hindu，並皆不訛，玄奘認定 Indu 才是正音，所以譯成「印度」〔註22〕。

2. 在正文中對人名、地名、術語等專用名詞進行注解釋義，追溯語源。如：

〔註19〕俱見《大正藏》：《雜譬喻經》No.204、《六度集經》No.152、《佛藏經》No.653、《觀無量壽經義疏》No.1749.

〔註20〕見《大正藏》：《大智度論》No.1509.

〔註21〕見俞敏《後漢三國梵漢對音譜》，載《俞敏語言學論文集》，北京：商務印書館，1999：15。

〔註22〕至於認為「印度者，唐言月」，則是玄奘的誤解。梵文 indu 義為「月」，是一個同音異義詞，與國名無涉。義淨《南海寄歸內法傳》卷三「二十五　師資之道」條下曰：「或有傳云，印度譯之為月。雖有斯理，未是通稱。且如西國名大唐為支那者。直是其名。更無別義。」

至那僕底　　至那你　　至那羅闍弗呾羅　　卷四至那僕底國：「昔迦膩色迦王之御宇也，聲振鄰國，威被殊俗，河西蕃維，畏威送質。迦膩色迦王既得質子，賞遇隆厚，三時易館，四兵警衛。此國則冬所居也，故曰至那僕底唐言漢封。質子所居，因為國號。此境已往，洎諸印度，土無梨、桃，質子所植，因謂桃曰至那你唐言漢持來，梨曰至那羅闍弗呾邏唐言漢王子。」按，「至那」是梵文 Cīna 的對音，指中國，故意譯為「漢」。此一地名、兩樹名中都帶有詞素「至那」，玄奘解釋了它們的得名之由，記錄了東漢晚期西域地區與中亞國家交往的寶貴資料。

那爛陀　　卷九摩揭陀國下：「聞之耆舊曰：此伽藍南菴沒羅林中有池，其龍名那爛陀，傍建伽藍，因取為稱。從其實義，是如來在昔修菩薩行，為大國王，建都此地，悲愍眾生，好樂周給，時美其德，號『施無厭』，由是伽藍因以為稱。」按，「那爛陀」是中印度摩揭陀國著名寺院名，俗謂其得名源於寺旁池中龍名，而玄奘認為此名來源於佛本生傳說中如來未成佛之前眾生給予他的美稱「施無厭」，而梵文「那爛陀」Nālandā 正是由 na（無／不）-alaṃ（厭／足）-dā（施／予）三個成分構成的。按照梵文渾音規則，a＋a＞ā，ṃ 在 d 前＞n，這就精準地解釋了寺名的意義和詞源。

羯若鞠闍　　卷五羯若鞠闍國：「羯若鞠闍國人長壽時，其舊王城號拘蘇磨補羅唐言花宮。王號梵授……具足千子，智勇弘毅，復有百女，儀貌妍雅。時有仙人居殑伽河側……時人美其德，號大樹仙人。仙人寓目河濱，遊觀林薄，見王諸女相從嬉戲，欲界愛起，染著心生，便詣華宮，欲事禮請。王聞仙至，躬迎慰曰：『大仙棲情物外，何能輕舉？』仙人曰：『我棲林藪，彌積歲時，出定遊覽，見王諸女，染愛心生，自遠來請。』王聞其辭，計無所出……乃歷問諸女，無肯應娉。王懼仙威，憂愁毀悴。其幼稚女候王事隙，從容問曰：『父王千子具足，萬國慕化，何故憂愁，如有所懼？』王曰：『大樹仙人幸顧求婚，而汝曹輩莫肯從命。仙有威力，能作災祥，儻不遂心，必起瞋怒，毀國滅祀，辱及先王。深惟此禍，誠有所懼。』稚女謝曰：『遺此深憂，我曹罪也。願以微軀，得延國祚。』王聞喜悅，命駕送歸……仙人見而不悅，乃謂王曰：『輕吾老叟，配此不妍。』王曰：『歷問諸女，無肯從命。唯此幼稚，願充給使。』仙人懷怒，便惡呪曰：『九十九女，一時腰曲，形既毀弊，畢世無婚。』王使往驗，果已背傴。從是之後，便名曲女城焉。」按，「羯若鞠闍」是梵文 kanyākubja 的對

音，kanyā 義為「少女」，kubja 義為「彎曲」，故卷四篇末云：「羯若鞠闍國_{唐言}曲女城」。這裏給出了這一國名（城名）由原來的美名（拘蘇磨補羅——花城）變為惡名（曲女城）的緣由。此故事雖近荒誕，卻有著深遠的歷史文化傳承。據季羨林等（1985：427），其故事原型還見於《薄伽梵往世書》、史詩《羅摩衍那》等。

上座部　大眾部　卷九摩揭陀國下：「於是迦葉揚言曰：『念哉諦聽！阿難聞持，如來稱讚，集素呾纜藏。優波釐持律明究，眾所知識，集毘奈耶藏。我迦葉波集阿毘達磨藏。』兩三月盡，集三藏訖。以大迦葉僧中上座，因而謂之上座部焉。」又：「諸學、無學數百千人，不預大迦葉結集之眾，而來至此，更相謂曰：『如來在世，同一師學，法王寂滅，簡異我曹。欲報佛恩，當集法藏。』於是凡、聖咸會，賢智畢萃，復集素呾纜藏、毘奈耶藏、阿毘達磨藏、雜集藏、禁呪藏，別為五藏。而此結集，凡、聖同會，因而謂之大眾部。」

這些釋音、釋義、釋詞源語源的內容，都是後來音義書的豐富資源。

四

《大唐西域記》的夾注和正文中的音義資料，在漢語音韻學、文字學、訓詁學、音義學上都具有重要的價值。現略舉數例簡單說明。

1. 通過糾正舊譯，展現了唐初中原方音音系的特徵。如輕唇音已經分化出來：

卷一　「南贍部洲_{舊曰閻浮提洲，又曰剡浮洲，訛也。}」按，梵文 jambu-dvipa，舊譯用「浮」字（輕唇奉母）對 b-，不貼切，新譯改為「部」字，重唇並母，確當；

卷二　「泥縛些那_{唐言裙。舊曰涅槃僧，訛也。}」按，梵文 nivasana，舊譯用「槃」字（重唇並母）對 v-，不貼切，新譯改為「縛」字，輕唇奉母，確當；

卷四　「蘇部底_{唐言善現。舊曰須扶提……皆訛也。}」按，梵文 subuti，舊譯用「扶」字（輕唇奉母）對 b-，不貼切，新譯改為「部」字，重唇並母，確當；

卷五　「伐蘇畔度菩薩_{唐言世親。舊曰婆藪盤豆，譯曰天親。訛謬也。}」按，梵文 vasubandhu，舊譯用「婆」字（重唇並母）對 v-，不貼切，新譯改為「伐」字，輕唇奉母，確當；

卷六　「阿恃多伐底河_{舊云阿利羅跋提河，訛也。}」按，梵文 ajitavatii，舊譯用

「跋」字（重唇並母）對 v-，不貼切，新譯改為「伐」字，輕唇奉母，確當；

又卷三　「布剌拏唐言圓滿。」按，梵文 pūrṇa，舊譯為富婁那，富樓那，富囉拏，富羅拏，富剌拏，用「富」字（輕唇非母）對 p-，不貼切，新譯改為「布」字，重唇幫母，確當。

2. 通過糾正舊譯，展示了唐初聲調的長短高低。總體上看，平聲高於上、入聲，去聲最低；平聲長於上、入聲，去聲最長。如：

卷二　「戍陀羅舊曰首陀，訛也」。按，梵文 śūdrá（元音上的 ᵃ 號表示重音。梵語重音是高調），「羅」字平聲對重音 rá，舊譯「首」字對長音節，不妥，新譯改為「戍」字，去聲對輕音節、長音節。

卷六　「鉢邏闍鉢底舊云波闍波提，訛也。」按，梵文 prajápati，舊譯「波闍波提」皆平聲字，新譯除了對長音節兼重音節的 já 保留平聲字「闍」字，其餘都改成上去入聲字。通過這種對不同長短輕重梵語音節精心選擇不同聲調漢字來對音的事實，我們可以大體上勾勒唐初中原方音的四聲調值。〔註23〕

3. 開創「反切造字法」，為對音創造新字。如：

卷十一　「阿點婆翅羅國，周五千餘里，國大都城號朅齻濕伐羅。」「朅齻濕伐羅」梵語 kaccheśvara。「齻」字不見於《說文》《切韻》《原本玉篇》等唐前字書韻書，《宋本玉篇》《廣韻》《集韻》《類篇》方見，音「才詣／在詣」切。按，此音與梵音不諧。若按梵音 che，則當以穿三母字為切上字。此字從「齒」從「齊」，而「齒齊切」，正得 che 音。這可以看作「反切造字法」的濫觴。其後的佛典翻譯中頗有承用此法的。如菩提流支《不空羂索神變真言經》卷一：「薩縛皷名夜反地瓢」；卷二：「𦥑寧立反𪍘名也反健悌」；卷三：「勃皷停夜反勃皷同上」卷四：「譟饢名養反婆娜泥」。《龍龕手鑒》收集了這類反切造字法所造字，注明「皆咒中字」「響梵音」。這種造字法解決了由於漢梵兩語音系結構不同而造成的對音缺字的困難。後來反切造字法也傳到了西夏，成為西夏文造字法之一〔註24〕。

4. 《大唐西域記》記錄的文字、語音，解決了字書、韻書和梵漢對勘中解釋音義的某些缺失，填補了音義學的一些空白。這裏舉一個典型的例子。

〔註23〕參見施向東《玄奘譯著中的梵漢對音和唐初中原方音》，《語言研究》1983（1）：27～48。

〔註24〕參見施向東《反切造字法不自西夏文始》，《民族語文》1985 年 5 期。

　　卷三烏仗那國：「摩訶伐那伽藍西北，下山三四十里，至摩愉唐言豆伽藍。」季羨林等（1985：281～282）校注曰：「摩愉，梵文 mayū 音譯。原書『摩愉』下注有『唐言豆』，因此對於此字的解釋引起不少分歧。瓦特斯、堀謙德等認為 mayū 是梵文 mayūkha 一字之略，意即『光明』、『光線』，這樣可與下文『是佛昔蹈此石，放拘胝光明，照摩訶伐那伽藍』意義相符。梵文『摩愉』並無『豆』字含義，注作『豆』可能是當地人士對原義誤解所致。此外，如儒蓮（S. Julien）認為『愉』為『輸』字之訛，其對音為梵文 masūra 或其伊朗化的形式 masur，意為『扁豆』。二說未知孰是。」今按，二說皆誤，而瓦特斯、堀謙德之誤尤甚。關鍵在於它們只知道「愉」字音 yu，而不知道它有其他讀音。本書卷一，篇首列舉國名「愉色俱反漫國」，正文中，「東至愉朔俱反漫國」，兩個「愉」字都給了反切，下字相同，上字雖然不同，但是「色、朔」都是審二母，按照玄奘對音的通例，應該對音梵文 ṣu，而不是「愉」字的通常讀音 yu。儒蓮之釋雖然已經接近，但是「輸」字聲母是審三母 s，仍與玄奘注音不合。按，《切韻》記錄了玄奘的這個讀音。切三（王國維抄本）十虞韻山虞反「愉，裂繒」。王三（宋跋本）「愉」一作「輸」，而輸同輸（見《集韻》十虞韻），王三十虞韻山虞反「輸，裂繒」，《廣韻》十虞韻山芻切「輸，裂繒」。「山虞反、山芻切、色俱反、朔俱反」四者是聲韻調等價的反切。梵文 māṣa，義正為「豆」，māṣa 的音變形式 māṣo（＜māṣas＜māṣa）正好對譯為「摩愉朔俱反」。因此不是「當地人士」或玄奘弄錯了，而是近人和今人沒有注意到「愉」字的特殊讀音，忽視了玄奘兩處特意加注的反切才造成的混亂和歧見。

　　從文字學的角度說，從「忄」的「愉」釋為「裂繒」，遠不如從「巾」的「輸」合理。那麼「愉」之同「輸」，很可能源自手抄本時代書寫的訛誤。行書的「忄」旁和「巾」旁極為相似，試看相傳集王羲之字的《千字文》中「情」字和「帷」字，其偏旁何等相像：

　　抄手誤寫的可能性是極大的。無怪乎《切韻》《廣韻》的入聲「怗」韻，在《韻鏡》《七音略》作「帖」韻〔註25〕，《爾雅·釋言》「憮，傲也」，「憮」

〔註25〕見《宋本廣韻·永祿本韻鏡》，南京：鳳凰出版傳媒集團，2005：158，48；項跋本《王仁昫刊謬補缺切韻》，《續修四庫全書》250 冊，上海古籍出版社，2002：94。

字一作「憮」字〔註26〕是也。希麟《續一切經音義序》也有「考畫點。乃衹如枝以冉捘舒瞻亂於手木。帳知亮悵丑伏雜於心巾」之語，已經敏銳地注意到了這一點。

五

《大唐西域記》夾注和正文對詞語的注音釋義，不但繼承了漢代以來經史典籍音義書的傳統，還揭開了佛典音義注釋新的一頁。他的弟子玄應承繼乃師的聲明學〔註27〕成就，撰著了《眾經音義》（即《一切經音義》），開啟了漢語音義書嶄新的一支。以後的慧苑音義、慧琳音義、希麟音義和可洪音義等基本上都是沿用了玄應音義的思路和體例。因此可以說，玄奘的《大唐西域記》是佛典音義書的濫觴。

具體地說，玄應以下的佛典音義書，有以下四個方面繼承了玄奘。

1. 以通語正音給字詞注音。為後人了解唐代及以後的通語語音留下了忠實的資料。

比如《玄應音義》卷三：「揵沓和 又云揵陁羅，或作乾沓婆，或云揵達婆，或云乾闥婆，舊名也。今正言健達縛。皆國音之不同也。此云齅香，亦云樂神，一云食香，舊云香神，亦近也。經中亦作香音神也。」按，梵文 Gandharva，dhar 對音「沓、闥」，聲母不諧，對音「陁、沓」，韻尾不諧；va 對音「羅、婆」聲母不諧。玄應改為「健達縛」，符合唐初「正言」，即中原方言之音。又如《慧琳音義》卷二：「健達縛 梵語，天名，此譯為尋香。前卷音義已具釋。正梵音云𤚈達嚩。嚩音無可反，𤚈音魚騫反之也。」按，慧琳所處時代已在中唐之後，通語已經轉變為關中音，讀全濁聲母都帶有鼻音成分，故慧琳將梵語 gan 對音為「𤚈」，並特別給了「魚騫反」的注音，「𤚈、魚」都是鼻音疑母字〔註28〕。時移世易，通語的語音基礎轉變，「正音」的面貌發生改變，給佛典注音的反切用字也隨時變更，而作音義者以「正音」自任的意識始終不變。

2. 糾正舊譯，為梵語正音對音。使玄奘開啟的新譯傳統發揚光大。

〔註26〕 見《十三經注疏‧爾雅注疏》，北京：中華書局，1980：2581，2585。
〔註27〕 聲明，佛學五明之一。《大唐西域記》卷二：「五明大論，一曰聲明，釋詁訓字，詮目流別。」
〔註28〕 關於唐代關中方言全濁聲母的對音，參見劉廣和《音韻比較研究》，北京：中國廣播電視出版社，2002：8。

　　比如《慧苑音義上》曰：「和上　按五天雅言，和上謂之塢波陀耶。然彼土流俗謂之殟社，于闐、疏勒乃云鶻社，今此方訛音謂之和上。雖諸方殊異，今依正釋。言塢波者，此云近也，陀耶者，讀也。言此尊師為弟子親近習讀之者也。舊云親教師者是也。」按，「和上」即今所謂「和尚」，梵文為 Upādhyāya，而五天竺的方俗之音和西域各國的稱謂與之「殊異」，到中土訛音為「和上」。按照「五天雅言」即「特為詳正」的中天竺音，應該叫作「塢波陀耶」。

　　又《慧琳音義》卷一：「耆闍崛山　上音祇，下達律反。正梵音云紇哩（二合）馱囉（二合）屈吒，唐云鷲峯山。」按，此詞梵文為 Gṛdhrakūṭa，巴利文作 Gijjhakūṭa，舊譯「耆闍崛」是巴利文的對音，玄奘《西域記》卷九：「姞栗陀羅矩吒山唐言鷲峯，亦謂鷲臺。舊曰耆闍崛山，訛也。」與慧琳音一致，是「五天雅言」的對音。

　　3. 解析詞源，循名責實，精準釋義。

　　如《玄應音義》卷二：「馬腦　梵言摩娑羅伽隸，或言目娑邏伽羅婆。此譯云『馬腦』。案此寶或色如馬腦，因以為名。但諸字書旁皆從石，作『碼碯』二字，謂石之次玉者是也。」按，梵文作 Musāragalva。《廣雅・釋地》：「碼碯，石之次玉。」《藝文類聚》卷八十四引曹丕《馬瑙勒賦序》云：「馬瑙，玉屬也，出自西域，文理交錯，有似馬腦，故其方人因以名之。」

　　又同卷：「不肖　先妙反。《廣雅》：『肖，似，類也。』《說文》：『骨肉相似曰肖。字從肉，小聲。今言不肖者，不似也，謂骨肉不似其先，故曰不肖。』《禮記》：『其子不肖』是也。謂儜惡之類也。」按，首先解釋「不肖」的本義，然後用「謂儜惡之類也」概括其引申義，解釋了此詞在經文中的意思。

　　又《慧琳音義》卷四十一：「倉廩　上錯藏反。《說文》云：『倉，穀藏也。謂倉黃取而盛之，故曰倉。』下力錦反。鄭注《周禮》云：『藏米曰廩。』《說文》云：『穀所收入。宗廟粢盛，倉黃朕廩而取之，故謂之廩。』《說文》作㐭，從入從回，象屋中有戶牖者形也。」按，此引《說文》，用聲訓之法探索了「倉廩」一詞的語源，解釋了其詞義。

　　4. 介紹了梵語聲明知識。

　　如同玄奘在《西域記》介紹梵語文字語音，在夾注中解析梵語詞彙的構成語素、合字連聲規則等等，玄應、慧苑、慧琳等人也在他們的音義書中不時地

透露、介紹、講解梵文梵語知識，使中土僧侶和學人得到了梵文梵語知識的啟蒙。如《玄應音義》卷二為《大般涅槃經》卷八文字品作注解時，介紹了梵文元音、輔音知識，像長短元音的對立、比聲、超聲的不同，輔音的各種發音部位（舌根音、舌齒音、上腭音、舌頭音、唇吻音）等等。在卷二十三「業具軍」條下介紹了梵語的「八轉聲」（按即名詞的八個格），在卷二十四「健馱梨」條下介紹了「女聲、男聲」（按即名詞的陰性、陽性）。《慧苑音義》卷一在「阿修羅」條下介紹了「少聲、多聲」（按即名詞的單數、多數）。《慧琳音義》卷二十五為《大般涅槃經》卷八作注解時，專門作了「次辯文字功德及出生次第」一節，除了詳細介紹了梵文 12 聲勢（元音）、34 字母（輔音）和 4 助聲（按即不常用的 ṛ r̄ l̤ l̄ 4 字）外，還在「乞灑」「力力」兩條之下加了千餘字的注解，討論了元音數量、元輔音拼讀規則、悉曇（悉談）要義，並指出中土人士對梵語語音文字理解上的一些紛爭，是源於此經古譯「依龜茲國胡本文字翻譯，此經遂與中大首旨不同，取捨差別。」

以上這些，與慧立、彥悰《大慈恩寺三藏法師傳》和義淨《南海寄歸內法傳》以及各種悉曇學著述一起，將梵語的語言文字知識介紹到中土，對中土的語言文字之學是極大的啟發和推動。唐以後的包括等韻學在內的音韻學的高度發展，與此是有極大的相關性的。

當然，玄應及以後的音義書作者，也有許多超越玄奘的新發展新貢獻。這裏略舉數端以見一斑。

1. 廣引各種文獻來作為注音釋義的證據，增加了注釋的說服力，也為後人留下了珍貴的歷史文獻。如《玄應音義》卷一：「希望　《說文》作睎，同虛衣反。『睎，望也。海岱之閒謂睎。』《廣雅》『睎，視也。』下無方反，《說文》『出望（亡）在外，望其還也。』字從〔亡〕，朢省聲；若音無放反，《說文》『月滿與日相朢也』。〔註29〕字從月。但此二字音體，人多不辯。故此兩釋。」按，《說文》無「希」篆，古多假「希」為「睎」。此條引《說文》和《廣雅》解釋了「睎」的音義；又引《說文》辨析了「希望」之「望（平聲）」和「月朢」之「朢（去聲）」的不同形聲音義。

〔註29〕今見《說文》與玄應所引略有不同。四篇上：「睎，望也。從目，稀省聲。海岱之閒謂睎曰睎。」八篇上：「朢，月滿與日相朢，以朝君也。從月，從臣，從壬。壬，朝廷也。」十二篇下：「望，出亡在外，望其還也。從亡，朢省聲。」

又如《慧琳音義》卷十三：「**鈍根** 豚頓反。《蒼頡篇》云：『鈍，頑也。』如淳注《史記》云：『頑鈍，猶無廉隅也。』《聲類》：『不利也。』形聲字也。」按，此引三書注釋「鈍」字字義，除如淳注《史記》尚散見於裴駰《史記集解》和司馬貞《史記索隱》外，《蒼頡篇》與《聲類》兩書今已不傳，賴此得見吉光片羽，十分珍貴。

2. 增加了文字校勘、詞義辨析、版本考釋等內容，使佛典音義書的內容更加豐富，體例更加完善。如：《玄應音義》卷一：「**翳目** 《韻集》作瞖，同於計反。瞖，目病也。《說文》：目病生翳也。並作翳。《韻集》作瞖，近字也。經文有作曀，陰而風曰曀。曀非此義。」按，此條提出了「近字」的概念，即音義相同的異體字；又辨析了音近義異的「曀」字。又《慧琳音義》卷九十八：「**栴香** 戰延反，《考聲》：栴檀，香木名也。《集》（按指《廣弘明集》）作柵，音策。又別本作柟，音南。並非香義也。」按，梵語 candana，香木名，此譯為「栴檀、旃檀、旃檀那」，以此所製之香即檀香。「柵」字義為柵欄，非樹木名。「柟」字《說文》解為「梅也」，雖為木名，但無香義。故慧琳指為「並非」。又《希麟音義》卷九：「**痏子** 上方未反，《切韻》云：『熱生細瘡也。』律文中『腳生佛子，如芥子顆。』今詳『佛』字與『痏』字，書寫人誤，不可。比丘腳上生佛子，甚乖律意也。」按，希麟根據所釋律文（《根本說一切有部毘奈耶皮革事卷下》）的內容，指出「腳生佛子」一語中「佛」字乃「痏」字之誤，是抄書人的誤寫。

3. 通過分析造字方式辨析字義，消除誤解，正確釋義。

利用「六書」理論分析文字音義，《玄應音義》已開佛典音義之例，計有象形 9 例，假借 19 例。《慧苑音義》亦有會意、假借各 1 例。《慧琳音義》則大規模地通過「六書」分析來釋詞，初步統計，計有象形 161 例，會意 307 例，形聲 561 例，轉注 43 例，假借 34 例，共 1106 例〔註30〕。這裏略舉幾例如下：

《慧琳音義》卷十二：「**繾綣** 上於遠反，下以隴反，並假借字。若依字義，與經甚乖，今並不取。經（按，指《大寶積經》）云『繾綣』者，乃珍妙

〔註30〕按，有的一例中包含不止一個字，如《慧琳音義》卷一「池沼」條：「並形聲字」；卷十二「繾綣」條：「並假借字」。有的重出，如「肅」字，卷四「惇肅」條、卷六「惇肅、戚肅」兩條都注「會意字也」。因此 1106 例不等於 1106 字，但其字數之多是應當承認的。

華麗、錦繡縣褥、褫音池氈、花毯舞筵之類也。字書並無此正字。借用也。」

又卷五:「日暴　蒲冒反。《韻英》:『曬也,晞也。』《說文》從曰,從出,從大,大音代,從米,會意字也。經(按,指《大般若波羅蜜多經》)中從田,從恭,非也。」

又卷九十一:「開柘　湯柘反。《廣雅》:『大也』,亦開手。形聲字也。」按,《廣雅·釋詁一》:「祏,大也。」王念孫疏證曰:「祏之言碩大也。祏,曹憲音託,各本譌作祐,惟影宋本不譌。《說文繫傳》引《字書》云:『祏,張衣令大也。』《玉篇》:『祏,廣大也。』《太元·元瑩》云:『天地開闢,宇宙祏坦。』漢《白石神君碑》云:『開祏舊兆。』《文選·魏都賦》注引《倉頡篇》云:『斥、大也。』《莊子·田子方》篇:『揮斥八極。』李軌音託。《漢書·揚雄傳》云:『拓迹開統。』拓、斥,並與祏通。」按照慧琳注釋和王念孫疏證,本條「開柘」應作「開拓」。「拓」字形音義才能與「湯柘反」「大也」「形聲字」相匹配。而「柘」字從木,《說文》:「柘,柘桑也」,人徐音「之夜切」,其形音義與「拓」迥異。當是抄手誤寫了偏旁。

4. 記錄了大量「俗字」,在文字史上具有重要的價值。

《玄應音義》已見 44 例,《慧琳音義》多達 1670 例,《希麟音義》105 例。俗字是一定時期一定範圍內流行通用而未經規範的漢字,其中一些作為異體字被保留下來,有些反轉成為正體字,有的則在後來被淘汰,也有一些原來不受重視的簡筆字後來被作為簡體字而登上了規範漢字的大雅之堂。比如:

《慧琳音義》卷一:「控寂　上苦貢反……下情亦反,俗字也。《說文》作『宋』,正體字也。」按,「寂」字後來被視作規範字,而「宋」字,在《廣韻》已作為異體字出現,到《現代漢語詞典》中「宋」字已經消失,連異體字的資格都沒有了。

又卷十一:「質樸　普剝反。《考聲》:『凡物未彫刻曰樸。』」經(按,指《大寶積經》)作朴,俗字也。」按,「朴」作為「樸」的簡體字,現在已經列入規範漢字的行列。

又卷廿四:「嬉戲　上喜其反……下希寄反。《考聲》云:『戲,謔也,悅也。』郭註《爾雅》云:『啁戲也。』《說文》從戈,虛聲。經(按,指《莊嚴菩提心經》)從虛,作戲,俗字也。虛音希也。」按,無論是正字「戲」,還是俗字「戲」,今天都已經作為簡體字「戏」的異體字保留在字典中,且「戲」的筆

畫也規範為「戲」了。

＊　＊　＊　＊　＊　＊　＊　＊　＊

　　玄奘《大唐西域記》一書的巨大歷史價值早已得到中外學界的高度評價。它在音義學中的價值則還有待於我們的進一步開發挖掘。本文謹作初步的嘗試，以供學界同仁批評指正。

參考文獻

1. 「切三」（唐寫本切韻殘卷，王國維抄本），《續修四庫全書》第 249 冊，上海古籍出版社，2002 年。

2. 「王三」（宋跋本《刊謬補缺切韻》），《續修四庫全書》250 冊，上海古籍出版社，2002 年。

3. 「王二」（項跋本《刊謬補缺切韻》），《續修四庫全書》250 冊，上海古籍出版社，2002 年。

4. 《十三經注疏・爾雅注疏》，北京：中華書局，1980：2581，2585。

5. 《宋本廣韻・永祿本韻鏡》，南京：鳳凰出版傳媒集團，2005：158，48。

6. 安世高譯，《長阿含十報法經》，《大正藏》第 1 冊，No.13。

7. 白法祖譯，《佛般泥洹經》，《大正藏》第 1 冊，No.5。

8. 達磨笈多譯，《緣生初勝分法本經》，《大正藏》第 16 冊，No.716。

9. 道世，《法苑珠林》，《大正藏》第 53 冊，No.2122。

10. 道宣，《大唐內典錄》，《大正藏》第 55 冊，No.2149。

11. 道宣，《續高僧傳》，《大正藏》第 50 冊，No.2060。

12. 闍那崛多等譯，《起世經》，《大正藏》第 1 冊，No.24。

13. 法顯譯，《大般涅槃經》，《大正藏》第 1 冊，No.7。

14. 法雲，《翻譯名義集》，《大正藏》第 54 冊，No.2131。

15. 慧立、彥悰，《大慈恩寺三藏法師傳》，《大正藏》第 50 冊，No.2053。

16. 慧琳，《一切經音義》（慧琳音義），《大正藏》第 54 冊，No.2128。

17. 慧覺等譯，《賢愚經》，《大正藏》第 4 冊，No.202。

18. 慧遠，《觀無量壽經義疏》，《大正藏》第 37 冊，No.1749。

19. 慧苑，《新譯大方廣佛華嚴經音義》（慧苑音義），《金藏》第 91 冊，No.1066。

20. 吉藏，《金剛般若疏》，《大正藏》第 33 冊，No.1699。

21. 季羨林，《中印文化關係史論文集》，北京：三聯書店，1982 年。

22. 季羨林等，《大唐西域記校注》，北京：中華書局，1985 年。

23. 鳩摩羅什譯，《佛藏經》，《大正藏》第 15 冊，No.653。

24. 鳩摩羅什譯，《妙法蓮華經》，《大正藏》第 9 冊，No.0262。

25. 鳩摩羅什譯，《大智度論》，《大正藏》第 25 冊，No.1509。

26. 鳩摩羅什譯,《大莊嚴論經》,《大正藏》第 4 冊,No.201。

27. 康僧會譯,《六度集經》,《大正藏》第 3 冊,No.152。

28. 可洪,《新集藏經音義隨函錄》(可洪音義),《高麗藏》第 34～35 冊,No.1257。

29. 李方桂,《上古音研究》,北京:中華書局,1980 年。

30. 劉廣和,《音韻比較研究》,北京:中國廣播電視出版社,2002 年。

31. 劉知幾,《史通》,見《四部備要》第 51 冊《史通通釋》,北京:中華書局。

32. 歐陽修、宋祁,《新唐書》,北京:中華書局,1975 年。

33. 歐陽詢,《藝文類聚》,上海古籍出版社,1982 年。

34. 菩提流支,《不空羂索神變真言經》,《大正藏》第 20 冊,No.1092。

35. 求那跋陀羅譯,《雜阿含經》,《大正藏》第 2 冊,No.99。

36. 瞿曇僧伽提婆譯,《增壹阿含經》,《大正藏》第 2 冊,No.125。

37. 僧伽提婆、竺佛念譯,《阿毘曇八犍度論》,《大正藏》第 26 冊,No.1543。

38. 施向東,《反切造字法不自西夏文始》,《民族語文》1985 年 5 期。

39. 施向東,《玄奘譯著中的梵漢對音和唐初中原方音》,《語言研究》1983(1):27～
    48。

40. 曇無讖譯,《佛所行讚》,《大正藏》第,4 冊,No.192。

41. 王古,《大藏聖教法寶標目》,《乾隆藏》第 143 冊,No.1608。

42. 王念孫,《廣雅疏證》,上海古籍出版社,1983 年。

43. 希麟,《續一切經音義》(希麟音義),《大正藏》第 54 冊,No.2129。

44. 行均,《龍龕手鑒》,北京:中華書局,1985 年。

45. 許慎,《說文解字》,上海古籍出版社,1981 年。

46. 玄奘,《大唐西域記》,《大正藏》第 51 冊,No.2087。

47. 玄應,《一切經音義》(玄應音義),《中華藏》第 56～56 冊,No.1163。

48. 義淨,《南海寄歸內法傳》,《大正藏》第 54 冊,No.2125。

49. 俞敏,《後漢三國梵漢對音譜》,載《俞敏語言學論文集》,北京:商務印書館,1999
    年。

50. 俞敏,《俞敏語言學論文選》,北京:商務印書館,1999 年。

51. 圓照,《貞元新定釋教目錄》,《大正藏》第 55 冊,No.2157。

52. 支婁迦讖譯,《雜譬喻經》,《大正藏》第 4 冊,No.204。

53. 咫觀,《法界聖凡水陸大齋法輪寶懺》,《卍續藏》第 74 冊,No.1499。

54. 智昇,《開元釋教錄》,《大正藏》第 55 冊,No.2154。

55. 智旭,《閱藏知津》,《嘉興藏》第 32 冊,No.B271。

56. 竺佛念譯,《鼻奈耶》,《大正藏》第 24 冊,No.1464。

揚雄《方言》「屑，潔也」再考

董志翹[*]

摘　要

　　揚雄《方言》卷三有·「屑，潔也。（郭璞注：謂清潔也，音薛）」　條，以往的訓詁家均以「《詩·邶風》：『不我屑以。』《鄘風》：『不屑髢也。』毛傳並云：『屑，絜也。』潔、絜古通用。」為證。其實，這是對毛傳的一個很大的誤解。這裡的「屑」是個方言記音詞，並非「屑」可以引申出「清潔」之義。實際上，古代此詞常用的記錄形式是「雪」（「雪」有「擦拭」「清洗」義），而且根據《方言》一書體例，卷三「屑，潔也」條前後各條訓釋的都是動詞性詞語，所以此「屑，潔也（雪，潔也）」也應是動詞「清洗」「清除」之義。同時，古文獻中多有「洗屑」「洗雪」「洗潔」、「澡雪」「澡潔」、「雪拭」「潔拭」、「雪除」「潔除」為異文者。而「雪」「拭」「刷」乃一聲之轉，為同源詞也。

關鍵字：屑；雪；刷；拭；同源；清洗

＊　董志翹，男，1950年生，浙江嘉興人，博士，教授，主要研究方向為漢語史、訓詁學、古代文獻學。北京語言大學文學院，北京100083。

一

揚雄《方言》卷三 38：「屑，潔也。（郭璞注：謂清潔也，音薛）」

華學誠等《揚雄方言校釋匯證》：

屑：戴震《方言疏證》：「《廣雅》：『屑，潔也。』義本此。《詩·邶風》：『不我屑以。』《鄘風》：『不屑髢也。』毛傳並云：『屑，絜也。』潔、絜古通用。」丁惟汾《方言音釋》：「屑，古音讀薛，與雪（古音讀塞）雙聲音轉。《詩·曹風·蜉蝣篇》：『麻衣如雪』傳云『如雪，言鮮絜。』潔、雪疊韻，屑、雪雙聲，相互為訓。」

按：「如雪」言鮮潔，說喻義也，非「雪」本訓鮮潔。「屑」之訓「潔」，蓋借字記詞，文獻未詳。以音求義是也，然不必一定如丁氏所說。（第 243 頁）

《揚雄方言校釋匯證》於此條下，彙集了戴震《方言疏證》，丁惟汾《方言音釋》中的有關見解，並加了按語。

（一）首先，我們來看《匯證》所引的戴震《方言疏證》：

從所加按語來看，《匯證》編撰者對戴震用「《廣雅》：『屑，潔也。』《詩·邶風》：『不我屑以。』《鄘風》：『不屑髢也。』毛傳並云：『屑，絜也。』」作為《方言》「屑，潔也。」條之書證是持否定態度的。因為「按語」中云「『屑』之訓『潔』，蓋借字記詞，文獻未詳。」既然「文獻未詳」，那麼說明戴震所引的三條文獻例證不足據。

就古人訓釋來看：

（1）宴爾新昏，不我屑以。（《詩·邶風·谷風》）〔漢〕毛亨《傳》：「屑，絜也。」鄭玄《箋》：「以，用也。言君子不復絜用我當室家。」〔唐〕孔穎達《正義》云：「絜，飾也。謂不絜飾而用己也。」（第 641 頁）

（2）鬒髮如雲，不屑髢也。（《詩·鄘風·君子偕老》）〔漢〕毛亨《傳》：「鬒，黑髮也。如雲，言美長也。屑，絜也。」鄭玄《箋》：「髢，髮也。不絜者，不用髮為善。〔唐〕孔穎達《正義》云：「髢一名髮，故云髢髮。《說文》云：『髮，益髮也。』言己髮少，聚他人髮益之。……不絜髢者，言婦人髮美，不用他髮為髮而自絜美，故云『不用髮為善』。」（第 661 頁）

從上引可見，毛《傳》、鄭《箋》僅釋「屑，絜也。」所謂「絜」同「潔（潔）」，故訓「屑，潔也」，都是根據孔穎達《正義》的「絜，絜（潔）飾」「絜，絜（潔）美」的釋義而生。其實，對《正義》的說法，清代馬瑞辰已有

辨析。馬瑞辰《毛詩傳箋通釋》卷四《邶風・谷風》下云：

> 「不我屑以」，《傳》：「屑，絜也。」《箋》謂：「以，用也。言君子不復絜用我當室家。」正義：「潔者，飾也。謂不潔飾而用己也。」瑞辰按：屑有數義。《說文》：「屑，動作切切也。从尸，㕚聲。」「㕚，振㕚也。」《玉篇》作「振胅也」。說文：「胅，胅䘐，布也。」振胅者，蓋謂振動布寫也。屑又通㑥。《說文》：「㑥，聲也。讀若屑。」《說文》訓屑為動作切切，切切即動作聲也。振動則有潔清之義，《爾雅・釋言》：「捝，清也。」郭注：「振訊所以為潔清。」捝即振字。又屑、潔雙聲，故屑訓為潔。振動則勞，勞則不安，不安則擾，故《方言》曰：「屑屑，不安也。」又曰：「屑，勞也。」「屑，獪也。」古人以相反為義，潔謂之屑，忍辱而受不潔亦謂之屑，因而不忍亦謂之不屑。《說文》：「忍，能也。」因而不能、不肯通謂之不屑矣。潔，《說文》止作絜。屑為潔清之潔，因又引伸為絜束之絜矣。《詩》及《孟子》、《史記》多言不屑，義各有取。如《孟子》言伯夷「不受也者，是亦不屑就已」，言柳下惠「援而止之而止者，是亦不屑去已」。據《孟子》又言伯夷「橫政之所出，橫民之所止，不忍居也」，柳下惠「與鄉人處，由由然不忍去也」，居猶就也，是知《孟子》所謂「不屑就」者即不忍就也，「不屑去」者即不忍去也。因知《史記》廉頗曰「吾羞，不忍為之下」，即不屑為之下也。忍、能同義。《史記・蘇秦列傳》韓王曰「寡人雖不肖，必不能事秦」，即不屑事秦也。不屑又通作不肯。《莊子・則陽篇》《釋文》：「屑，本亦作肯。」《呂氏春秋・不侵篇》曰：「得意則不慙為人君，不得意則不屑為人臣。」而《戰國策・齊策》云：「得志不慙為人主，不得志不肯為人臣。」是知不屑即不肯也。忍能受辱，因而忍辱而受者亦為屑。《孟子》「蹴爾而與之，乞人不屑也」，不屑即不受，猶上云「行道之人弗受」也。《孟子》「欲得不屑不潔之士而與之」，即欲得不受不潔之士而與之也。屑從㕚聲，㕚與俏通；俏，列也；斯屑亦得訓列。《孟子》「予不屑之教誨也者」，即言予不列之教誨也。至《君子偕老》詩「不屑髢也」，傳「屑，絜也」，俗本作潔，誤。絜當訓為絜束之絜。髢，結髮而為之，故曰「不屑髢也」，此絜清引伸為絜束之義也。此《詩》

「不我屑以」，以猶與也，「不我屑以」謂不我肎與，猶云「莫我肎
穀」，此不屑通為不肎之義也。毛《傳》及《孟子》趙注竝訓屑為潔，
蓋失其義久矣。（第 133 頁）

雖然，馬瑞辰的整個詞義引申的推導過程，尚有值得商榷處（如：「《說文》
訓屑為動作切切，切切即動作聲也。振動則有潔清之義」「屑為潔清之潔，因又
引伸為絜束之絜矣」之說，就顛倒了本末關係，顯得牽強〔註1〕。），但他最終
將「不我屑以」之「屑」釋為「肎」，將「不屑髢也」之「屑」釋為「束」，並
謂「毛《傳》及《孟子》趙注竝訓屑為潔，蓋失其義久矣」，還是值得重視的。

實質上，毛《傳》訓「屑，絜也。」是對的，但《正義》將「絜」訓為「潔
（潔）」，進而謂「絜，飾也。謂不絜飾而用已也。」「不絜髢者，言婦人髮美，
不用他髮為髢而自絜美」則增字為訓，顯得迂曲。

《說文・糸部》：「絜，麻一耑也。从糸初聲。」段玉裁《注》：「一耑猶一束
也。……《人部》『係』下云：『絜，束也。』是知絜為束也。束之必圍之，故
引申之圍度曰絜。束之則不柀曼，故又引申為潔淨，俗作『潔』，經典作『絜』。」
（第 1150 頁）《詩・邶風・谷風》：「宴爾新昏，不我屑以。」中之「屑」當通
「絜」（與「潔」無關），「絜」從本義「麻一耑」引申出「結束」義，從「結
束」義引申出「圍度」「度量」義，又從「度量」義引申出「度顧」「顧惜」「介
意」義。（而正如段玉裁所言，「絜」的「清潔」義乃自「束之則不柀曼，故又
引申為潔淨」而生）如：

（3）天屑臨文王慈，是以老而無子者，有所得終其壽。（《墨子・兼愛中》）

〔註1〕按：「屑」本當作「屑」，《說文・尸部》：「屑，動作切切也。从尸肖聲。」段玉裁
注：「《方言》曰：『屑屑，不安也。秦晉謂之屑屑。』又曰『屑，勞也。』『屑，獪
也。』《邶風》：『不我屑以』毛傳：『屑，絜也。』私列切，十二部，按俗從肖，非。」
（第 699 頁）《說文・肉部》：「肖，振肖也。从肉八聲。」段玉裁注：「振肖，依《玉
篇》，今本《玉篇》肖譌眸。十部曰：『肖蠁，布也。』然則振肖者，謂振動布寫也。
以疊韻為訓也。鍇本云『振也』，鉉本云『振肖也』皆非是。《禮樂志》曰：『鸞路龍
鱗，罔不肖飾。』師古曰：『肖，振也。謂皆振整而飾之也。』《上林賦》：『肖蠁布
寫』師古曰：『肖蠁，盛作也。』《甘泉賦》：『蔮唊肖以挭根。』師古曰：『言風之動
樹，聲響振起。』此皆與《說文》合。蓋肖與肖音義皆同。許無『八肖』字，今按，
作肖、作肖皆可。《左傳》言『振萬』，舞者必振動也。尸部曰：『屑，動作切切也。』
此從肖會意也。許乞切，古音在十二部。」（第 304 頁）據此，「屑」從「肖」聲，
因而「受義於肖」，故有「振動散佈」義，這是天經地義的。故《說文・尸部》：「屑，
動作切切也。」「動作切切」即「振動兒」。從「振動」義素而引申出「勞累」「不
安」；從「散佈」義素引申出「迅速」「細碎」等義，也是很自然的。但「屑」無容
從『振動』義引申出『除垢』之義。

〔清〕孫詒讓《閒詁》引《後漢書·馬廖傳》李賢注：「屑，顧也。」（第 110 頁）

（4）廖性質誠畏慎，不愛權埶聲名，盡心納忠，不屑毀譽。（《後漢書·馬廖傳》）〔唐〕李賢注：「王逸注《楚詞》云：屑，顧也。」（第 854 頁）

（5）既秉上皇心，豈屑末代誚？（〔南朝宋〕謝靈運《七里瀨》詩）劉良注：「王逸《楚辭》注曰：屑，顧也，先結切。」（第 142 頁）

（6）心靈洞開，翱翔自得，誰屑羣猜？（〔唐〕柳宗元《祭楊憑詹事文》）《百家注》引童宗曰：「屑，顧也。」（第 1047 頁）

（7）屑，顧也。（《廣韻·屑韻》）（第 491 頁）

故「不我屑以」即「不我絜以」，亦即「不顧惜我也」之義〔註2〕。

又《說文·髟部》：「髻，絜髮也。」段玉裁《注》：「絜，引申為圍束之稱。絜髮指束髮也。」（第 747 頁）《玉篇·糸部》：「絜，結束也。」（此義之「絜」，後亦寫作「擑」。《通俗文》：「束縛謂之擑。」《廣雅·釋詁》：「擑，束也。」）故馬瑞辰《毛詩傳箋通釋》於「不屑髢也」毛《傳》「屑，絜也，」下云：「絜與結同義。」所謂「鬒髮如雲，不屑髢也」乃「鬢髮如烏雲，不須結假髮」之意。

上舉《詩經》中兩「屑」，均通「絜」，然後從「絜，麻一耑」的本義引申出「結束」義，從「結束」義引申出「圍度」義，從「圍度」「度量」義引申出「度顧」「顧惜」「介意」義。其義與「潔」無關。故戴震以此兩例為書證，失察甚矣！

（二）其次，我們再看《匯證》所引丁惟汾《方言音釋》：

「丁惟汾《方言音釋》：「屑，古音讀薛，與雪（古音讀塞）雙聲音轉。《詩·曹風·蜉蝣篇》：『麻衣如雪』傳云『如雪，言鮮絜。』潔、雪疊韻，屑、雪雙聲，相互為訓。」（第 62 頁）

《方言》：「屑，潔也。」郭璞注「謂清潔也，音薛。」

因此「屑」表「潔」義，此乃記音字，而據郭注，此「屑」的讀音當與「薛」

〔註2〕《漢語大詞典》「屑」字下未列「潔也」義項，將「不我屑以」之「屑」釋為「顧惜、介意」，將「不屑髢也」之「屑」釋為「常與『不』連用，表示輕視。」還是有一定根據的。另外，《晉書·謝安傳》：「世頗以此譏焉，安殊不以屑意。」《晉書·苻堅載記下》：「自不參其神契，略不與交通，是以浮華之士咸輕而笑之，猛悠然自得，不以屑懷。」《弘明集·正誣論》：「方將抗志於二儀之表，延祚於不死之鄉，豈能屑心營近，與涓彭爭長哉？」中之「屑意」「屑懷」「屑心」均為「顧懷」「介意」義。

同。在古文獻中「屑」表「潔」義的用例罕見，但用「雪（與「薛」同音）」表「潔」義之用例則習見。

　　屑：上古心紐質部　《廣韻》先結切　　心屑開四入山
　　薛：上古心紐月部　《廣韻》私列切　　心薛開三入山（質月旁轉）
　　雪：上古心紐月部　《廣韻》相絕切　　心薛合三入山

　　薛、雪古音完全相同，故丁惟汾認為此「屑」即同「雪」，這一認識無疑是正確的。不過，從丁惟汾所引「《詩‧曹風‧蜉蝣篇》:『麻衣如雪』《傳》云『如雪，言鮮絜』」一例來看，說明他也是誤解了《方言》「屑，潔也。」的意思。（正如《匯證》按語所云：「『如雪』言鮮潔，說喻義也，非『雪』本訓鮮潔。」）

　　事實上，《方言》：「屑，潔也。」郭璞注「謂清潔也」一條中的「潔」「清潔」均非形容詞性質，而是動詞性質，乃「擦拭」「清除」「清洗」之義。關於這一問題，我們可從《方言》全書體例得到證明。我們知道《方言》很大程度上仿照了《爾雅》一書的體例，《爾雅》在釋義條例上具有「相關系聯」的特徵，即「各篇中訓釋條目之間大致是按照詞性、詞義或語音等方面的相關性而依次系聯的」，這在《方言》中亦多有體現。因此《方言》每卷各詞條的排列是有一定的規律。我們不妨看一看《方言》卷三「屑，潔也。」前後的各個詞條：

　　《方言》卷三28:「杚，仇也。」（杚，匹配）
　　《方言》卷三29:「㝢，寄也。」（㝢，寄託）
　　《方言》卷三30:「露，敗也。」（露，敗露）
　　《方言》卷三31:「別，治也。」（通「辨」，治）
　　《方言》卷三32:「根，法也。」（根，支撐）
　　《方言》卷三33:「謫，怒也。」（謫，責也）
　　《方言》卷三34:「間，非也。」（間，非議）
　　《方言》卷三35:「格，正也。」（正，糾正）
　　《方言》卷三36:「斠，數也。」（兩兩而數之）
　　《方言》卷三37:「軫，戾也。」（捊，拗捊也）
　　《方言》卷三38:「屑，潔也。」（潔，清除）
　　《方言》卷三39:「諄，罪也。」（諄，疾惡）

《方言》卷三40：「俚，聊也。」（聊，賴也）

《方言》卷三41：「捆，就也。」（捆，憑藉）

《方言》卷三42：「芛，囷也。」（芛，圈養）

《方言》卷三43：「庾，隱也。」（庾，藏匿）

《方言》卷三44：「銛，取也。」（銛，挑取）

《方言》卷三45：「棖，隨也。」（棖，隨觸）（第232～249頁）

綜上觀之，「屑，潔也。」前後詞條均為動詞性質，故此「潔」「清潔」也應是動詞「擦拭」「清洗」「清潔」「清除」義。這在歷代文獻中不乏用例：

（8）人潔己以進，與其潔也，不保其往也。（《論語·述而》）（第134頁）

（9）君臣之義，如之何其廢之？欲潔其身，而亂大倫。（《論語·微子》）（第366頁）

（10）及青徐故不軌盜賊未盡解散後復屯聚者，皆清潔之。（《漢書·王莽傳下》）（第4175頁）

（11）更遣復位後大司馬護軍郭興、庸部牧李曅擊蠻夷若豆等，太傅犧叔士孫喜清潔江湖之盜賊。（《漢書·王莽傳下》）（第4155頁）

（12）刷，清也。（《爾雅·釋詁》）郭璞注：「掃刷，皆所以為清潔。」（第2894頁）

二

在古代文獻中，「屑」表示動詞「擦拭」「清洗」「清除」義者，罕見用例，這也進一步說明，《方言》「屑，潔也」之「屑」只是一個記音字，只能說明在方言中有一個音「屑」的詞有「清潔」「清除」之義，而和「屑」這個字形無關。所以《方言》「屑，潔也。」郭璞注云「謂清潔也，音薛。」屑：上古心紐質部；薛：上古心紐月部。「屑」「薛」聲同「心」紐，而韻部為「質」「月」旁轉」。而上古文獻中，表「清潔」（此「清潔」並非形容詞，而當為動詞「清洗」「擦拭」「清除」義。）義者，更為多見的是用「雪」來記錄。雪：上古心紐月部，與「薛」完全同音（其讀音正如郭璞注「音薛」）。而古代文獻中，表示「擦拭」「清洗」「清除」義者，最常見的正是「薛」之同音字「雪」：

（13）黍者，非飯之也，以雪桃也。（《韓非子·外儲說左下》）王先慎曰：「雪，洗也。」（第299頁）

（14）吳起止於岸門，止車而休，望西河，泣數行下。其僕謂之曰：「竊觀公之志，視舍天下若舍屣，今去西河而泣，何也？」吳起雪泣而應之曰：「子弗識也。」（《呂氏春秋·觀表》）高誘注：「雪，拭也。」（第 579 頁）

（15）若先王之報怨雪恥，夷萬乘之強國，收八百歲之蓄積。（《戰國策·燕策二》）（第 1160 頁）按：「雪恥」即「洗除恥辱」。

（16）而五年未聞敢死之士，雪仇之臣，奈何而有功乎？（《全上古三代秦漢三國六朝文》卷五《越王句踐·與羣臣盟》）（第 83 頁）按：「雪仇」即「洗除怨仇」。

（17）沛公遽雪足杖矛曰：「延客入！」（《史記·酈生陸賈列傳》）（第 2704 頁）按：「雪足」即「洗足」「拭足」。

（18）諸欲依廢漢火劉，皆沃灌雪除，殄滅無餘雜矣。（《漢書·王莽傳下》）（第 4180 頁）按：「雪除」即「清除」（洗掉恥辱）。

（19）公子調冰水，佳人雪藕絲。（〔唐〕杜甫《陪諸貴公子丈八溝攜妓納涼晚際遇雨》詩之一）〔清〕仇兆鰲注：「雪，拭也。」（第 172 頁）

而更重要的證據，是古文獻中出現了大量「雪」「潔」互為異文的用例（這類「雪」「潔」都是既可表示對具體物的「擦拭」「清洗」「清除」，也可表示對抽象物的「擦拭」「清洗」「清除」），如：

〔澡潔〕〔澡雪〕

（20）諸女聞已，各嚴衣服，沐浴澡潔。（〔後秦〕佛陀耶舍共竺佛念譯《長阿含經》卷 4，T01～24a〔註3〕）

（21）孔雀修翠〔尾也〕，眼互開合，頭頂勝冠，雙類隨行；……遊戲宮殿，雙類同行，羽翼潤澤；飛則俱遊，澡潔清池，翱翔陸庭，亦復如是。（〔元魏〕般若流支譯《正法念處經》卷 18，T17～108a）

（22）若人戒水淨，澡浴勇健心，閻浮檀金花，天中自澡潔。持戒為種子，修種種戒行。（〔元魏〕般若流支譯《正法念處經》卷 24，T17～141b）

〔註 3〕 本文所引佛典文獻標注格式為：「T」指《大正新修大藏經》，（〔日〕大正一切經刊行會 1934 年刊行。臺北：新文豐出版有限公司 1983 年影印版。）「X」指《卍新纂大日本續藏經》（東京：株式會社國書刊行會 1975～1989 刊行）「J」指《嘉興大藏經》（臺北：新文豐出版有限公司 1982 年刊行）「——」前後的數字分別表示冊數和頁數，a，b，c 分別表示上、中、下欄。

（23）一身亦爾，當數洗沐澡潔，不爾無冀。（〔梁〕陶弘景《真誥·協昌期第二》）（第173頁）

（24）僧法誠隱居藍谷，後於南嶺造華嚴堂，澡潔中外，莊嚴既畢，乃圖畫七處九會之像。（〔唐〕澄觀撰《華嚴經疏鈔玄談》卷8，X05～834a）

（25）鳴澗驚宵寐，清猿遞時刻。澡潔事夙興，簪佩思盡（一作晝）飾。（〔唐〕呂溫《奉敕祭南嶽十四韻》詩）（第4166頁）

（26）遂命腰斬子光，潛令收藏三首，志其處，數日稍定。取憕奕等首澡潔，仍縛蒲為身棺殮，發哀致祭。（〔唐〕殷亮《顏魯公行狀》）（第5225頁）

（27）俗翦髮，被錦袍，貧者白氎。自澡潔。氣溫，多稻、米、石蜜。（《新唐書·西域下·吐火羅傳》）（第6253頁）

（28）儒有澡身而浴德。（《禮記·儒行》）〔唐〕孔穎達《疏》：「澡身，謂能澡潔其身不染濁也。」（第3626頁）

（29）豈若澡雪靈府，洗練神宅，據道為心，依德為慮，使跡窮則義斯暢，身泰則理兼通，豈不美哉！（《宋書·顧覬之傳》）（第2084頁）

（30）其為教也，咸蠲去邪累，澡雪心神，積行樹功，累德增善，乃至白日升天，長生世上。（《魏書·釋老志》）（第3048頁）

（31）觀其行事遺績，庶可澡雪形心，頓祛鄙恡。一身亦當數洗浴澡潔，不爾，仙道無冀。（〔梁〕陶弘景《登真隱訣·上清握中訣·善夢》）（第276頁）

（32）元嘉二年九月，在洛陽為人作普賢齋。於是，澡雪庭除，表裡清淨。嚴遍吉之像，肅如在之心。（〔唐〕惠詳撰《弘贊法華傳》卷1，T51～14a）

（33）每菡萏將發，澡雪身衣。自搴池內白蓮花葉，潔淨曝乾，擣以為紙。（〔唐〕惠詳撰《弘贊法華傳》卷10，T51～44c）

（34）經王所在而自尊，目翳金鎞而抉膜，二十門義未嘗聞諸。欣澡雪輕眾生之愆，得優遊寶莊嚴之土，何斯幸也！（〔唐〕飛錫撰《念佛三昧寶王論》卷3，T47～144b）

（35）佛言：「阿彌陀佛剎中，諸菩薩、聲聞、諸上善人，若入七寶池中澡雪形體。」（〔宋〕王日休《佛說大阿彌陀經》卷1，T12～332c）

（36）先王於昧爽之時，洗濯澡雪，大明其德，坐以待旦而行之也。（〔宋〕蔡沈撰、朱熹授旨《書集傳·商書·太甲上》）（第98頁）

〔潔洗〕〔洗潔〕；〔雪洗〕〔洗雪〕；〔洗屑〕

（37）成治術一斛，清水潔洗令盛。訖，乃細搗為屑，以清水二斛合煮令爛，以絹囊盛，絞取汁，置銅器中，湯上蒸之。（〔梁〕陶弘景撰《真誥・協昌期第二》）（第 169 頁）

（38）姑者，固也。洗，潔也。言固潔洗物。（〔五代〕義楚《釋氏六帖》卷 17，B13～360a）

（39）王自度其必死，故扶持而起。洮謂盥洗其手，頮謂潔洗其面。（〔宋〕夏僎《尚書詳解》卷 23）（《四庫全書》第 56 冊，第 896 頁）

（40）太宗謂近臣曰：「朕將郊祀，如聞行事官不盡嚴潔，當令致齊日即潔洗衣服，為民祈福。」（〔宋〕闕名《翰苑新書・後集上》）（《四庫全書》第 949 冊，第 567 頁）

（41）十二月，洗潔淨瓶或小缸盛臘水，遇時果出，用銅青末與果同入臘水內，收貯。（〔宋〕孟元老撰《東京夢華錄・立冬》）（第 880 頁）

（42）蕩滌累世怨懟，洗潔千生罪垢。身心清淨，魔障消除。（〔宋〕釋宗杲《禮觀音文》）（第 94 頁）

（43）茶瓶、茶盞、茶匙生鉎，致損茶味，必須先時洗潔則美。（〔明〕屠隆撰《考槃餘事・山齋箋・滌器》）（第 110 頁）

（44）有功悉許以風聞，無冤不與之雪洗。（〔宋〕岳珂編《鄂國金佗稡編・續編・謝宰執啟》）（第 1130 頁）

（45）鼓十四城而下令，肅若風行；用三千屬而無冤，何庸雪洗。（〔宋〕王邁《代上廣帥留郎中啟》）（第 250 頁）

（46）恭惟某官雪洗精神，春融言語。琵琶洲上，已成桃李之陰；弩箭江頭，將問竹松之譜。（〔宋〕陳著《通謝邑宰梁南廬札》）（第 191 頁）

（47）洗雪百年之逋負，以慰忠將之亡魂。（《後漢書・段熲傳》）（第 2149 頁）

（48）大軍近次，威聲已接，便宜因變立功，洗雪滓累。（《宋書・二凶・劉劭傳》）（第 2430 頁）

（49）少誠尋引兵退歸蔡州。遂下詔洗雪，復其官爵，累加檢校僕射。（《舊唐書・吳少誠傳》）（第 3947 頁）

（50）藏偶病篤暴終，全一精廬，七寶莊嚴非世所有，門外有僧梵貌且奇

特。倡言曰：「法藏！汝造伽藍不無善報，奈何於三寶物有互用之愆，何從洗雪？」藏首露之。僧曰：「汝但繕寫金剛般若經，恒業受持豈不罪銷，亦可延乎壽命。言訖而蘇。（〔宋〕贊寧撰《宋高僧傳》卷 27，T50～882b）

（51）泊梁乾化四年，自江表來於帝京。顧諸梵宮無所不備，唯溫室洗雪塵垢事有闕焉。（《宋高僧傳》卷 28，T50～884a）

（52）一踏三年，靠倒起來。舌似剛鎗，憑君殺佛殺祖，洗雪四眾心腸。〔清〕德玉說《華嚴聖可禪師語錄》卷 5，J35～805a）

（53）拈云：債有主冤有頭，歷這毒害無餘洗雪，即今不免以德報怨。〔清〕性珏說、宗位編《卓峰珏禪師語錄》卷 1，J39～339c）

（54）乃云：養上座自遭五雲毒害，抱恨十有一年。今日擬向曲彔床頭一番洗雪，卻又滿口難言。蒼天！蒼天！張三有錢不會使，李四會使又無錢。眾中莫有出來分斷者麼？（〔清〕性統錄、弘秀編《別菴禪師同門錄》卷 1，J39～347a）

（55）《南越志》：「滇陽縣北五里有茶山，山有熱泉，源自沸湧。卉服竄之，不沾王化，百姓荒居。昔有俚豎牧牛於野，一牛欻音颷。隨而舐之，舉體白淨如洗屑也，旬日而殞。」（〔宋〕樂史撰《太平寰宇記·嶺南道五·高州》）（第 3089 頁）

〔潔拭〕〔雪拭〕

（56）由是特採山芹用烹崙水，淨掃有痕之古路，潔拭無染之案臺。謹卜某日之佳辰，虔迓命來之盛駕。（〔清〕印說、性圓等編《法璽印禪師語錄》卷 8，J28～808c）

（57）放翁筆記謂，唐以前無沙糖，凡言糖者皆糟耳，如糖蟹、糖薑皆是。余按《清異錄》，煬帝幸江都，吳中貢糖蟹，則潔拭殼面，以鏤金龍鳳花貼上。（孔凡禮等編《陸遊資料彙編》引吳景旭《歷代詩話八則·糖蟹》）（第 195 頁）

（58）有諸比丘大便竟，無物雪拭，汙身衣服。佛言：「聽用廁草。」（〔劉宋〕佛陀什共竺道生譯《彌沙塞部和醯五分律》卷 27，T22～177b）

（59）蓋晝號夜哭，如包胥之真心。內迷暗而外顯見，感秦王出師救之。乃能崇朝收復星關之地，雪拭涕淚而見太平也。（劉學鍇等編《李商隱資料彙編》五「王清臣　陸貽典」）（第 332 頁）

〔潔除〕〔雪除〕

（60）勝故涓人將軍呂臣為蒼頭軍，起新陽，攻陳下之，殺莊賈，復以陳為楚。（《漢書·陳勝項籍傳》）顏師古曰：「涓，潔也。涓人，主潔除之人。」（第1793頁）

（61）至其追營香火，奉佛齋眾，興起頹僕，潔除垢汙。於戎馬蹂踐之後，又置屋泉上，以待四方往來冠蓋之遊。（〔宋〕孫覿《慧山陸子泉亭記》）（第364頁）

（62）故用浮圖夏禁，召淨行僧十人潔除園廬，熏祓道場，因而講說新經，至中元日，經徹罷散。（〔宋〕張方平《宮師趙公圓覺經會贊》）（第174頁）

（63）宮闈令，率其屬以汛灑廟庭，凡修治潔除之事。（《宋史·職官志·太常寺》）（第3885頁）

（64）思溫嘗觀諸女掃地，惟后潔除，喜曰：「此女必能成家。」至是，由貴妃正位中宮。（〔清〕李有棠撰《遼史紀事本末·承天太后攝政》）（第393頁）

（65）辛丑，巽之宮日也。巽為風為順，后誼明，母道得，溫和慈惠之化也。易曰：「受茲介福，于其王母。」禮曰：「承天之慶，萬福無疆。」諸欲依廢漢火劉，皆沃灌雪除，殄滅無餘雜矣。（《漢書·王莽傳》）（第4180頁）

（66）高祖起亭長，陛下興白水，何況於王陛下長子，故副主哉！上以求天下事必舉，下以雪除沈沒之恥，報死母之讎。精誠所加，金石為開。（《後漢書·光武十王·廣陵思王荊傳》）（第1447頁）

（67）復聞空中而有聲曰：「其身現者以衣與之。」王即自著，不見自身，尋則雪除一切色想。（〔西晉〕竺法護譯《文殊師利普超三昧經》卷3，T15～423b）

（68）其喜悅者，為雨甘露道法之味，雪除一切瞋恨怨結。（〔西晉〕竺法護譯《阿差末菩薩經》卷1，T13～584c）

（69）諸佛正覺之所欽愛，飽滿眾生久遠飢虛，驚動諸魔咸來自歸，修治嚴淨諸佛國土，雪除眾生心性翳垢，而為頒宣清白之法，諸天神明悉共擁護，菩薩大士咸俱念之。（〔西晉〕竺法護譯《佛說寶網經》卷1，T14～79b）

（70）其有奉持者，雪除諸垢穢。以清淨法水，勤加浣濯心。（〔宋〕寶雲譯《佛本行經》卷1，T04～54c）

三

「雪」表「擦拭」「清洗」「清除」等義，並非是由「雪」之「潔白」喻義引申而來，實乃與「拭」「刷」同源。

刷：上古「山」紐「月」部

雪：上古「心」紐「月」部

飾（拭）：上古「書」紐「職」部。

故「雪」與「刷」古音「山」「心」準雙聲，「月」部疊韻。而「雪」與「飾（拭）」，古音「心」「書」同類，「月」「職」入聲旁轉。

另外，我們從古代的字書、韻書以及訓詁書中都能得到證明：

（71）㕞，飾（拭）也。又持巾在尸下。（《說文·又部》）段玉裁注：「飾，各本作『拭』，今依《五經文字》正。巾部云：『飾，㕞也。』彼此互訓。手部無拭字。」（第207頁）

（72）刷，刮也。从刀㕞省聲。（《說文·刀部》）段玉裁注：「刷與㕞別。又部曰『㕞，飾也。』巾部曰：『飾，㕞也。』飾今拭字，拭用手、用巾，故從又巾。刷者，掊杷也。掊杷必用除穢之器，如刀然，故字從刀。」（第321頁）

（73）飾，㕞也。从巾从人，从食聲，讀若式。（《說文·巾部》）段玉裁注：「又部曰：『㕞，飾也。』二篆為轉注。飾、拭古今字，許有飾無拭。凡說解中拭字，皆淺人改飾為之。」（第629頁）

（74）刷，清也。（《爾雅·釋詁》）郭璞注：「掃刷，所以為清潔。」（第2894頁）

（75）糞、掃、雪，除也。（《廣雅·釋詁三》）王念孫《疏證》：「雪之言刷也。」（第97頁）

（76）雪，拭也；除也。（《廣韻·薛韻》）（第498頁）

（77）雪，洗滌也。凡冤釋曰雪冤，刷恥曰雪恥。（《正字通·雨部》）（第1257頁）

（78）故雪殽之恥而西至河雍也。（《呂氏春秋·不苟》）〔漢〕高誘注：「雪，除也。」（第642頁）

（79）吳起雪泣而應之。（《呂氏春秋·觀表》）〔漢〕高誘注：「雪，拭也。」（第579頁）

（80）澡雪而精神。（《莊子‧知北遊》）〔唐〕成玄英疏：「澡雪猶清潔也。」
（第 188 頁）

（81）刷會稽之恥。（《漢書‧貨殖傳》）〔唐〕顏師古注：「刷謂拭除之也。」
（第 3683 頁）

所以，按照文獻的實際用例而言：《方言》卷三「屑，潔也。（郭璞注：謂清潔也，音薛）」一條，若作「雪，潔也。（郭璞注：謂清潔也，音薛）」則更為顯豁。

參考文獻

1. 華學誠匯證，2006，《揚雄方言校釋匯證》，北京：中華書局。

2. 〔清〕阮元校刻，2009，《十三經注疏》，北京：中華書局。

3. 〔清〕馬瑞辰撰，1989，《毛詩傳箋通釋》，北京：中華書局。

4. 〔清〕段玉裁注，許惟賢整理，2007，《說文解字注》，南京：鳳凰出版社。

5. 許維遹集釋，2009，《呂氏春秋集釋》，北京：中華書局。

6. 〔清〕孫詒讓撰，2001，《墨子閒詁》，北京：中華書局。

7. 〔南朝宋〕范曄撰，1965，《後漢書》，北京：中華書局。

8. 〔南朝宋〕謝靈運著，黃節注，2008，《謝康樂詩注》，北京：中華書局。

9. 〔唐〕柳宗元著，1979，《柳宗元集》，北京：中華書局。

10. 〔魏〕何晏撰，高華平校釋，2007，《論語集解校釋》，瀋陽：遼海出版社。

11. 〔漢〕班固撰，1962，《漢書》，北京：中華書局。

12. 〔清〕郝懿行撰，2010，《爾雅義疏》，濟南：齊魯書社。

13. 〔清〕王先慎撰，1998，《韓非子集解》，北京：中華書局。

14. 何建章，1990，《戰國策注釋》，北京：中華書局。

15. 〔清〕嚴可均編，1958，《全上古三代秦漢三國六朝文》，北京：中華書局。

16. 〔漢〕司馬遷撰，1982，《史記》，北京：中華書局。

17. 〔唐〕杜甫著，〔清〕仇兆鰲注，1979，《杜詩詳注》，北京：中華書局。

18. 〔梁〕陶弘景撰，2011，《真誥》，北京：中華書局。

19. 〔清〕彭定求等編，1960，《全唐詩》，北京：中華書局。

20. 〔清〕董誥等編，1983，《全唐文》，北京：中華書局。

21. 〔宋〕歐陽修、宋祁撰，1975，《新唐書》，北京：中華書局。

22. 〔梁〕沈約撰，1974，《宋書》，北京：中華書局。

23. 〔北齊〕魏收撰，1974，《魏書》，北京：中華書局。

24. 〔梁〕陶弘景撰，王家葵輯校，2011，《登真隱訣輯校》，北京：中華書局。

25. 〔宋〕蔡沈撰、朱熹授旨，2010，《書集傳》，上海：華東師範大學出版社。

26. 〔宋〕孟元老撰，伊永文箋注，2007，《東京夢華錄箋注》，北京：中華書局。

27. 曾棗莊、劉琳主編，2006，《全宋文》，上海：上海辭書出版社；合肥：安徽教育出版社。

28. 〔明〕屠隆撰，2017，《考槃餘事》，南京：鳳凰出版社。

29. 〔宋〕樂史撰，2007，《太平寰宇記》，北京：中華書局。

30. 〔後晉〕劉昫等撰，1975，《舊唐書》，北京：中華書局。

31. 〔宋〕岳珂編，王曾瑜校注，1989，《鄂國金佗稡編續編校注》，北京：中華書局。

32. 孔凡禮、齊治平編，1962，《陸遊資料彙編》，北京：中華書局。

33. 劉學鍇等編，2001，《李商隱資料彙編》，北京：中華書局。

34. 〔元〕脫脫等撰，1985，《宋史》，北京：中華書局。

35. 〔清〕李有棠撰，2015，《遼史紀事本末》，北京：中華書局。

36. 〔清〕王念孫撰，1984，《廣雅疏證》，南京：江蘇古籍出版社。

37. 余迺永校注，2000，《新校互注宋本廣韻》，上海：上海辭書出版社。

38. 〔明〕張自烈、〔清〕廖文英編，董琨整理，1996，《正字通》，北京：中國工人出版社。

39. 〔清〕王先謙撰，1987，《莊子集解》，北京：中華書局。

40. 丁惟汾撰，1985，《方言音釋》，濟南：齊魯書社。

41. 影印文淵閣《四庫全書》，1986，臺北：商務印書館。

「音隨義轉」的性質及類型試說[*]

趙世舉[*]

摘　要

　　「音隨義轉」說，是傳統小學關於音義關係的重要認識和常見表述，但大多語焉不詳，所指各異，導致不少誤解。「音義」關係，是語言機制的核心問題，辨明相關說法，有助於深化對語言演變機制和使用規律的認識。檢視前賢有關論述可見，各家所言「音隨義轉」所指不同，並非同質概念，不能一概而論。我們認為，紛繁複雜的「音隨義轉」說大體涉及音義生成、語言文字使用和語言文字訓釋三個維度，亦可就此將「音隨義轉」現象歸納為三種類型，即生成性「音隨義轉」、使用性「音隨義轉」和訓詁性「音隨義轉」。

關鍵詞：音義關係；音隨義轉；生成性音隨義轉；使用性音隨義轉；訓詁性音隨義轉

---

[*] 基金項目：本文為國家社科基金項目「中國語文現代化的歷史經驗與當代路徑研究」（22STA051）的階段性成果之一。

[*] 趙世舉，男，1958 年生，湖北棗陽人，博士，教授，主要研究方向為漢語詞彙、語法等。武漢大學文學院，武漢 430072。

一、問題緣起

「音隨義轉」說，是傳統小學關於音義關係的重要認識和常見表述。有的稱「聲隨義轉」「音隨義變」「音隨義分」等。據孫雍長等學者考證，最早正式使用「音隨義轉」這一說法的是清代學者錢大昕，他在《毛詩多轉音》中說：「古人音隨義轉，故字或數音。」〔註1〕不過，在錢大昕之前，就有不少人已認識到「音隨義轉」這一現象。例如晉代葛洪在《字苑》中就為「好」「惡」等字不同的意義標注了異讀，昭示了「音隨義轉」的語言事實。周祖謨先生在論述與此相關的古代「四聲別義」現象時指出：「以余考之，一字兩讀，絕非起於葛洪、徐邈，推其本源，蓋遠至後漢始。魏晉諸儒，第衍其緒餘，推而廣之耳，非自創也。唯反切未興之前，漢人言音只有讀若、譬況之說，不若後世反語之明切，故不為學者所省察。」〔註2〕然而，就已有的相關論述看，對「音隨義轉」大多語焉不詳，且所指語言現象不同，對其內涵和所指進行界定者不多，令人難以把握。同時，不少人因不瞭解整體情況，往往把不同人的「音隨義轉」說當作同一概念來對待，導致誤解，或產生不在一個邏輯層面上的無謂爭議。由此造成了理論上的混亂和實踐上的困惑。眾所周知，音義關係，是語言最基礎且最為重要的問題，也是語言機制的核心問題。辨明相關說法，推進對「音隨義轉」問題的進一步研究，不僅可以澄清傳統語言學史中的一些模糊認識和糾葛，而且有助於深化對語言演變機制和使用規律的認識，因此有必要進一步討論。

二、「音隨義轉」說的性質

就已掌握的資料看，前人關於「音隨義轉」的系統闡述很少，大多只是作為一般性表述來使用的，說不上是一個嚴謹的專業術語或系統學說。而且，自古至今，不同的學者使用這一說法，所指對象也不盡相同。略舉數例如下：

黃生：「蓋古字多因聲假借，不甚拘也……古『伏』『處』皆讀如『弼』，故『宓』皆以『處』『必』為聲。其『處妃』『處賤』之借用『宓』者，音即隨之而轉。但俗人仍讀如『密』，則為大謬。」（《字詁》「處宓」條）

錢大昕：「古人音隨義轉，故字或數音。《小旻》『謀夫孔多，是用不集』，

〔註1〕錢大昕：《十駕齋養新錄》卷一《毛傳多轉音》。
〔註2〕周祖謨：《問學集》，中華書局，1966年，第83頁。

與『猶』、『咎』為韻;《韓詩》『集』作『就』,於音為協。毛公雖不破字,而訓『集』為『就』,即是讀如『就』音。《書·顧命》『克達殷集大命』,漢石經『集』作『就』;《吳越春秋》『子不聞《河上之歌》乎?『同病相憐,同憂相救。驚翔之鳥,相隨而集。瀨下之水,回復俱留。』是『集』有『就』音也。《瞻卬》『藐藐昊天,無不克鞏。』《傳》訓『鞏』為『固』,即轉從『固』音,與下句『後』為韻也……顧亭林泥於一字只有一音,遂謂《詩》有無韻之句,是不然矣。」(《十駕齋養新錄》卷一《毛傳多轉音》)

戴震:「音聲有不隨故訓變者,則一音或數義;音聲有隨故訓而變者,則一字或數音……如『胡』字,惟《詩》『狼跋其胡』與《考工記》『戈胡』『戟胡』用本義。至於『永受胡福』,義同『降爾遐福』,則因『胡』『遐』一聲之轉,而『胡』亦從『遐』為『遠』。」(《論韻書中字義答秦尚書蕙田》)王筠:「字音隨義而分,故有一字而數音數義者。第言讀若某,尚未定為何義之音,故木其義以別之。」(《說文釋例·讀若本義》)

吳承仕:「『享』字有香雨反、普庚反之異,『說』字有始銳反、徒活反之殊,《釋文》引漢魏人音頗多此類,蓋由師授不同,音隨義轉,後人自下反語,以定從違。(《經籍舊音序錄·經籍舊音辨證》)

沈兼士:「通用者,義異而音通,即假借之一種,人習知之。同用者,辭異而義同,音雖各別,亦可換讀。此例自來學者均未注意及之。緣初期注音,往往隨文義之別而設,多含有不固定性,後世韻書概目為一成不變之讀法,古意寖失矣……蓋於古文字之形本無聲音拘束者,多濫用後世所定之音軌以繁化之,如上來之所述。反之,於古語之音隨義變者,卻喜固執於一種讀法以簡化之,如謂『古本音作某』、『古無四聲』之類是也。二者均為缺乏歷史的眼光所致。」(《吳著〈經籍舊音辨證〉發墨》)

齊佩瑢:《經典釋文》「不但為訓故音義之總匯,也是校勘版本之唯一憑藉。考音讀義訓,往往相關,如《易·晉卦》『蕃庶』之『庶』注:『如字,眾也;鄭止奢反,謂蕃遮禽也。』又『接』字下注:『如字。鄭音捷,勝也。』此皆音隨義變之例。《周禮·天官·塚宰》『以擾萬民』之『擾』,『而小反。鄭而昭反;徐李尋倫反。』『擾』音為『馴』,即緣馴治之義。蓋古書音讀以文義為主,故義通之字不妨換讀,字有某義,即讀某音,並不像後世字書之拘泥也。」(《訓詁學概論》)

檢視以上所引可以看出，各家所言「音（聲）隨義轉」的所指不同，並非同質概念，不能簡單視之。粗略地說，有的是就文字假借而言，有的是就詞義引申而言，有的是就同義通用而言，有的是就音義衍生而言，有的是就循義辨音的訓詁方法而言，不一而足。由此可見，前賢的「音（聲）隨義轉」說並非嚴謹的術語，而是個雜糅的說法，不同的人各有所指。

三、「音隨義轉」的類型

綜觀前賢的各種相關說法和所舉例證，結合筆者個人認識，我們認為，紛繁複雜的「音隨義轉」說大體涉及音義生成、語言文字使用和語言文字訓釋三個維度，亦可就此將「音隨義轉」現象歸納為以下三種類型。

1. 生成性「音隨義轉」

語言是音義結合體，語音是語言的物質載體，語義的生成必須利用語音來表徵。語言在生成演變過程中，根據一定的義來選用一定的音造詞，或既有的詞因意義演化而變音以別義，寬泛點兒說，這些都可謂「音隨義轉」。以下幾種情況大體都屬於生成性「音隨義轉」現象：

命名賦音。語言在生成過程中，為萬事萬物命名，也是一個「為義定音」的過程。陳澧在《東塾讀書記‧小學》中指出：「孔沖遠云：『言者，意之聲；書者，言之記。』（《尚書序》疏）此二語尤能達其妙旨。蓋天下事物之象，人目見之，則心有意；意欲達之，則口有聲。意者，象乎事物而構之者也；聲者，象乎意而宣之者也。」可見，使用什麼語音來表意，自然就得依據意義特徵或表達的需要。也就是說，造詞時語音的選擇一般要以意義為轉移。這也是「音隨義轉」之一種。古代一些學者對此已有探討，如宋代賈昌朝在《群經音辨‧自序》中指出：「夫『輕』『清』為陽，陽主生物，形用未著，字音常輕；『重』『濁』為陰，陰主成物，形用既著，字音乃重。信稟自然，非所強別。」這揭示的就是一種「音隨義轉」現象。儘管一般認為詞的音義之間無必然聯繫，但畢竟有不少詞的發音與其意義密切相關。擬聲詞就是模擬客觀事物的聲音而生成的。例如「布穀」「知了」「嘿嘿」「吱吱」「叮噹」等。一些兒化詞也是「音隨義轉」的，例如「蓋」—「蓋兒」、「尖」—「尖兒」等。

孳乳音變。一組同源詞原本是一個詞，由於孳乳裂變，衍生出不同的詞，隨之，語音也稍加改變以別義，這便是因詞的裂變而出現的「音隨義轉」。例如

「枯」（草木缺水）、「涸」「竭」（江河缺水）、「渴」（人缺水欲飲）即是由原始根詞裂變而來的。〔註3〕

引申音變。詞引申出新義，有時為了與原來的意義相區別，也將語音加以改變。例如，《說文》：「惡，過也。」段注：「人有過曰惡，而人憎之亦曰惡。本無去入之別，後人強分之。」《說文》：「好，美也。」段注：「好，本謂女子，引申為凡美之稱。凡物之好惡，引申為人情之好惡，本無二音，而俗強別其音。」儘管段玉裁認為這種變讀是「後人強分之」，但這也表明引申音變現象的歷時性，因為也不排除某些變讀最初確實是個別人的主觀嘗試，但它畢竟逐漸為人所接受，而成為一種常見的以聲別義的手段，應該承認這種事實。再則，也不能排除某詞的變讀一開始就是有意利用變讀的手段來造新詞。對此，陸德明有較為客觀的看法：「夫質有精粗，謂之『好』『惡』（並如字）；心有愛憎，稱為『好』『惡』（上呼報反，下烏洛反）；當體即云『名譽』（音預），論情則曰『毀譽』（音餘）；及大白敗（蒲邁反）、敗他（補邶反）之殊，白壞（乎怪反）、壞撒（音怪）之異，此等或近代始分，或古已為別，相仍積習，有自來矣。」〔註4〕

轉類音變。有的詞在演變過程中，隨著詞義的引申，詞性也發生變化，於是變音以區別。王筠《說文句讀》所謂「動靜異讀，已萌芽於漢」，即指轉類音變。段玉裁也注意到這種現象，他在《說文解字注》「瀺」字條說：「《呂氏春秋》《淮南鴻烈》高注，每云『漁讀如論語之語』『讀如相語之語』，尋其文義，皆由本文作『魚』，故為『讀若』以別諸水蟲。」只不過，他認為這是訓釋者主觀所為，實際上並無區別。這種看法是缺乏依據的。

2. 使用性「音隨義轉」

古代語言文字在使用過程中，常有文字借用、同義通用現象，其讀音也隨之改變。這也是「音隨義轉」之一種。一般所謂「破讀」「換讀」「訓讀」大多指的是這類情況。明代陳第在《讀詩拙言》中所言「音有相通，不妨其字之異也；義有可解，不妨其音之殊也。古之達人如鄭康成輩，往往讀與俗異……蓋不改其字而音是更，不變其章而讀互轉，亦變通之權宜也」，說的就是語言文字在使用過程中產生的「音隨義轉」現象。閻若璩在《〈尚書〉古文疏證》

〔註3〕王力：《同源字典》，商務印書館，1982，第3頁。
〔註4〕《經典釋文序錄・條例》。

卷五中所列舉的「假借」四種情況也基本上屬於此類：「古人字多假借，某當讀為某⋯⋯有以形相近而讀者，『素隱』之為『索隱』；有以聲相近而讀者，『既稟』之為『餼稟』；有以形聲俱相近而讀者，『親民』之為『新民』；有形既不同，聲亦各異，徒以其義當讀作某者，『命也』之『命』，鄭氏以為『慢』，程子以為『怠』是也。」〔註5〕

　　就前賢論及的使用性「音隨義轉」的情況看，主要包括兩種情況：一是通假破讀——即以本字讀借字；二是義通換讀，或曰訓讀。大體上就是沈兼士所言「通用」和「同用」：「通用者，義異而音通，即假借之一種，人習知之。同用者，辭異而義同，音雖各別，亦可換讀。」

3. 訓詁性「音隨義轉」

　　所謂訓詁性「音隨義轉」，是指訓詁者在進行文獻注疏時所標示的變讀。不少前賢所說的「音隨義轉」，都是指這種情況。王引之《經義述聞》引王念孫所言：「訓詁之旨存乎聲音。字之聲同聲近者，經傳往往假借。學者以聲求義，破其假借之字而讀以本字，則渙然冰釋。如其假借之字而強為之解，則詰鞫為病矣。故毛公《詩傳》多易假借之字而訓以本字，已開改讀之先。至康成箋詩注禮，屢云某讀為某，而假借之例大明。後人或病康成破字者，不知古字之多假借也。」這裡所說的毛公「開改讀之先」、鄭玄「箋詩注禮屢云某讀為某」，都是訓詁性「音隨義轉」的案例。按王氏的說法，訓詁性「音隨義轉」在漢代已經出現。

　　詳考訓詁性「音隨義轉」，大體包括兩種情況：一種是訓詁者主觀所為，語言事實未必有別；一種是當時的語言使用確實存在異讀，訓詁者據實標注而已。大多數情況當屬後者。後者亦即上文所說的「使用性音隨義轉」。關於訓詁性「音隨義轉」的緣起，齊佩瑢先生曾有考述：自魏晉，「在訓詁方面的一個新趨勢，即注家兼為經字作音是也。字音源於語音，兩者原來是相諧合的，後來因為語言聲音的轉變，語音和字音就發生了分歧的現象，於是就需要表示音讀的方法，描寫字音的開始，最初是『讀若』和譬況為音二者並用，『讀若』如杜鄭諸家之解《禮》，許氏之作《說文》；譬況為音如高誘注《淮南》、《呂覽》之『急氣』『緩氣』，『閉口』『籠口』；何休注《公羊》之『長言』

〔註5〕《吳著〈經籍舊音辨證〉發墨》。

『短言』,『內言』『外言』,劉熙《釋名》之『舌腹』『舌頭』,『合唇』『開唇』等都是。後來因為這種方法不能夠得其真實而只得其彷彿,使人難知,同時又受到佛教譯經的影響,於是漢末訓詁者如服虔、應劭之《漢書注》,魏孫炎之《爾雅音義》都已知用反切的方法來作音了。魏晉南北朝以來,音義之學,獨盛一時,於是聲隨義變,一字可有數音。」〔註6〕

　　總之,「音隨義轉」說,於古尚無定論,所指的情況非常複雜,不能簡單地一概而論。但它已深觸語言系統的根本特徵和運行機理,需要深化相關研究,揭示其規律,為全面而深入地理解和認識語言系統及語言運用而努力。由此也表明,「音義學」研究至關重要。

參考文獻

1. (唐)陸德明,《經典釋文》,北京:中華書局,1983 年。
2. (清)戴震,《戴震文集》,北京:中華書局,1980 年。
3. (清)黃生,《字詁義府合按》,北京:中華書局,1984 年。
4. (清)錢大昕,《十駕齋養新錄》,北京:中華書局,1982 年。
5. (清)王筠,《說文釋例》,北京:中華書局,1987 年。
6. (清)吳承仕,《經籍舊音序錄·經籍舊音辨證》,北京:中華書局,1986 年。
7. 齊佩瑢,1984,《訓詁學概論》,北京:中華書局。
8. 沈兼士,吳著《經籍舊音辨證》發墨//葛信益,啟功整理,《沈兼士學術論文集》,北京:中華書局,2004 年。
9. 周祖謨,1996,《問學集》,北京:中華書局。
10. 孫雍長,1992,《論聲(音)隨義轉說》,湖南師範大學社會科學學報,第四期。

〔註6〕齊佩瑢:《訓詁學概論》,中華書局,1984,218～219 頁。

論「無窮會本系」《大般若經音義》在日本古辭書音義研究上的價值[*]

梁曉虹[*]

摘　要

　　本文討論佛經音義，特別是日本佛經音義與辭書的密切關係，從而考察作為日本中世佛經音義代表之一的「無窮會本系」在日本古辭書音義研究上的價值。指出「無窮會本系」作為單經字書的代表，體現了中世日本佛經音義發展的最大特色——從以收釋複合詞為主的「詞書」過度到以字為主的「字書」。而除此之外，「無窮會本系」在詮釋複音詞時，類聚「梵語」與「漢文」的特色也應值得注意，這對古代日本梵漢辭典的編纂應有一定影響。「無窮會本系」中天理本保留了完整的「篇立音義」的內容，作為較早的古寫本，對研究日本「篇立音義」也有一定的參考價值。

關鍵詞：辭書；音義；「無窮會本系」；單經字書；梵漢辭典；篇立音義

[*]　基金項目：本文為日本學術振興會（JSPS）科學研究費基盤研究（C）「日本中世における異体字の研究——無窮会系本『大般若経音義』三種を中心として」（2023 年度；課題號：19K00635）以及 2023 年度南山大學パッヘ研究獎勵金 I-A-2 成果之一。

[*]　梁曉虹，女，1956 年生，浙江永康人，博士，教授，主要研究方向為佛經語言學和漢語音義學。〔日本〕南山大學綜合政策學部，名古屋 466-8673。

　　所謂「無窮會本系」《大般若經音義》，是指以無窮會圖書館所藏《大般若經音義》為代表的一組不同寫本，共有近二十種〔註1〕。此本系特色是以釋「字」為中心，某種意義上可稱其為日本《大般若經》「字書」。從鎌倉時代（1185～1333）開始，日本的《大般若經音義》可以說是以「無窮會本系」為代表的。其理由有兩點：一寫本多。這些寫本從鎌倉時代初期〔註2〕到室町時代（1336～1573）末期，貫穿整個日本史「中世」，且大多留存至今，可以說是日本單經音義中，擁有最多寫本的一種。二以黏葉裝（蝴蝶裝）、袋綴裝（和式綫裝）占絕對多數〔註3〕，這能證明此系本曾廣為流傳。「無窮會本系」特色明顯，具有較高的研究價值。本文則考察其在日本古辭書音義研究上的價值。

一、是單經字書的代表

　　佛經音義的性質與體式與現今一般概念上的辭書當然不相等。然而在古代，無論是中國還是日本，「音義」與「辭書」關係極為密切，難以絕然分開。在中國，傳統佛經音義雖然收詞局限在佛經範圍內，但因玄應、慧琳等音義大家廣泛徵引各種古籍，其中有很多古辭書，有很多現已不傳，因此，佛經音義不僅是訓詁之淵藪，而且是中古時期辭書的總匯，從中可以窺見已佚辭書的某些概貌，在辭書史的研究上具有一定的價值。〔註4〕

　　佛經音義的這一特徵在日本表現得也很突出。奈良時代的漢文化實施者，實際是以僧侶為代表的。故而，類似信行的《大般若經音義》以及撰者不詳的《新譯華嚴經音義私記》等為代表的一批古代佛經音義，也可以認為是日本古辭書的早期代表。「古辭書音義」〔註5〕，也就成為日本辭書學與音義研究的常用術語。吉田金彥先生有《国語学における古辞書研究の立場—音義と辞書史—》〔註6〕一文，專門考辨論述音義與辭書的性質、二者之間的同異、對包含音義的古辭書研究在日本國語研究上所具有的意義以及古辭書研究上所應注意的各種問題。其中特別指出：孕育日本古辭書、古音義產生之母胎

〔註1〕　以下簡稱「無窮會本系」。
〔註2〕　實際上或者更早，因為其原本被認為有可能是平安末期。
〔註3〕　山田健三《木曾定勝寺藏大般若経音義について》，信州大學人文學部《內陸文化研究》（4），2005 年 12 月，55 頁。
〔註4〕　徐時儀、梁曉虹、陳五雲：《佛經音義研究通論》，鳳凰出版社，2009 年，343～344 頁。
〔註5〕　汲古書院出版的《古辭書音義集成》二十冊，主要內容就是佛經音義。
〔註6〕　國語學會編輯《國語學》第 23 號。武藏野書院刊行，1955 年 9 月。

正是中國的《玉篇》、《切韻》、《一切經音義》三書。《日本辭書辭典》中，有專門「音義」長條〔註7〕，先用「總說」詮釋「音義」，以下分「日本至十世紀」「日本十一世紀以降」兩個時間段，簡述日本音義的發展，內容以佛經音義為主。除此，還有「大般若經音義」「法華經音義」「淨土三部經音義」等各專項條目，而且一些音義名篇，如《大般若經字抄》《大般若經音訓》等皆有專條。而著名的辭書學家、文獻學家、日本文化史家川瀨一馬先生在其《增訂古辭書の研究》的第一章〈平安朝以前に於ける辭書〉第一節「總說」〔註8〕中就提到中國唐代玄應的《眾經音義》和慧琳的《一切經音義》，還有日本的《四分律音義》、大治本《新華嚴經音義》，元興寺信行的《涅槃經音義》（六卷）、《最勝王音義》（一卷）、《大智度論音義》（一卷）、《大般若經音義》（三卷）。川瀨先生還特別指出石山寺所藏殘本《大般若經音義》（中卷）有可能就是信行的遺著，不僅是日本現存最古的《大般若經音義》，而且與漢土同類書相比，甚至早於《慧琳音義》。〔註9〕而此書的其後各章節，都有專門論述佛經音義的內容。可見佛經音義與日本辭書關係極為密切。

　　作為日本古辭書中的重要部分，佛經音義經歷了呈現古漢風—和風化—日本化的過程〔註10〕。如果說藤原公任的《大般若經字抄》具有承前啟後的作用〔註11〕，那麼「無窮會本系」就是在其基礎上進一步「日本化」的實踐者。

　　筆者曾對「日式」佛經音義下過定義：指平安時代中後期以降（假名產生以後），日本僧人專為僧俗誦讀佛經而編寫的一批音義，基本是單經音義。其最大特色就是多用日語假名標註音訓或義訓。〔註12〕這是從整體方面對「日式」佛經音義下的定義。實際上，因日本佛經音義數量多，種類豐富，所以也各有不同，難以總括。我們從《大般若經音義》的發展來看，最大的特色就是從以收釋複合詞為主的「詞書」過度到以字為主的「字書」。

〔註7〕沖森卓也等，おうふう，1996年，45～47頁。

〔註8〕雄松堂出版，昭和62年（1987）再版，13～15頁。

〔註9〕同上，15頁。

〔註10〕梁曉虹：《日本漢字資料研究——日本佛經音義》，中國社會科學出版社，2018年，15～22頁。

〔註11〕關於藤原公任的《大般若經字抄》在日本佛經音義發展史上的地位，請參考拙文：《藤原公任〈大般若經字抄〉在日本佛經音義史上的地位》，韓國交通大學東亞研究所·上海師範大學人文與傳播學院《東亞文獻研究》，15輯，2015年。

〔註12〕梁曉虹：《日本漢字資料研究——日本佛經音義》，21頁。

（一）辭目：從複音節「詞」為主到單音節「字」為主。

這裡需作說明的是：本文將佛經音義收釋對象統稱之為「辭目」。儘管一般語言學辭典或辭典學理論著作多稱為「詞目」，如《中國語言學大辭典》解釋「詞條」曰：「也叫『條目』。辭書的正文，由詞目和釋文兩部分組成。」〔註13〕筆者所研究資料為日本佛經音義，一般被認為是古辭書的一種，而辭書則又大致可分字書和詞書，所以我們稱其為「辭目」，包括字與詞，也包括詞組與文句等。總之，涵蓋佛經音義所有詮釋對象，故而用「辭目」應對「辭書」，即辭書所立目，這與日本學者所說的「揭出字」或「揭出語」相當。

以玄應《大唐眾經音義》、慧琳《一切經音義》為代表的中國傳統佛經音義有一重要特色就是「雙字立目，收錄複音詞」。這反映了佛經經文中多用雙音詞的實際現象，客觀上體現了東漢以來漢語由單音詞向複合詞發展，漢語詞匯雙音化的趨勢〔註14〕。而漢傳佛經音義傳到日本後，經過了熱情傳抄，廣泛流播的過程後，日本僧人也開始模仿，自己撰寫佛經音義。從時代上看，奈良末至平安中這一時段多見。但此時的佛經音義，儘管出自日本人（多為日僧）之手，但從大的方面來看，還是多傳承漢傳佛經音義之特色。從「立目」來看，仍多以複音詞為主。被認為是日中現存最早的石山寺本《大般若經音義》（卷中），就明顯呈此特色。此本共有辭目 231 條〔註15〕，有音譯詞，如「諾瞿陀」、「逾那羅延」等；有意譯詞，如「近事」、「近住」等；還有一般漢語詞，如「拯濟」、「祠祀」等；還有如「發言婉約」、「盤結龍盤」、「指約分明」等詞組，或如「如頻伽音」、「如璧泥耶仙鹿王腨」等短語，甚至還有個別經句，如「譬如有人或傍生類入菩提樹院或至彼院邊人非人等不能傷害」等。但可以明確的是：皆為複音辭目。甚至第五十三卷的 15 條音譯梵文字母，都用「×字」、「××字」來表示。這也是日僧早期佛經音義的共同特點。

這種情況在藤原公任的《大般若經字抄》〔註16〕中有所改變。日本佛經音義的發展趨向是以單字為中心，而這正是以《字抄》為轉折點的。筆者調查了《字抄》前六帙的辭目，共有 150 個辭目，其中複音辭目有 19 個，僅約占

〔註13〕江西教育出版社，1991 年，310 頁。
〔註14〕徐時儀、梁曉虹、陳五雲《佛經音義研究通論》，鳳凰出版社，2009 年，108 頁。
〔註15〕此為筆者手數，不一定準確。
〔註16〕以下簡稱「字抄」。

總辭目的 13%左右，其中還包括「鉢特羅花」等四種音譯花名以及「颯磨」等七個「四十二字」〔註17〕中的連讀者。這與「信行音義（石山寺本）」的立目原則有著本質的區別。

「無窮會本系」受公任《字抄》的影響，特別是在「單字音義」這一特色上，表現得更為突出。我們同樣以無窮會本前六帙的辭目為例，此本共收辭目 506 個（並不包括有些釋義中所列舉的異體字），其中有複音節辭目約 32 個〔註18〕，也包括「颯磨」等「四十三字」〔註19〕中連讀的內容，約占總辭目的 6%。如果再算上釋義中的異體字，實際上這是占比例很大的部分，那麼，複音節辭目肯定低於 5%以下，單字辭目所占比例也就更多。這能充分說明其「字書」的特性。

實際上，即使是複音辭目，但重點往往還是落在「認字」上。比如，撰者往往會採取分拆複音辭目，即或分錄單字，或分錄複音辭目的一部分，在其後標音，最後加以總釋的方法。

> 紛：分。

> 綸：利ン。紛綸者，雜亂也。（無〔註20〕／1-1／12）

案：「紛綸」是疊韻單純詞，本無法分開，但撰者採取先分錄單字，主要是為單字辭目標音，最後在第二個字後，再詮釋整詞之義。又如：

> 篾：別。

> 戾：來。

> 車：全不識佛法人也。或云邊地少知三寶，未全信因果之輩也。

> 先德云：達絮篾戾車，此俱云樂垢穢矣。引慈恩瑜伽抄。（無／13-7／64）

「篾戾車」是梵文音譯詞。《慧琳音義》卷四辨析曰：「上音眠鼈反。古譯

〔註17〕即將梵文四十二字母為文字陀羅尼，又作「悉曇四十二字門」、「四十二字陀羅尼門」。

〔註18〕這些只是筆者自己做的統計，不一定準確，只能是概數。

〔註19〕本應是四十二字。此音義作四十三字，其下有詮釋：「餘經不說阿字，故經文稱四十二字耳。」

〔註20〕「無」表示無窮會本。其後第一個數字表示帙數，其後的數字表示卷數。因無窮會本的體例是按「帙」（《大般若經》共六十帙），「帙」下按「卷」（每「帙」有十卷）為順序收釋辭目。最後的數字表示築島裕著《大般若經音義の研究本文篇》（勉誠社，昭和 52 年（1977））之頁數。以下同，不另注。

或云蜜列車，皆訛也。正梵音云畢㗚吟蹉。此云垢濁種也樂作惡業下賤種類邊鄙不信正法垢穢人也」〔註21〕。無窮會本將其分為三個單音辭目，分別為前二字標音，在第三個字後再總釋詞義。

由此看來，撰者更為注重的是為字標音。有些複音詞中的某些字，撰者可能會認為讀者不知其讀音，需要標注，故特意將其拆開。當然撰者也知其本為複音詞，故在最後再進行總釋。這是「無窮會本系」處理複音辭目的常用之法，為其收辭立目特色之一。而這也仍能體現其作為字典的特徵。

還需特別指出的是：「無窮會本系」中的另一重要寫本「藥師寺本」現存「甲」「乙」「丙」「丁」四種，更是基本只收錄單字，如甲本第一帙共收錄258個辭目，不包括寫於同一格的異體字，其中僅有第一卷「尼師壇」和第三卷的「容止」兩個複音詞，而且這兩個辭目下實際並無音義內容，收錄單字，高達99%。

因此，我們有理由相信：「無窮會本系」更多地具有為信眾頌讀《大般若經》時查閱讀音、瞭解字義的字書性質，可以認為是《大般若經》的「專經字書」，而這正是鎌倉時代以降日本佛經音義發展的趨勢。

另外，多列出異體字，儼然已成為「無窮會本系」的一個明顯標識。而重視異體字也並不僅體現於此本系，其他還有如：被認為有可能書寫於平安時代中期的《孔雀經音義》（醍醐寺藏本）〔註22〕、承曆三年（1079）本《金光明最勝王經音義》〔註23〕以及至德三年（1386）心空的《法華經音訓》〔註24〕等音義中也都有含有不同程度的異體字內容。所以我們可以認為：日本中世以降，佛經音義在某種程度上還兼著辨別異體字，具有異體字字書的功能，而這一點尤為突出地體現於「無窮會本系」。

（二）釋文：從以漢文注釋為主到以和訓為主。

佛經音義除辭目外，釋文是重要內容，又分注音和釋義兩部分。傳統佛經音義注音多以反切為主，有時也用直音法。日本早期佛經音義，如石山寺本也

〔註21〕徐時儀：《一切經音義三種校本合刊》（修訂版），上海古籍出版社，2012 年，573頁。

〔註22〕梁曉虹：《日本漢字資料研究——日本佛經音義》，526～527 頁。

〔註23〕同上，614～621 頁。

〔註24〕同上，374～381 頁。又梁曉虹：《日本古寫本單經音義與漢字研究》（中華書局，2014 年），369～380 頁。

基本承此特色。一般音注用反切，釋義則用很正式的漢文，解釋異名、字義和詞義，辨別字形等，有些還有一些較為詳細的詮釋。如石山寺本《大般若經音義》：

敦肅：上古文𡪁。當村反。𡪁𡪁，誠信兒也。又音都魂反，厚也，亦敬也。下思六反。敬也。嚴也。（三百八十一卷）〔註25〕

制多：又云制底。舊云脂帝、浮屠，或言支提，皆訛也。此云聚相，謂累石等高以為相也。皆可以供養處也。謂佛初生成道轉法輪般涅槃處也。（第一百三卷）〔註26〕

以上二例，前者為一般漢語詞，後者是外來音譯詞。從釋文來看，與玄應和慧琳等人相較，並無太大差別。但是，玄應、慧琳等人一般多根據自己的規範標準採取引經據典的方式來解釋詞語，博徵詳析中蘊含著刻意取捨甄別，兼有辨止闡析，而且必標明出典，所以較為詳密。而信行等人的音義，相對來說，稍顯簡略，而且大多不注出典。

但是，日本早期音義的這種傳統釋文方法，隨著日本文字假名的出現，逐漸有所改變，而轉折點也被認為是藤原公任的《大般若經字抄》。《字抄》用片假名和類音標記法（即直音注）注音，而直音注使用漢音吳音相同的同音字作注。釋義方面，漢文註釋大幅度減少，片假名和訓成為主體。這種特色在「無窮會本系」中體現得較為突出。

築島裕先生曾評價《大般若經字抄》的體裁，指出此音義已經很明顯地大幅度日本化了。信行的《大般若經音義》與公任的《大般若經字抄》之間有著很大的本質上的區別，這不僅是《大般若經音義》發展史上值得注意的現象，廣而擴之，更進一步，音義‧辭書史上片假名像這樣被用於所成書中，就這一點來說，在國語表記史上也是值得大書一筆的現象。〔註27〕如果說公任的《字抄》在日本辭書音義史上具有承前啟後的作用，那麼「無窮會系本」則是在其基礎上進一步日本化的實踐者。

因此，如果說漢傳佛經音義從特性上來看，既好像一部沒有分類的百科辭

〔註25〕《古辭書音義集成》，第三卷，汲古書院，昭和 53 年（1978），32 頁。
〔註26〕《古辭書音義集成》第三卷，12～13 頁。
〔註27〕參考築島裕《大般若經音義諸本小考》，東京大學教養部《人文科學科紀要》，第 21 輯，昭和 35 年（1960）3 月。

書，同時又具有外來詞詞典、雙語詞典，以及字典的某些特性，那麼日本佛經音義的發展則更趨於字典的功能。說到底，這歸結於信眾所念經典為漢文，撰者的目的主要的就是要幫助其解決認字閱讀的問題。

二、對古代日本梵漢辭典的編纂具有一定影響

如上述及，「無窮會本系」字書特性較為突出。但應該說，與一般意義上的字書還是有區別的，因其畢竟是專為《大般若經》而撰著，收辭範圍的有定性，使其局限於《大般若經》。《大般若經》煌煌六百卷，內容極為豐富，故而其收辭原則還應具有在《大般若經》這個有定範圍內的無定性〔註28〕。即使撰者以解字為中心，但很多內容還是難以避免的，如梵文音譯詞，如佛學專有名詞以及中印名物詞等。這裏我們就將探討無窮會本系在處理這些內容時所呈現的特色。

（一）以梵文音譯為意譯詞釋語

漢譯佛經中，音譯詞的數量很多，這是佛經翻譯成果的直接體現。佛經音義作為對佛典字詞進行辨音釋義的工具書，其收錄的外來詞在古代辭書中自然首屈一指，如此也就形成了其顯著特色：具有外來語詞典和雙語詞典的功能。〔註29〕

言其具備外來語詞典的功能，體現於兩方面：其一，當然是指其收錄的外來詞數量多。漢傳音義大家如玄應、慧琳、慧苑等人音義中都有大量音譯詞內容。如《玄應音義》（二十五卷）被認為「收錄的詞目，以中國本土通用的古漢語詞彙為主」〔註30〕，但其中的外來詞也有一千多條（主要是梵語譯詞），約占全書詞條總數的 13%；《慧琳音義》一百卷，收錄外來詞三千二百條，約占全書辭目總數的 12%。其方法一般都是摘取梵文音譯字，分字注音，並對照梵言正其訛略；再將全詞正確的音譯文字列出，與經文原譯文字對照；然後以唐時語言解釋詞義。〔註31〕特別是慧苑的《新譯大方廣佛華嚴經音義》，所收釋的梵文音譯名詞幾乎占其書的一半左右。〔註32〕因其有可能是在其師

〔註28〕參考徐時儀・梁曉虹・陳五雲《佛經音義研究通論》，鳳凰出版社，2009 年，93 頁。
〔註29〕徐時儀・梁曉虹・陳五雲：《佛經音義研究通論》，120～128 頁。
〔註30〕陳士強：《佛典精解》，上海古籍出版社，1992 年，1004 頁。
〔註31〕參考徐時儀、梁曉虹、陳五雲《佛經音義研究通論》，95～96 頁。
〔註32〕徐時儀・梁曉虹・陳五雲：《佛經音義研究通論》，38 頁。

法藏所撰《華嚴梵語及音義》〔註33〕基礎上撰成的。〔註34〕多收外來詞就是其特色。其二，是指以玄應、慧苑、慧琳等人為代表的傳統佛經音義在收錄外來詞的體例上有創新，為後代辭書收列外來詞注明語源開了先例。如收釋外來詞一般需具備四個方面：（1）外來詞的漢字書寫形式，即詞目。（2）注音。（3）規範的書寫形式。（4）釋義和說明。儘管實際上不一定每條都具備這四項，秩序也或有變動，但已為後來的外來詞詞典編寫提供了一個可行的體例模式。〔註35〕

所謂雙語詞典的特性，就是匯集一種語言裡的詞語，用另一種語言進行對譯或加以解釋。陳炳迢在《辭書概要》中曾指出：「我國雙語對照詞典的編纂發軔于佛經翻譯」，佛經音義著作「如果不拘泥於字形，而從語言的本質和歷史的實際看，也可以說它們兼有梵漢對照詞典的作用」〔註36〕。佛經音義解釋漢語外來詞時用漢字記錄梵文之音，用漢語詮釋梵文之義，即用對應詞釋義，所以也可以說具備有雙語詞典的功能。

此類例在信行的《大般若經音義》中也多見，如：

> 窣堵波：又作窣都，此云廟，即仏塔也。下文云諸仏靈廟。上音桑沒反。中音都扈反。扈音胡古反。（一百三卷）〔註37〕

「窣堵波」為音譯詞，故詞形多見，《玄應音義》中多有詮釋。上條應是信行參考玄應說。又如：

> 設利羅：此云身骨也。舊言舍利者，訛略也。（一百三卷）〔註38〕

《慧琳音義》卷二收釋此詞：「設利羅：梵語也，古譯訛略。或云舍利，即是如來碎身靈骨也。」〔註39〕

「無窮會本系」此類例也見。如：

> 制多：亦云制底。唐云靈廟。（無／11-3／58）

> 設利羅：古云舍利，唐云身骨。（同上）

〔註33〕一卷，已佚。
〔註34〕陳士強：《佛典精解》，1008 頁。
〔註35〕同上，125 頁。
〔註36〕陳炳迢：《辭書概要》，福建人民出版社，1985 年，219～221 頁。
〔註37〕《古辭書音義集成》，第三卷，54 頁。
〔註38〕同上。
〔註39〕徐時儀：《一切經音義三種校本合刊》（修訂版），546 頁。

　　但總體來看，此類內容所占比例並不算多。這當然是因其作為字書，所收錄的複音辭目相對較少之故，還有就是撰者多採取分拆複音辭目之法，一個音譯詞被分成了幾個辭目。

　　值得注意的是：「無窮會本系」收錄意譯詞，還常以梵文音譯為其釋語。如：

　　　　大勝生主：亦云大愛道。梵云摩訶闍波提也。（無／1-1／8）

　　　　飲光：梵云迦葉波。（無／1-10／20）

　　　　軌範：梵云阿闍梨耶。（無／5-4／28）

　　漢傳佛經音義，基本用漢語來詮解梵文音譯詞之義，但「無窮會本系」用梵文音譯來詮釋意譯詞的特色值得注意，特別是在天理本第五十七帙以降。如：

　　　　具力：梵云婆稚。（天〔註40〕／57-6／638）

　　　　堅蘊：梵云迦羅騫。（同上）

　　　　雜威：梵云毗摩質多羅。（同上）

　　　　暴執：梵云羅睺。（同上）

　　　　無熱：梵云阿那婆達多。（同上）

　　　　猛意：梵云摩那斯。或云慈心也。（同上）

　　　　海住：梵云竭羅。（同上）

　　　　无垢河：梵云尼連禪那。（天／57-10／650）

　　　　猛喜子：梵云鬱頭藍。（天／60-9／708）

以上例釋語僅用梵語音譯詞。但也有部分用梵語，部分用漢語來釋義的。如：

　　　　善現：亦云善吉。亦云善業。亦云善實義。淨三藏云：妙生矣。

　　此人梵云須菩提也。（無／1-10／20）

　　　　持譽：梵云耶輸陀羅尼也。或本作特字，是謬也。（無／41-1／

　　152）

　　　　工巧：梵云婆修吉，古和修吉，即九頭龍也。（天／57-6／638）

　　一般來說，漢傳佛經音義多用漢語詮釋梵語音譯辭目。雖然玄應、慧琳等人的音義中也在釋文中出現過用梵文音譯詞，但多為辨析梵文正訛而用，或還有其他詮釋文字，音譯只是釋文的一部分。而無窮會本系中的這些例證，

〔註40〕「天」表示天理本，其他與前相同。

值得注意。因這種特色不僅只見於「無窮會本系」，如被認為寫於天永二年
（1111），藏於醍醐三寶院的《孔雀經音義》（天永本）中也多見其例，筆者曾
有粗淺考察〔註41〕，將其認作是日本中世佛經音義特色之一。之所以會有這
種特色出現，筆者認為小林明美「文獻學的國風化」的說法很值得參考〔註42〕。
他指出：九世紀末，真言宗和天臺宗皆確定了教義，教團組織也趨於安定。
而至彼時，也能充分地注意到咒文的正確音價了。但當時梵語音的傳承已絕，
而遣唐使制度又被廢止，去中國學了回來已不再可能。所以，印度咒文的音
價研究只能靠國內獨立進行。從某種程度上來說，無意中倒造成了較前代能
更正確地復原咒文的結果。他還舉圓珍弟子空惠 909 年為《蘇悉地羯羅經》
施以訓點，真言宗的真寂編纂了梵語辭書《梵漢語說集》《梵漢相對抄》，以
及觀靜的《孔雀經音義》和覺勝的《宿曜經音義》等為例，說明當時日本的梵
漢對堪研究頗為興盛。〔註43〕聯繫到「無窮會本系」中出現的這種情況，正可
以映證這一史實，至少說明當時的僧人對梵文的熟悉程度是相當高的。

（二）從日本《人般若經音義》類聚「梵語」、「漢文」之特色考察

收釋音譯詞的特色，在日本早期佛經音義當然也有呈現，以《大般若經音
義》為例，石山寺本「信行音義」中，就有「僧伽胝」（五十三卷）、「憍尸迦」
（八十卷）、「致多」、「窣堵波」、「設利羅」（一百三卷）、「滅戾車」（一百廿七
卷）、「末羅羯多」（三百卅九卷）、「具霍迦遮魯拏」（三百六十九卷）、「蘇扇多」
（三百七十八卷）等。還有半音半譯的，如「菴沒羅菓」、「半娜娑菓」（三百五
十六卷），以及「哀字」、「嗟字」（五十三卷）等梵音字。但總體來說，這是承
襲漢傳佛經音義體例，逐卷按經中出現順序列出音譯詞，並未將「梵語」特意
抽出，集中收釋。

但是，在被認為是信行的另一本著作《大般若經要集抄》〔註44〕卷中和卷

〔註41〕梁曉虹：《日本早期佛經音義特色考察——以醍醐寺藏〈孔雀經音義〉二古寫本為例》，
中國社會科學院語言研究所《歷史語言學研究》，13 輯，商務印書館，2019 年。
〔註42〕小林明美：《醍醐寺三寶院にわたる小冊子本〈孔雀經音義の周邊〉—五十音図史
研究の準備のために—》，《密教文化》144 號，高野山大學出版社，1983 年。
〔註43〕梁曉虹：《日本早期佛經音義特色考察——以醍醐寺藏〈孔雀經音義〉二古寫本為例》，
中國社會科學院語言研究所《歷史語言學研究》，13 輯，商務印書館，2019 年。
〔註44〕一般認為此乃信行所撰《大般若經音義》之摘抄本，故亦可作為信行確撰有《大般
若經音義》之旁證。

下，其辭目主要就是詞或短語結構，且以梵語音譯詞與漢語詞為多。可看出意
圖明顯是將《大般若經音義》中的梵語譯詞和漢語詞作為中心而摘出。這對後
世《大般若經音義》諸本中，有將梵語和漢語總括而作為辭目的現象是有影響
的。如：藤原公任的《大般若經字抄》中，根據沼本克明先生考察〔註45〕，就有
以「梵語」為題，從《大般若經》中抽出梵語，其下有漢譯語部分。這些漢譯
語與《玄應音義》、石山寺本「信行音義」、《慧苑音義》、《新譯華嚴經音義私記》
以及《慧琳音義》等相比較，有的一致，也有的需求其他出典，也就是說，並
非依據特定一書而撰成。「梵語」部分有如：

尼師壇：座具〔註46〕。

刹帝利：分田主。守田種。

等，共41條。〔註47〕從某種意義上，我們可以認為這就是濃縮型的《大般若經》
的「梵漢詞典」。

《字抄》不僅有「梵語」，其後還有「漢語」，即以「漢語」為題，對從《大
般若經》中抽出的複合詞加以義注的部分。這些複合詞多為佛教語（佛教的術
語及物名等），有的與其前的中日音義一致，也有的這些音義中完全不見，現在
難以判定出於特定書籍。如：

對面念：違背生死所念涅槃名。

傍生：傍行故名。

等，共44條。〔註48〕從某種意義上，我們也可以認為這就是濃縮型的《大般若
經》的「佛學詞典」。

如此類聚「梵語」與「漢文」，是日僧撰《大般若經音義》的特色之一。
根據築島裕先生考證：類聚「梵語」「漢語」的做法，「無窮會本系」中有大東
急記念文庫本、岡井本以及康曆本以及《鵝珠抄》卷末所附本中也能見到這
種特色。築島裕曾對「岡井本」這一內容進行過考察〔註49〕，指出：岡井本從

〔註45〕沼本克明：《石山寺一切經藏本・大般若經字抄解題》，《古辭書音義集成》，第三卷，
　　　　汲古書院，昭和53年（1978），100～101頁。
〔註46〕原用雙行行間小字的形式。下同。不另注。
〔註47〕《古辭書音義集成》第三卷〈大般若經字抄〉，77～79頁。
〔註48〕原本為三九才3-四〇才。《古辭書音義集成》第三卷〈大般若經字抄〉79～81頁。
〔註49〕同上，27～28頁。築島裕：《故岡井慎吾博士藏大般若經音義管見》，此文附於岡
　　　　井博士遺稿《家藏大般若經音義について》之後，岡山大學法文學部《學術紀要》
　　　　第十一號，昭和33年（1958）。

第 39 頁開始，附載有「梵語」之項，收釋如「般若」、「阿羅漢」、「阿難陀」等音譯詞，共有 120 條。「梵語」之後為「漢語」，收釋如「王舍城」、「頻申欠呿」等共 169 條。〔註50〕注釋頗為簡單，有不少不能算作音義內容。此本梵語與《大般若經字抄》的梵語之間，被認為具有某種程度的關係。石山寺本《大般若經字抄》中的 41 個梵語辭目，其中有 38 個被此本所收錄，而且詮釋部分也是大同小異，所以可以認為是以石山寺本《經字抄》為基礎增補而成的。「漢語條目」也呈現此特色。故而可以認為兩本之間的關係，好像具有某種規律性。〔註51〕我們從發展的眼光看，可以認為岡井本在石山寺本《經字抄》增補了近三分之二的內容。而這些內容，包括大東急記念文庫本，被認為是後來附加的，本來並沒有。〔註52〕但從這裏，我們正可以看到日本人在為《大般若經》音義時，已經很重視「梵語」集中統一進行詮釋的做法。

　　實際上，無論是作為外來語詞典還是雙語詞典，從內容上來看，只是佛經音義中的一部分。漢譯佛經中有大量的源自梵語的外來詞，隨著佛教的傳播，應廣大信眾閱讀佛典的需求，中國僧人很早就開始編纂所謂「習梵」工具書，如梁・寶唱有《翻梵語》一卷，唐僧義淨撰《梵語千字文》一卷，列舉約千餘單詞，可謂梵漢對照讀本。此外，還有唐・全真的《唐梵文字》（原名《唐梵兩國言音文字》）一卷和唐・禮言集的《梵語雜名》一卷。這兩部書已略似字典。《唐梵文字》與《梵語千字文》差不多，《梵語雜名》按照分類先列漢文，後列梵文。〔註53〕此外，還有見於日本宗叡所錄的《唐梵兩語雙對集》（又名《梵漢兩語對註集》）一卷，由唐「中天竺摩竭提國菩提樹下金剛座寺苾芻」〔註54〕僧怛多蘗多、波羅瞿那彌舍沙二人合撰。

　　以上這些由唐僧或在唐的印度僧人所撰著的「習梵」工具書就是中國早期雙語詞典，也就是說中國的雙語詞典的雛形至遲在唐代已經產生。而這些又大多隨佛教而東傳至日本，並在東瀛廣為傳播。如《梵語千字文》自唐代就傳入日本，見存有三種本子：東京東陽文庫本；享保十二年瑜伽沙門寂明刊本。《翻梵語》共十卷，是一部摘錄漢譯經律論及撰述中的梵語翻譯名詞，分類排纂，

〔註50〕統計數目根據岡井慎吾遺稿。
〔註51〕以上參考築島裕《大般若經音義諸本小考》。
〔註52〕築島裕：《故岡井慎吾博士藏大般若經音義管見》。
〔註53〕徐時儀・梁曉虹・陳五雲：《佛經音義研究通論》，126 頁。
〔註54〕CBETA 電子佛典 2016，T54／2136／1241。

下注其正確音譯（或不同音譯）、義譯、出典及卷次的佛教辭典。〔註55〕因原書未署作者，故學界有作者為中國梁代莊嚴寺沙門寶唱以及日本飛鳥寺信行之說。此書見載於圓仁《入唐新求聖教目錄》，佐賀東周也根據信瑞所引，指出此應是與《梵語雜名》一起由圓仁請至日本並在日本流傳〔註56〕，故而其作者應是梁·寶唱。安永二年沙彌敬光刊本。〔註57〕其中東洋文庫本是九世紀的唐寫本，為最古之寫本。〔註58〕而《唐梵文字》以及《唐梵兩語雙對集》也都是見載於日本文獻目錄。前者見載於日本入唐求法沙門圓行於日本承和六年（839）十二月編的《靈巖寺和尚請來法門道具等目錄》〔註59〕，而後者則見載於日本入唐求法沙門宗叡於日本貞觀七年（865）十一月編的《新書寫請來法門目錄》。〔註60〕受此影響，日本人也興起研習梵文的熱潮。如有《梵漢相對集》二十卷，有可能是真寂法親王〔註61〕的著作，但此書與真寂法親王的另一部著作《梵漢語說集》一百卷皆早已亡逸，僅能從古書逸文中見其片影，堪為滄海遺珠。〔註62〕另外，還有是「集梵唐千字文、梵語雜名、梵漢相對集、翻梵語等大成者」，〔註63〕在日本梵語學史上佔有重要位置〔註64〕的《梵語勘文》，儘管也已為逸書，但還是能反映出當時日本人熱心編纂「習梵」工具書的熱情。

　　筆者認為：「無窮會本系」中這種類聚「梵語」與「漢文」的特色，有可能是受日本「習梵」類「雙語詞典」的影響，亦或對其發展蓋有一定的影響，應該是雙向的。無論如何，這些內容，可以認為是《大般若經》的微縮雙語詞典。

〔註55〕陳士強：《佛典精解》，上海古籍出版社，1993年版，103～1036頁。
〔註56〕佐賀東周：《松室釋文と信瑞音義》，佛教研究會編《佛教研究》第一卷第叁號，1920年10月，464頁。
〔註57〕陳士強：《佛典精解》，1040頁。
〔註58〕此本已作為大型「東洋文庫善本叢書」之一（《梵語千字文／胎藏界真言》）由勉誠出版社出版（編著：石塚晴通·小助川貞次，2015年）。
〔註59〕陳士強：《佛典精解》，1043頁。
〔註60〕同上，1047頁。
〔註61〕真寂法親王（886～927年），為日本平安時代中期皇族及法親王。其生父母是堀河天皇及橘義子，出家前名齊世親王。出家後，法號真寂。
〔註62〕佐賀東周：《松室釋文と信瑞音義》，佛教研究會編《佛教研究》第一卷第叁號，464頁。
〔註63〕佐賀東周：《松室釋文と信瑞音義》，佛教研究會編《佛教研究》第一卷第叁號，464頁。
〔註64〕安居香山：《淨土三部經音義集における緯書》，佐藤密雄博士古稀記念論文集刊行會編《佐藤博士古稀記念仏教思想論叢》，山喜房仏書林，1972年，824頁。

當然，其中關係，還有待於進一步深入考察。

三、為日本早期「篇立音義」之代表

傳統佛經音義從體式上來看，一般是「卷音義」，即根據經典卷帙順序收釋辭目。玄應、慧琳等人的「眾經音義」或「一切經音義」即如此。即使像慧苑《新譯華嚴經音義》這樣的單經音義也尊其定規。早期日僧所撰佛經音義也呈此特色，如石山寺本《大般若經音義》（中卷）、小川家藏本《新譯華嚴經音義私記》、《新華嚴經音義》（大治年間寫本）以及平安初期《四分律音義》、平安中期《法華經釋文》等。

受藤原公任《大般若字抄》的影響，「無窮會本系」的體式以帙而編成，即將《大般若經》六百卷各以十卷為一帙而編纂。這符合古代《大般若經》經本文編纂體例。這一特色被其後的「無窮會本系」所仿範。這一編排體式成為日本中世佛經音義特色之一。

但是，如果說從逐卷收錄辭目到按帙而編，這實際還只是在「大般若經音義」內的變化。說到底，「帙音義」並未脫離「卷音義」的框架，因為「帙」以下的單位仍是「卷」。而日本中世佛經音義還有一種體裁樣式值得我們注意，那就是「篇立音義」。因為這完全打破了「卷」與「帙」的束縛，而是利用漢字表意特性之「部首」來加以編排，這是日本中世佛經音義的重要體式之一。而「篇立音義」是日本佛經音義三大類別「卷音義（帙音義）」、「篇立音義」、「音別音義」中的重要一類。

所謂「篇立音義」即所收釋辭目（基本為單字）以漢字部首分類編排。日本中世，「篇立音義」開始陸續出現，且多有流佈。以《法華經音義》為多見，現存古寫本就有如西大寺本、平等心王院本、大通寺舊藏本、九原文庫本等多種，築島裕先生統計共有十三種；〔註65〕《淨土三部經音義》也有龍谷大學藏寫字臺本（一卷本）、珠光天正18年（1590）所撰《淨土三部經音義》（上下二卷本）；〔註66〕還有《最勝王經音義》（正平本）〔註67〕等。

〔註65〕築島裕：《法華經音義について》；載山田忠雄編《山田孝雄追憶・本邦辭書史論叢》，三省堂，昭和42年（1967）。

〔註66〕《珠光編淨土三部經音義》（中田祝夫解說・土屋博映索引），勉誠社，昭和53年（1978）。

〔註67〕川瀨一馬：《增訂古辭書の研究》，雄松堂出版，昭和63年（1988），371頁。

　　儘管篇立音義在日本，現存古寫本以《法華經》類音義為多，也最有特色，但是值得引起注意的是《大般若經音義》中也有「篇立音義」的內容，而且皆屬「無窮會本系」。根據築島裕先生調查，有天理本、大東急記念文庫本和願成寺舊藏的殘本。從體例上看，就是在卷末（第六十帙），即「帙音義」結束後另外添加的內容。雖然從比例上看，這在「無窮會本系」中還是占少數，但因無窮會本、岡井本等皆卷尾欠失，所以推定原本這個附載有可能是存在的。〔註68〕

　　從「卷音義」到「篇立音義」，體現了日本佛經音義發展的進程。日僧極為重視佛經音義能幫助信眾閱讀佛典的工具書作用，而此前傳統的「卷音義」〔註69〕，即使是藤原公任開始的「帙音義」，從性質和體裁上已難以達到要求，故而，中世以降一批「篇立音義」的相繼出現，正體現了本傳自中國的傳統的佛經音義在日本的新發展。「無窮會本系」作為日本中世佛經音義的代表之一，其「篇立音義」〔註70〕體現了日本佛經音義發展進程。筆者曾有專文考察天理本的「篇立音義」〔註71〕，敬請參考。

四、結　論

　　佛經音義從中國傳到東瀛，作為「治經」的工具，要適應佛教在當時、當地發展的趨勢，起到為僧侶信眾解讀佛書之功用，就會與當地的語言文字發生密不可分的關係，佛經音義也必定會有新的發展。而其發展過程，一般來說就先呈古漢風，再經「和風化」，最後日本化。

　　「無窮會本系」不僅是日本中世《大般若經音義》的代表，而且也是當時日本佛經音義的代表之一。其特色明顯，最突出的就是已經相當程度地日本化。而日本化的突出體現就是以收釋單字為主，具有為信眾頌讀《大般若經》時查閱讀音、瞭解字義的字書性質，可以認為是《大般若經》的「專經字書」。

　　雖然「無窮會本系」字書特性突出，但因其專為《大般若經》而撰著，佛經音義的特性還是與一般字書有別，而其在詮釋複音詞時，類聚「梵語」與「漢

〔註68〕築島裕：《無窮會本系大般若經音義附載の篇立音義について》。
〔註69〕當然包括傳自中國的音義書以及日本古代（奈良時代、平安時代）日僧所撰的佛經音義。
〔註70〕梁曉虹：《日本中世「篇立音義」研究》，徐時儀・梁曉虹・松江崇：《佛經音義研究——第三屆佛經音義研究國際學術研討會論文集》，上海辭書出版社，2015年。
〔註71〕梁曉虹：《天理本篇立音義考論》，《文獻語言學》，第十三輯，中華書局，2021年。

文」，也可視為特色之一。另外，在詮釋佛經意譯新詞時，有時會以梵文音譯為其釋語，這與漢傳佛經音義多用漢語詮釋梵語音譯辭目有別。這些特色與日本中世僧人熱心學習研究梵文有關，說明當時他們的梵文水平相當高。當時的日本有不少「習梵」類和「雙語詞典」出現，而「無窮會本系」或許對其有影響，亦或許是受其影響。這是一個值得進一步探討的課題。

「篇立音義」是佛經音義在日本發展而產生的新類別之一，多見於《法華經音義》。雖然其基本是源於從《說文解字》開始的以漢字部首分類編排，但還是有一些自己的特色。「無窮會本系」中留存「篇立音義」的寫本雖不多，但學界推定原本這個附載有可能是存在的。天理本保留了完整的「篇立音義」的內容。作為日本《大般若經》中的「篇立音義」，對研究日本「篇立音義」有一定的參考價值。

五、參考文獻

1. 安居香山，1972，《淨土三部經音義集における緯書》，《淨土三部經音義集における緯書》佐藤密雄博士古稀記念論文集刊行會編《佐藤博士古稀記念仏教思想論叢》，山喜房仏書林，824 頁。

2. 陳炳迢，1985，《辭書概要》，福州：福建人民出版社。

3. 陳士強，1992，《佛典精解》，上海：上海古籍出版社。

4. 川瀨一馬，1988，《增訂古辭書の研究》，東京：雄松堂出版。

5. 梁曉虹，2018，《日本漢字資料研究——日本佛經音義》，北京：中國社會科學出版社。

6. 梁曉虹，2015，藤原公任《大般若經字抄》在日本佛經音義史上的地位，《東亞文獻研究》第 15 輯。

7. 梁曉虹，2019，日本早期佛經音義特色考察——以醍醐寺藏《孔雀經音義》二古寫本為例，《歷史語言學研究》第 13 輯，北京：商務印書館。

8. 梁曉虹，2015，日本中世「篇立音義」研究，徐時儀・梁曉虹・松江崇：《佛經音義研究——第三屆佛經音義研究國際學術研討會論文集》，上海：上海辭書出版社。

9. 梁曉虹，2021，天理本篇立音義考論，《文獻語言學》第十三輯，北京：中華書局。

10. 山田健三，2005，木曾定勝寺藏大般若經音義について，《內陸文化研究》第 4 期。

11. 小林明美，1983，醍醐寺三寶院にわたる小冊子本《孔雀經音義の周辺》——五

十音図史研究の準備のために——，《密教文化》144 號，和歌山：高野山大學出版社。

12. 徐時儀，2012，《一切經音義三種校本合刊》（修訂版），上海：上海古籍出版社。

13. 徐時儀，梁曉虹，陳五雲，2009，《佛經音義研究通論》，南京：鳳凰出版社。

14. 沼本克明，1978，石山寺一切經藏本・大般若經字抄解題，《古辭書音義集成》第三卷，東京：汲古書院。

15. 《中國語言學大辭典》，南昌：江西教育出版社，1991 年。

16. 築島裕，1958，故岡井慎吾博士藏大般若經音義管見，岡山大學法文學部《學術紀要》第十一號。

17. 築島裕，1977，《大般若經音義の研究本文篇》，東京：勉誠社。

18. 築島裕，1967，法華經音義について，山田忠雄編《山田孝雄追憶・本邦辭書史論叢》，東京：三省堂。

19. 築島裕，1960，大般若經音義諸本小考，《人文科學科紀要》第 21 輯。

20. 中田祝夫解說，土屋博映索引，《珠光編淨土三部經音義》，東京：勉誠社。

21. 佐賀東周，1920，松室釋文と信瑞音義，《佛教研究》第一卷第叁號。

《王三》釋義疏證四則[*]

周　旺[*]

摘　要

　　《王三》是距陸法言年代最近的全帙的《切韻》修訂本，但釋義還存在一些問題。在對其釋義內容進行全面整理與研究的基礎上，選取「鶒」「嵐」、「潑」「澄」、「戕」「牂」「牁」、「垌」「同」這四例試作疏證，以期辨析釋義失誤的產生原因、現象。

關鍵詞：《王三》；釋義；疏證

---

* 基金項目：本文是國家社科基金重點項目「《刊謬補缺切韻》校釋及唐五代韻書整理與研究」（項目編號：18AYY014）成果之一。

* 周旺，女，1997 年生，湖南長沙人，湖南師範大學博士研究生，主要研究方向為文字學和音韻學。湖南師範大學文學院，長沙 410000。

　　《王三》全稱作「宋濂跋本王仁昫《刊謬補缺切韻》」，字形、字音、字義皆備，是距陸法言年代最近的全帙的《切韻》修訂本〔註1〕；歷來是韻學研究的重點書目，也是窺探韻書字書化過程的具體材料〔註2〕。

　　《王三》釋義存在一些問題，如沿襲前人韻書誤收誤音誤釋，後人誤寫誤衍誤奪、改易增刪等。龍宇純、趙少咸、徐朝東、趙庸等學者〔註3〕通過異文對勘〔註4〕、音義分析、旁徵博引等方式對《王三》全文進行校勘，考釋和糾正失誤的音形義，取得很大的成績。

　　然《王三》體量浩大，年代久遠，其在韻字收錄、反切、釋義、字際關係認同等方面存在很多問題，學者們對其疏證難免會百密一疏，對某些韻字的音形義未分析到位。故本文擬將宏觀把握和微觀詳釋緊密結合，以《王三》釋義失誤的內容為研究對象，選取「鵁」「巆」、「淡」「澄」、「戕」「牂」「牁」、「牁」「同」這四例的形音義進行考證，辨析釋義失誤的產生原因、現象，對失誤之處提出相應的修改意見，並對這種現象的存續和消亡情況進行分析討論，以期進一步研究《切韻》系韻書音形義關係，為中古漢語文字、音韻、訓詁研究提供例證。

一、「鵁」「巆」

　　《王三》肴韻女交反「鵁」「巆」二字前後相鄰，釋義高度相似，疑有誤。二字在《王三》中的呈現形式如下：

　　　　鵁，鳴鵁，鳥名。（24-4-7）

　　　　巆，鳴鵁，忓鳥名。（24-4-8）

　　「巆」字偏旁作「屵」，與「鳥」無關，釋義蓋是衍「鵁」字注文而誤。P.2014「巆」字注文做「忓丷，高山」，《王一》注文作「忓」。故龍宇純、趙少

〔註1〕載龍宇純《唐寫全本王仁昫刊謬補缺切韻校箋‧序言》，2015年，第1頁。
〔註2〕載古屋昭弘《王仁昫〈切韻〉與顧野王〈玉篇〉》，1984年。
〔註3〕周祖謨《唐五代韻書集存》（1983）將《王三》列為4.3，上冊為影印本及摹寫本，頁碼為第434～533頁；下冊為校釋，頁碼為第884～905頁。《王三》專書研究有：龍宇純《唐寫全本王仁昫刊謬補缺切韻校箋》（2015）、趙少咸《故宮博物院王仁昫切韻校記》（2016）、徐朝東《切韻彙校》（2021）、趙庸《唐寫全本切韻校注》（2023）等。
〔註4〕魏建功《十韻彙編資料補並釋》（2015）、周祖謨《唐五代韻書集存》（1983）認為《王一》《王三》是同一書的不同傳本，此說被學界認同，因此《王一》是本文研究《王三》重要的異文對勘材料。

咸、徐朝東、趙庸均指出「鳴鷦鳥名」四字是誤抄上字「鷦」注文而衍。龍宇純（1968：170）還指出《王三》韻字作「」，P.2014、《王一》作「嶵」，注文「忰」是「崒」字之誤。趙少咸（2016：727）引《廣韻》《廣雅》《玉篇》《篆隸萬象名義》（簡稱作《名義》）、《王一》的注文，指出釋義「忰」有爭議。

《玉篇殘卷·山部》（1985：439）：「嶢，……《方言》『嶢，高也』，郭璞曰：『嶕嶢……貌也。』《廣雅》：『堯，嶢也。』」又《屵部》（1985：443）：「嶵，女災反。《廣雅》：『嶵，拃也。』《聲類》：『嶵，滅也。』」《玉篇·山部》（1987：102）：「嶢，午么切。高峻也。」又《屵部》：「嶵，女交切。崒也。」表示山高而險。《名義·屵部》（1995：219）：「嶵，女交反。忓，威。」「忓」與「忰」字形近。《新撰字鏡·山部》（簡稱作《字鏡》）（1993：307）：「嶵，女交反。扐也，滅也。」《字鏡》中「卒」常寫作「卆」，如「誶」「崒」「悴」「碎」等字的「卒」均寫作「卆」。「九」蓋是「卆」的省寫。由上可知，「嶵」的注文有「崒」「忓」「忰」「扐」「悴」等形體。

《廣雅·釋詁卷三下》（1983：104）：「批、搖、嶢、摵、揁，崒也。」但王念孫並沒有解釋「嶢」與「崒」的關係。《說文解字·手部》（簡稱作《說文》）：「崒，持頭髮也。」又《山部》：「嶢，焦嶢，山高皃。」徐鉉音注「古僚切」。《玉篇·手部》（1987：30）：「崒，存几切。擊也。」《龍龕手鏡·山部》（簡稱作《龍龕》）（1985：73）：「嶢，或作。」嶢，正。五聊反。嶕嶢也。」「嶢（嶢）」釋義作「崒」「山高」「嶕嶢」等，表示山高且險。

可知，「嶵」釋義字有「崒」「忓」「忰」「悴」等，「嶢」「嶢」釋義字有「崒」。「忄」「扌」易混，均有可能是「山」的訛混。「干」「午」「九」「卆」與「卒」亦有混同的可能。故「崒」「忓」「忰」「扐」「悴」等字均是「崒」的訛混字。《廣韻·肴韻》：「嶵，崒也。」周祖謨《廣韻校勘記》（1993：121）指出《廣韻》注文「崒」當作「崒」，可證。

至於《王三》的韻字是「嶵」還是「嶢」呢？

從「嶵」「嶢（嶢）」的音、形、義關係進行分析。首先，從語音來看，「嶢」是破音字，反切有「古僚切」和「五聊反」，中古語音地位分別是見母蕭韻開口四等平聲、疑母蕭韻開口四等平聲，《說文》已記錄此字；「嶵」出現較晚，《玉篇》指出音「女交反」，中古語音地位是娘母肴韻開口二等平聲。其次，從形體來看，「嶢」形體多樣，「嶵」字不可改變部件位置；「嶵」「嶢」二字聲符一致，

形符分別是「屵」和「山」，意義也相近，二字具備相混的條件。最後，從意義來看，「巎」「嶢」釋義均是「崒」，表示山高而險，「嶢」具有能產性，可組成「嶢嵲」「嶢闕」「嶢嶢」「岩嶢」「岧嶢」「嶕嶢」「嶢嶷」「嶢屼」「嶢嶭」「嶢峭」「嶢嶭」等詞及短語。

從「巎」「嶢」與「堯」的關係進行分析。《說文‧土部》（2013：291）：「堯，高也。」段玉裁（1981：694）注：「堯，本謂高。」「嶢」的音義均與「堯」有關，如《廣雅‧釋言》：「堯，嶢也。」王念孫引《白虎通義》疏證（1983：151）：「謂之堯者何？堯，猶嶢嶢也，至高之貌。」《慧琳音義》卷八十五（2023：2003）釋「岩嶢」：「上音條，下音堯。山峰高峻貌。二字並從山，形聲字也。」故「嶢」與「堯」是同源的關係，音義皆通。

從「巎」「嶢」在古籍中出現的頻率來看，「嶢」字出現頻率遠高於「巎」。「巎」僅被《玉篇》《集韻》等書收錄，《集韻‧爻韻》（2017：186）引《博雅》「巎，崟也」，然《廣雅‧釋詁卷三下》為「嶢，崒也」。「嶢」「嶢」字不僅見於《說文》《方言》《玉篇》等辭書，還見於《文選》《晉書》《資治通鑒》等典籍及詩賦文集中，如曹植《九愁賦》：「踐蹊隧之危阻，登岩嶢之高岑。」酈道元《水經注‧河水五》：「張景陽《玄武觀賦》所謂『高樓特起，竦跱岧嶢……延千里之清飆』也。」「岩嶢」亦作「岧嶢」。

從《王三》收錄情況來看，蕭韻五聊反「嶢」字注文作「僬僥短人」，《王一》五聊反：「嶢，嵟（嶕）嶢，山危。」故《王三》注文「僬僥短人」對應的韻字當為「僥」。《王三》蕭韻古堯反「僥」注文作「偽。又五聊反」。趙少咸（2016：707）認為《王三》韻字「嶢」當改作「僥」；龍宇純（1968：159）、徐朝東（2021：172）、趙庸（2023：117）等認為「嶢」字注文和韻字「僥」奪，當補充。由《王一》《王三》的傳承關係及小韻數來看，「嶢」注文及韻字「僥」缺的可能性較大。

由上，本文推測，「嶢」是破音字，本音「五聊反」，表示「山高而險」，隨著語音發展變化，該字有「古僚切」「女交反」等音，為區分音義，使用者改變了「嶢」的形體，改變部位結構、增筆，逐漸訛誤成「巎」。

故本例誤植「鷯」字之訓於「嶢」字注文之中，「嶢」訛混作「巎」，注文「崒」訛誤作「忰」，導致訓釋失誤。二韻字注文可修改為：

鷯，鳴鷯，鳥名。

嶤，崪。

《類篇·屵部》：「嶭，牛交切。《博雅》崒也。又尼交切。」《類篇》同《玉篇》《集韻》等書，字頭作「嶭」，有誤；《廣雅》「嶤」字注文作「捽」，形義不對應；《名義》《字鏡》《廣韻》字頭作「嶭」，注文作「捽」，形義均有訛誤。

二、「濴」「瀅」

《王三》迥韻烏迥反「濴」注文指出「亦作溁」，徑韻烏定反「瀅」字注文指出「亦作瑩」。「濴」「瀅」二字釋義均作「小水」。故注文中的異體字字形應當有訛誤。二字在《王三》中的呈現形式如下：

濴，烏迥反。小水。亦作溁。一。（52-14-10）

瀅，小水。亦作瑩。（73-14-1）

《王二》青韻古螢反：「瀅，水名，易陽，或云：改易水洺，水可以淬劍也。」S.2071（切三）：「濴，蚌濴，小水。烏迴反。 。」P.3694〔註 5〕、《王一》《王二》《唐韻》徑韻烏定反：「瀅，小水。」「古螢反」中古語音地位作見母青韻平聲，今讀作「jiōng」；「烏迥反」中古語音地位作影母迥韻上聲，「烏定反」作影母徑韻去聲，今音均作「yíng」。各韻書音義有差距。

《文選·揚雄〈甘泉賦〉》「梁弱水之濎濴兮」李善注：「濎濴，小水貌也。《字林》曰：『濴，絕小水也。』」《漢書·揚雄傳上》「濎濴」作「濎濙」，顏師古注：「濎濙，小水之貌。濙音熒，又音胡鎣反。」佛經音義中，收錄「濎瀅」「鼎瀅」「汀瀅」等詞形，如《慧琳音義》（2023：1923-1924、1972）卷八十釋「濎瀅」：「上都挺反，下縈定反。《考聲》云：『濎瀅，小水也。』案：《甘泉賦》云『良（梁）猶弱水之濎瀅』，《古今正字》又作濚，義同，從水，瑩聲……瀅，因迥反。」又卷八十三釋「汀瀅」：「下音縈迴反。《考聲》並『小水皃』。楊子雲《甘泉賦》作『瀅』，傳作『汀濚』二字，誤。」「濎濴」「濎濙」「濎瀅」「汀瀅」等是表示「小水；不流」的疊韻聯綿詞的不同寫法。《慧琳音義》指出「瀅」音「縈定反」「因迴反」，與《王三》記錄的語音相同，故「亦作溁」的「溁」有極大可能是「瀅」，二字詞形相近。趙少咸（2016：1147～1148）指出：「溁，當瀅誤。」可證。

〔註 5〕P.3694 釋義誤作「刀水」。

　　龍宇純（2015：556）指出：「亦作瑩」是前字「鑒」的衍文，趙庸（2023：415）亦如此表示。段玉裁有「（瑩）引伸為磨，瑩亦作鑒」之言，《王二》《廣韻》「鑒」字注文指出「又作瑩」，段玉裁、龍宇純、趙庸之說可信。《王三》「鑒」字注文未見或體，蓋是錯行抄入至「瑩」字注文中。

　　《說文・水部》：「榮，絕小水也。」徐鉉音注「戶扃切」，段玉裁字頭後補「榮濘」二字，並注：「《甘泉賦》之『灝淡』、七命之『汀濘』皆謂小水也。『淡』『濘』義同。『淡』即許之『榮』字……從水，熒省聲。」段玉裁批判《史記》《漢書》《水經注》將表示「水名」之義的「滎」竄易作「榮」，他指出：「不知泲水名滎，自有本義，於絕小水之義無涉也」。故表示「水名」的「滎」，非「榮」，與聯綿詞義無關。

　　《龍龕・水部》（1985：231）：「淡，洴淡，小水貌。」《切三》《王三》《廣韻》迥韻「洴」「淡」前後相鄰。《王三》迥韻徂醒反：「洴，徂醒反。洴淡。又去挺反。一。」《切三》「洴」無釋義，《廣韻》：「洴，洴淡，小水貌。徂醒反。一。」「淡，洴淡。烏迥切。一。」依韻書間的傳承關係而言，《王三》表示「小水」的聯綿詞極有可能是「洴淡」。《可洪音義》卷六釋「洴中」：「上才頂反，洴塋，小水皃也。」《字鏡・水部》：「洴，徂醒反。洴淡，小水也。」《集韻・迥韻》：「淡，洴淡，小水皃。或從螢，亦作榮、瑩。」亦可證。

　　「洴」在中古時期的語音地位作從母迥韻開口四等上聲，「灝」語音地位作端母迥韻開口四等上聲，二字韻母相同。「洴塋」「洴淡」蓋是「灝淡」「灝瑩」「汀瑩」「汀淡」的異形詞。本書有訛抄異體、漏抄聯綿詞詞形、將上字異體錯行抄錄等錯誤。「淡」「瑩」二字作表「小水」義的聯綿詞時可混用。故二韻字的注文可修改為：

　　　　淡，烏迥反。洴淡，小水。亦作瑩。一。
　　　　瑩，洴瑩，小水。

三、「𢧐」「𢐊」「牁」

　　《王三》哥韻古俄反「𢧐」「𢐊」「牁」這組字中，韻字「𢐊」的注文是上一韻字，並指出異體字作「牁」，但韻字「牁」卻同「滒」，然《王三》的異體字不單獨列韻頭，「𢧐」「𢐊」字音義有誤，需辨析。三字在《王三》中的呈現形式如下：

牫，所以繫舟。（25-11-1）〔註6〕

牂，牫，郡名。或作牁。（25-11-2）

溰，多汁。（25-11-3）

牁，同上。（25-11-4）

《王三》哥韻古俄反以「哥」作小韻首字，小韻數作「八」，先後收錄了「哥、柯、菏、牫、牂、溰、牁」八個韻字。《切三》《王一》小韻數皆是「七」，較《王三》增韻字「娿」，少韻字「牁」「牂」。《王二》小韻數作「八」〔註7〕，亦無「牁」「牂」二字。《王一》：「牫，所以繫舟。牂牫，郡名。或作牁。」《切三》《王二》「牫」字注文同《王一》。故龍宇純（1968：184）指出「牂牫，郡名。或作牁」是「牫」的注文，又指出：「『牁』非『溰』字，上文『牫』下云『或作牁』，此當誤衍。」

趙少咸（2016：747）指出《王一》作「牫，所以繫舟。牂牫，郡名。或作牁」，引用《龍龕》「牫，又俗音牁，牁音哥」，認為《王一》諸韻字皆從「牛」旁有誤。徐朝東、趙庸對「牫」「牂」的看法與龍說同，但認為韻字「牁」及其注文應當在韻字「溰」之前。徐朝東（2021：191）指出：「溰、牁兩字位置誤倒，『牁、牫』異體，當在『牫』下。」趙庸（2023：133）指出：「『牫』下云『或作牁』，此條當移至『溰』條上。」並將小韻數「八」改作「七」。《王三》體例是異體字列於正字注文內，一般不單獨分列。故徐說、趙說不妥。

然「牫」是否音「古俄反」，是否同「牁」呢？

《說文·戈部》（2013：267）：「牫，搶也。他國臣來弒君曰牫。」徐鉉音注「士良切」；《羊部》（2013：72）：「牂，牡羊也。」音注「則郎切」。《玉篇·戈部》（1987：81）：「牫，在良、七良二切。殘也、殺也。」《羊部》（1987：109）：「牂，子唐切。牝羊也。」《說文》《玉篇》均未見「牁」字，「牂」「牫」讀音相近。

唐五代《切韻》系韻書中僅《王三》收錄「牁」字。《切三》《王一》《王二》《王三》「牫」字有又音「疾良反」，注文作「他國臣來殺君」，《王二》則郎反

〔註6〕前後數字分別表示頁數、行數、次序，下同。「牫」在《王三》中的位置為第25頁第11行第1字。

〔註7〕《王二》較之《王一》增收「歌」字，而「哥」「歌」二字異體，當合為一條。故《王二》同小韻亦是7字。

「牂」字注文作「牂牁，郡名」，又收錄「牂」，注作「羊名」。《切三》則郎反「牂」字注文作「牂牁」，《王三》注文作「羊」。

《廣韻》「牂」有三個反切，反切一「古俄切」，注作「陸云上同」，即「牂」同「牁」，「牁」字注文作「所以繫舟。又牂牁，郡名」；反切二「在良切」，注作「殺也。又他國臣來殺君也」；反切三「則郎切」，注作「牂牁。亦作『牂』」。《廣韻》表明，「牂」音同「牂」，而「牂」作「古俄切」是繼承《切韻》的說法。

現存文獻中可見「牂牁」「牂柯」「牂牁」等，如《晉書音義》（1996：649）收錄「牂牁」，注音形式有三種，分別是「上側郎反，下音哥」「上子郎反，下音歌」「臧歌二音」。晉代常璩《華陽國志·南中志》：「周之季世，楚威王遣將軍莊蹻，泝沅水出且蘭以伐夜郎，植牂柯繫舡……因名且蘭為牂柯國。」《資治通鑒·魏紀二》（1976：2216）：「牂柯太守朱褒、越雟夷王高定皆叛應闓。」胡三省注：「牂柯，音臧哥。」《慧琳音義》卷八十一（2023：1943）釋「牂柯」：「上佐郎反，下音哥。案：牂柯者，南楚之西南夷人種類，亦地名也。」《龍龕·爿部》（1985：118）：「牁，音哥。所以繫舟。又牂牁，郡名。」《聯綿詞大詞典》（2017：964）收錄「牂牁」「牂牁」「牂柯」「牂牁」等形體，表示繫船的木樁，借為古郡名、古國名。

由上可知，聯綿詞「牂牁」的「牂」可與「牂」混用；「牁」音「哥」，可寫作成「柯」「柯」。但「牂」本音非「古俄切」，且本義與「所以繫舟」無關。

《廣雅·釋宮》：「牂，杙也。」王念孫疏證（1983：214）：「《說文》：『弋，橜也。』或作杙。」「牂」意為木樁。《玉篇·弋部》（1987：132）：「牂，子郎切。繫船大弋也。又牂牁郡。亦作牂。」《字鏡·弋部》（1993：604）：「𢃕（牂／牂），子郎反。繫舡大戈也、牂也。」《龍龕·爿部》（1985：118）：「牂，則郎反。牂牁也。」故表示「所以繫舟」的是聯綿詞「牂牁」，而非「牂牁」。「牂」「牂」二字形近易混。「子郎切」的中古語音地位作精母唐韻開口一等平聲，與「牂」同，故「牂牁」又可作「牂牁」。

因此，本例蓋是由於訛抄導致釋義失誤：由於「牂牁」是聯綿詞，可寫作「牂牁」「牂柯」等形體，「牁」屬於哥韻古俄反，抄寫者誤將「牂」「牂」等釋義字作韻字，並將「牂」訛寫作「牂」，導致韻字與小韻不對應、韻字與釋

義不對應。

《切三》《王一》《王二》《王三》等唐五代《切韻》系韻書「戕」字錄入「古俄反」有誤，字頭當是「舸」，原文或為「舸，戕舸，所以繫舟，又郡名，亦作牂舸。或作牁。」《王三》哥韻古俄反「哥、柯、菏、舸、渮」五個韻字，有異體字「謌」「歌」「柯」，其他韻書均有韻字「妿」，可加，韻字便共有六字。《王三》二韻字的注文可修改如下：

> 舸，戕舸，所以繫舟，又郡名，亦作牂舸。或作牁。
>
> 渮，多汁。

《龍龕·爿部》：「戕，情羊反。殺君也。又他國巨（臣）來殺君也。又俗音舸。」《廣韻》（1982：45）古俄切：「戕，陸云上同。」《龍龕》《廣韻》收錄「戕」音「舸」，此音蓋是承《切韻》之誤。

四、「坰」「冋」

《王三》青韻古螢反「坰」注文指出「本作冏」，同小韻有韻字「冋」，二字注文不一致，字形亦有區別。疑有誤。二字在《王三》中的呈現形式如下：

> 坰，郊外林外。本作冏。（33-12-1）
>
> 冋，象遠界。（33-12-5）

《王三》青韻古螢反收錄八個韻字，包括「坰」和「冋」，二字不相鄰。這兩字意義比較簡潔，令人費解，「坰」「冏」「冋」三字關係需要詳細分析。

《王二》本小韻有十個韻字，「坰」「冋」二字前後相鄰，「坰」字注文作「郊外林」，「冋」作「象遠界」。《王一》此小韻殘損嚴重，不知小韻數，韻字「坰」及其釋義均缺，僅存「本作冋」三字。

龍宇純（1968：236）據《爾雅》《說文》認為「坰」字注文應當循《廣韻》作「野外曰林，林外曰坰」，「冏」當作「冋」，故韻字「冋」不當有，且釋義「象遠界」為《說文》的誤讀，他說：「云象遠界者，謂冂字形象如此，非釋其字義。」龍說值得借鑒，然趙庸（2023：172）僅指出「坰」字釋義有誤奪；趙少咸（2016：846）引用《玉篇》《龍龕》《廣韻》《集韻》《說文》「坰」字釋義和字際關係，其中，《玉篇》「坰」古文作「冂」，《廣韻》「坰」古文作「冋」，但失考證。徐朝東未對二字進行校注。

《詩·魯頌·駉》：「駉駉牡馬，在坰之野。」毛傳（1999：1385）：「坰，遠

野也。邑外曰郊，郊外曰野，野外曰林，林外曰坰。」《爾雅·釋地》（1999：196）：「邑外謂之郊，郊外謂之牧，牧外謂之野，野外謂之林，林外謂之坰。」《說文·冂部》（2013：105）：「冂，邑外謂之郊，郊外謂之野，野外謂之林，林外謂之冂。象遠界也。冋，古文冂，坰，冋或從土。」《爾雅》《說文》對「野」的釋義不一致。《慧琳音義》〔註8〕卷四十八（2023：1351）釋「坰（坰）野」引《爾雅》：「坰無里數，百之國邑，五（王）者之男（界）也。」《慧琳音義》（2023：1616）卷六十二釋「坰野」引《毛詩傳》《說文》：「上癸營反。又從口作冋，象國邑也。俗從土作坰（坰）也。』」

可知，「冂」「冋」「坰」三字同，《王三》不應當單列韻字「冋」，注文「郊外林外」蓋是「郊外謂之野，野外曰林，林外曰坰」的省寫，與《說文》合。《說文》「象遠界也」是從象形的角度解說「冂」形，非「冂」表示「象遠界」，《王三》誤讀《說文》。

《龍龕·冂部》（1985：202）：「冋，今」「冏，正。古熒反。遠界也。」《改併四聲篇海·土部》引《川篇》：「坰，古熒切，郊也。」「冏」「冋」二字語音不一致，因形近而常常混用。《正字通》：「冏，俗冋字。」亦是誤解二字關係。

因此，本例因誤解《說文》釋形和釋義兩種注釋內容而致的失誤，使得互為異體的兩字各為韻字。故本書、《王二》當將「冋」「坰」二字合為一例，「郊外林外」是「野外曰林，林外曰坰」的簡省，異體字「冏」當改作「冋」。聯繫《王三》「冋」字注文作「象遠界」，「冋」後或有「古文冂，《說文》『冂，象遠界』」之說。小韻首字「扃」的小韻數「八」當改作「七」。各韻字的注文可修改如下：

坰，野外曰林，林外曰坰。本作冋。冋，古文冂，《說文》作「冂，象遠界也。」

五、結　論

以上 4 例均是釋義失誤的案例。第（1）例的韻字「巋」或改作「嶬」，注文「忓」或改作「崒」，均形近而訛。注文「鳴鵝鳥名」是上字的釋義，誤抄入注文中。第（2）例的「淡」「澄」作表「小水」義的聯綿詞時可混用，注文存

〔註8〕本文將慧琳《一切經音義》成為《慧琳音義》，《慧琳音義》參考徐時儀（2023）。

在訛抄異體、漏抄聯綿詞詞形、將上字異體錯行抄錄等錯誤。

第（3）例韻字「戉」「羘」「牁」，「戉」「羘」是「牁」字的注文，誤將注文抄成韻字，因此音義不匹配、形義不對應，其中，「戉」的本字或是「㦿」，二字形近而混。第（4）例的「坰」「冋」互為異體，但本書分立成兩個韻字，注文也簡省，一個釋義，一個釋形。異體字「冏」或改作「冋」，二字形近易混。此外，由於韻字合併，例（3）和例（4）所在小韻的韻字數量也有相應變化。

六、參考文獻

1. 班固（撰），顏師古（注），2013，《漢書》，北京：中華書局。
2. 蔡夢麒，2009，《從音義對應看徐鉉〈說文〉注音的失誤》，《語文研究》第 1 期。
3. 〔日〕昌住，1993，《佛藏輯要第 33 冊·新撰字鏡》，成都：巴蜀書社。
4. 陳彭年，1982，《宋本廣韻》，北京：北京中國書店。
5. 段玉裁，1981，《說文解字注》，上海：上海古籍出版社。
6. 丁度，2017，《集韻》，上海：上海古籍出版社。
7. 顧野王，1987，《大廣益會玉篇》，北京：中華書局。
8. 顧野王，1985，《原本玉篇殘卷》，北京：中華書局。
9. 徐時儀，2023，《一切經音義三種校本合刊》，上海：上海古籍出版社。
10. 司馬光（著），胡三省（校注），1976，《資治通鑑》，北京：中華書局。
11. 郭璞（注），邢昺（疏），李學勤（編），1999，《爾雅注疏》，北京：北京大學出版社。
12. 郭璞（注），郝懿行（箋疏），2021，《山海經箋疏·中山經》，北京：中華書局。
13. 可洪，1993，《中華大藏經·新集藏經音義隨函錄》，北京：中華書局。
14. 〔日〕空海，1995，《篆隸萬象名義》，北京：中華書局。
15. 龍宇純，1968 / 2015，《唐寫全本王仁昫刊謬補缺切韻校箋》，香港：香港中文大學出版社。
16. 李圃，1997，《異體字字典》，上海：學林出版社。
17. 陸德明，1985，《經典釋文》，上海：上海古籍出版社。
18. 毛亨傳，鄭玄箋，孔穎達疏，李學勤編，1999，《十三經注疏·毛詩正義》，北京：北京大學出版社。
19. 王念孫，1983，《廣雅疏證》，北京：中華書局。
20. 徐振邦，2013 / 2017，《聯綿詞大詞典》，北京：商務印書館。
21. 徐朝東，2021，《切韻彙校》，北京：中華書局。
22. 徐蜀編，何超撰，1996，《二十四史訂補·晉書音義》，北京：書目文獻出版社。

23. 許慎，2013，《說文解字》，北京：中華書局。

24. 趙少咸，2016，《故宮博物院王仁昫切韻校記》，北京：中華書局。

25. 趙庸，2023，《唐寫全本切韻校注》，上海：上海辭書出版社。

26. 行均，1985，《龍龕手鏡》，北京：中華書局。

26. 周祖謨，1993，《廣韻校勘記》，北京：商務印書館。

《切韻》系韻書音義訛誤例析

鄭永雷[*]

摘　要

　　《切韻》系韻書在增修歷程中，雖多有刊謬補缺，但在注音釋義上仍有錯訛，或錯鈔誤抄，或刊謬不精的承底本之訛。本文從三個方面舉例分析：韻字訛誤、切語訛誤、音義匹配訛誤。

關鍵字：《切韻》；注音；釋義；訛誤

---

[*] 鄭永雷，女，1994 年生，江西贛州人，博士，主要研究方向為方言音韻。贛南師範大學文學院，贛州 341000。

　　《切韻》系韻書是承繼陸法言《切韻》的系列韻書，其中《廣韻》為《切韻》系韻書的集大成之作，而《廣韻》前各家《切韻》版本複雜，今存卷子有《切韻》傳寫本、箋注本《切韻》、《王韻》《裴韻》《唐韻》及五代本《切韻》等 7 類 50 餘種。《切韻》系韻書在增修歷程中，雖多有刊謬補缺，但各家仍有承前書之訛而不能發正之處，同時又因傳抄過程中錯抄誤抄、刊正有寬有嚴，該系列韻書在注音釋義上仍有錯訛。本文將從以下幾個方面舉例分析：

一、韻字訛誤

　　《切韻》系韻書在傳抄、增修過程中，個別韻字因傳抄者誤認誤識而訛，後出的各韻書多少會受前人訛誤的影響，各增修者若未能辨識其訛，便會承訛而不自知，更不必說「刊正謬誤」；除卻承襲前人之訛，另有增修傳抄者新增錯訛之處。如：

　　　　（1）洽韻：睏，《埤蒼》云：「視皃。」五夾反。一。加。（《唐韻》）

　　按：「睏」字，《王一》《王三》僅有「五冷反」一音，《唐韻》僅有「五夾反」一音，五代本殘卷 P.2015 僅存「五夾反」一音，《廣韻》兼有「五冷反」「五夾反」二音。「睏」字「五夾反」這一入聲音讀與「巠」聲符音讀並不相符。綜合判斷，該韻字「睏」應該是據「眨」字訛寫而來，理據有三：其一，「睏」字構字部件「巠」異體作「𡥀」，該部件上下空間壓縮後與「乏」字相近，那麼整體上「睏」字便與「眨」字形體相近；其二，「眨」字的行草書字形確實與「睏」字相近，黃庭堅所寫「眨」、吳昌碩所寫「眨」、傅山所寫「眨」等，「眨」字各形皆與「睏」字相類；其三，《可洪音義》提及「眨」確有「五洽反」一音，《摩訶僧祇律》卷 36：「睞眼，上莊洽反。正作眨也。又五洽反。非。」而「眨」字「五洽反」正與此處「睏」字所錄音切相合，其語義皆與目相關。

　　綜上可知，被注字「睏」是「眨」字之訛，那麼《唐韻》、五代本 P.2015 及《廣韻》中洽韻「睏」字條目皆當予以刊正，校錄為「眨，《埤蒼》云：視皃。五夾反。一。加。」

　　　　（2）緩韻：鄹，《字林》云：「亭名。」在。辭纂切。一。（《廣韻》）

按：「鄹」字，《王三》「鄹」字為「鄒」「郰」字異體字。據《說文》可知，「鄒」字從邑芻聲，其聲符「芻」是陰聲韻字，而「郰」字從邑取聲，其聲符「取」亦是陰聲韻字，故「鄹」字陽聲韻一讀著實突兀，或許是訛字。理據有二：其一，「辭纂切」為邪母緩韻，緩韻為山攝合口一等韻，《廣韻》中邪母皆不與一等韻相拼。此處應是南人方言之「以錢為涎」，是從、邪母相混之例，其切語上字應是從邪母相混之例，誤將邪母字作從母之用，「鄹」字反切「辭纂反」當就正音將其還原為從母緩韻，可對應到緩韻「欑〔藏旱反〕」小韻。據「贊」聲符字多在緩韻可知，「鄹」或許是「酇」字之訛；其二，《隨函錄》《龍龕》所釋可知，「酇」確有「亭名」義，《隨函錄》（109086）：「酇國，上昨何反，縣名，在亳州；又音贊，縣名，在南陽；又子管反，五百家為酇，又五鄉為酇；又宅官反，聚也；又才合反，亭名也。」《龍龕・邑部》：「鄼酇，昨何反，縣名。下音贊，小縣名；又音雜，亭名。」「酇」字又寫作「酇」，而《龍龕》所注「音贊」應是「酇」字從聲符音讀，所注「音雜」與《隨函錄》中注音「才合反」相合。

綜上可知，被注字「鄹」確是「酇」字之訛，那麼《廣韻》中該條目當予以刊正，應校錄為「酇，《字林》云：亭名。在。辭纂切。一。」且受《廣韻》影響的《集韻》《類篇》等辭書中緩韻「辭纂反」處「鄹」字條目的韻字都應刊正為「酇」字。

二、切字訛誤

《切韻》系韻書在傳抄、增修過程中，若底本漫漶不清、字形難以辨認，切字難免錯抄誤抄，又或是參考材料中切字本就訛誤，音切錯訛隨之產生。切上字訛誤僅致音切錯訛而不影響用韻，而切下字訛誤容易致使歸韻不當，增修者據訛誤的音切錯將韻字歸入不相合宜的韻部、小韻，此類訛誤會影響詩文用韻。如：

（1）哿韻：炒，隻。又四者反。亦作炟。（《王一》）

哿韻：炒，隻。又田者反。亦炟。（《王三》）

按：《王一》《王三》中，「炒」字又音的反切上字「四」「田」二字字形極為相似，而《切韻》系各韻書中「炒」字並無「四者反」「田者反」對應的正切，故懷疑兩處又音反切上字皆訛。初步判定「四者反」「田者反」二切語為

「囚者反」之訛，理據有三：其一，《王一》所注「四者反」、《王三》所注「田者反」皆與《博雅音》《宋本玉篇》所錄音切相左，且《王三》中「田者反」音切是以定母與假攝三等馬韻拼合，明顯與《切韻》系韻書聲韻拼合規則不符，即便將該切語看作古反切折合為「澄母馬韻」，該處亦無對應小韻，說明該音切不合理。其二，《博雅音》《宋本玉篇》皆有「囚者反」一音〔註1〕，《王一》《王三》中「烾」字馬韻一讀皆與「囚者反」相合〔註2〕，《王一》注「徐野反」，《王三》注「徐雅反」，用字不同而音讀與「囚者反」實同；其三，「田」「四」二字存在出入，且二字皆與「囚」字形近易訛。綜上可知，《王一》《王三》所錄又音皆存在訛誤，《王一》中「四」字與《王三》中「田」字皆是「囚」字之訛，故《王一》中又音「四者反」、《王三》中又音「田者反」皆當校正作「囚者反」。

（2）合韻：趖，七合反。走皃。二。|嫪，嫪婪。（《王三》）

按：「趖〔七合切〕」小韻當是訛增小韻，其音切應是「七含反」之訛。「趖」字於《切三》《裴韻》僅有「倉含反」一音，《王三》始增「七合反」一音，《廣韻》承之而兼有「倉含反」「七合反」二音，《廣韻》中「趖〔七合反〕」小韻收字亦與《王三》同；而「嫪」字為《王三》新增字，僅有「七合反」一音，其後《廣韻》承之而兼有「倉含反」「七感反」「七合反」三音。「七合反」一音明顯與「趖」「嫪」二字聲符「參」之音切相去甚遠，而「合」「含」二字形近非常，「七合反」或是「七含反」之訛。理據有三：其一，「趖」字於其他辭書有「七含反」一讀，《宋本玉篇・走部》：「趖，七含切。趖趨，驅步。」《宋本玉篇》為「趖」字注音即用「七含反」，說明「七含反」一切語有一定的通行範圍；其二，《廣韻》中「趖〔七合反〕」小韻所轄「趖」「嫪」二字皆有「倉含反」一音，《萬象名義》《新撰字鏡》所注「青含反」正與之相合；其三，「趖趨」「嫪婪」二詞皆為疊韻連綿詞，「趨」音「徒含反」而「婪」音「盧含反」，二詞的連綿下字皆在覃韻，連綿上字亦當在覃韻，那麼「趖」「嫪」二字合韻一讀便顯得頗不合理。那麼《王三》傳抄者應是據他書增字補切時誤將「七含反」認作「七合反」，故將「七合反」當作一又讀而將「趖」「嫪」二字補錄

〔註1〕《博雅音》：「烾，囚者反。」《宋本玉篇・火部》：「烾，囚者切。燭婁也。」
〔註2〕《王一》：「烾，徐野反。燭餘、又待可反。一。」《王三》：「烾，徐雅反。又待可反。一。」

至《王三》合韻末。

綜上可知，「趁」「嫁」二字「七合反」一音均為「七含反」之訛，故「趁〔七合反〕」小韻屬訛增小韻，當從《王三》《廣韻》二書中剔除，而「趁」「嫁」二字條目應據其音讀「七含反」改歸覃韻「參〔倉含反〕」小韻。

另外，《廣韻》合韻中「遝」字條目與《王三》此處訛誤類型一致，「遝」字為《廣韻》新增字且僅有「七合反」一音，《廣韻》：「遝，裏遝。七合切。一。」「遝」字「七合反」應是「七含反」之訛，《宋本玉篇》中「遝」字「千含切」一切可以為證。「遝」字條目應據其「七含反」音讀歸入覃韻中。

（3）幽韻：誰，千侯反。就。又子佳反。（《王三》）

脂韻：誰，就。又十佳反。（《王三》）

按：「誰」字聲符為「崔」，其音當與其聲符應具備語音相承關係。遍歷諸家音義書，「誰」字多為脂韻音讀「十佳反（視佳反）」「以佳反」〔註3〕，《集韻》新增灰韻音讀「倉回反」「昨回反」等〔註4〕。「誰」字始見於《王韻》，「千侯反」一音亦始見於《王韻》，而後《切韻》系韻書多沿用該音切，只是《王韻》中的「誰〔千侯反〕」小韻在幽韻之末，《裴韻》《王三》皆是如此；而《廣韻》據其切語下字音讀將該小韻改置於侯韻。但《切韻》系各韻書中「誰」字條目皆無與正切「千侯反」對應的又音標注，而「侯」字與脂韻「佳」字形似，初步推斷「千侯反」應當是「千佳反」之訛，理據如下：其一，「侯」字，《說文》作「矦」，南北朝至隋多寫作兵（《酸棗令劉熊碑》）、俟（《隋寇熾妻姜敬親墓誌》）、俟（《隋徐智竦墓誌》），末筆書寫時或化點畫作橫筆則寫作住（《魏張始孫造象記》），一時之間「侯」「佳」二字字形相混，韻書傳抄者將「佳」字認作「侯」字，自他書抄錄「誰」字切語時便將「千佳反」抄作「千侯反」；其二，「誰」字多有脂韻音讀，切下字「佳」與其聲符音讀較為一致，該音讀較幽、侯韻更為合理；其三，「誰」字有灰韻清母讀音，《切韻》系韻書脂灰通押，《集韻》所注「倉回反」與「千佳反」音近。綜上可知，《王三》中「誰」字切下字「佳」與「侯」二字因字形混同難辨而錯抄，「誰」字「千侯反」一音當是訛音，「誰〔千侯反〕」小韻屬訛增小韻，當從《王三》《裴韻》《廣韻》二

〔註3〕《裴韻·脂韻》：「（以佳反）誰，就。又十佳反。」《王三·脂韻》：「（以佳反）誰，就。又十佳反。」

〔註4〕《集韻·灰韻》：「（倉回反）誰，就也。」《集韻·灰韻》：「（昨回反）誰，就也。」

書中剔除，而「誰」字條目應據其音讀「千隹反」改歸脂韻「郪〔取私反〕」小韻。

該條目中又音「又子隹反」切語用字亦訛。《切韻》系各韻書中亦無與「又子隹反」對應的正切小韻。《篆隸萬象名義·言部》僅收「千隹反」一音〔註5〕，《新撰字鏡·言部》收「十住（隹）反」「千隹反」二音〔註6〕，《宋本玉篇·言部》收「以隹反」「十惟反」二音〔註7〕，《龍龕·言部》收「惟」「誰」二音〔註8〕。據此推斷，《王三》的「又子隹反」應是「十隹反」之訛，其王韻底本此處又音上字皆是漫漶不清，「十」「子」二字形近。那麼，《王三》幽韻「誰」字條目當刊正為「誰，千隹反。就。又十隹反。」

三、音義匹配訛誤

《切韻》系韻書在傳抄、增修過程中，音義匹配訛誤主要有兩種情況，一是抄寫者漏抄而致前一韻字與後一韻字的訓釋雜糅，此類多是字義匹配不當；二是增修者參考其他音義材料增補韻書時誤讀訓釋而致韻字衍增了與之構詞的另一字的讀音。此處僅就第二種情況進行說明，舉例如下：

（1）鎋韻：䴩，䴩鶷鳥。古札反。一。（《王三》）

按：「䴩」字最早見於《切三》，音「古屑反」，《王韻》《唐韻》《廣韻》皆承之。《王一》《王三》另增「古黠反」一音，《王一》於「古屑反」條目注「又古鎋反」〔註9〕，該又音與「古黠反」並不匹配，但其標注未必是為「䴩」字標注，其條目「䴩，䴩鶷，鳥名。鶷字，公鎋反。又古鎋反」亦可理解為「䴩，䴩鶷，鳥名。鶷字，公鎋反，又古鎋反」，那麼「鶷」字二音切實際同音，只是用字不同；《王三》於「古屑反」條目中未標注又音，而另出「古札反」一正切，正與「古鎋反」對應。《裴韻·屑韻》：「䴩，䴩鶷，鳧屬。鶷字，公鎋反」，《唐韻·屑韻》：「䴩，䴩鶷，鳥名。鶷字，古轄反。」《唐韻》所注「鶷字，古轄反」與《王一》所注「鶷字，公鎋反，又古鎋反」正可對應。《王一》《裴韻》「古屑反」條目處皆有標注「鶷」字音切，《王三》中卻未有標注，該標注極有可能是《王

〔註5〕《篆隸万象名義·言部》：「誰，千隹反。就。」
〔註6〕《新撰字鏡·言部》：「誰，十住、千隹二反。支也，就也。」
〔註7〕《宋本玉篇·言部》：「誰，以隹、十惟二切。就也。」
〔註8〕《龍龕手鑒·言部》：「誰，惟、誰二音。就也。」
〔註9〕《王一·屑韻》：「䴩，䴩鶷，鳥名。鶷字，公鎋反。又古鎋反。」

韻》所增而《王三》傳抄時有意剔除，《王韻》或是錄有「鶷」字「公鎋反」「古鎋反」二音，而《王三》以為其音切於該字對應條目已錄而作減省。後人誤讀「鷍，鵝鶷，鳥名。鶷字，公鎋反，又古鎋反」條目，便在《王三》卷上又為「鷍」字妄加「古鎋反」一音。此處「古札反」龍宇純校：「『鷍』字『古札反』條目體例與全書體例不合，其切語在義訓之後，該條目應是後人妄增。」龍宇純所作論斷較為合理，可予以採納。綜上可知，《王三》中該條目確為後人誤增，其誤增在於將「鷍」字訓釋中「鶷」字又音誤讀為「鷍」字又音，該訛誤僅見於《王三》，予以校正，則應刪除《王三》鎋韻「鷍」字條目。

（2）緝韻：（居立反）鵁，鵁鵳，鳥。又久涉反。（《王三》）

按：「鵁」字於《王三》有「居立反」「其輒反」「久涉反」「比及反」四音，《廣韻》有「居立反」「其輒反」「皮及反」三音。「鵁」字「居立反」一音應是《王三》誤將「鵳」字音切「居立反」與「鵁」字關聯起來，其後《廣韻》仍承其誤。「居立反」為「鵳」字音切而非「鵁」字音切，理據如下：「居立反」可與其正切「居輒反」對應，「鵳」字，《王三》注「居輒反」「房及反」二音〔註10〕，五代本 P.2015 注「居輒反」「北立反」二音。〔註11〕綜上可知，「鵁」字「居立反」一讀應是訛錄「鵳」字音切，《王三》《廣韻》中「鵁」字「居立反」反條目應予以摒棄。

（3）虞韻：翑，曲羽反。又求俱反。一。（《王三》）

按：「翑」字「曲羽反」一音當是抄寫訛誤所致，「反」字衍而令「翑」字誤增一音。《說文》：「翑，羽曲也。從羽句聲。」其所釋「羽曲」同此處「曲羽」，僅字序不同而已。但《王三》誤將「曲羽」看作切語，其原因有二，一是「羽」字確在虞韻且為虞韻韻字的常用切下字，二是「又」字含糊之時亦與「反」字相近。抄者誤將後一「又」字作「反」字而錄，「曲羽反」置於虞韻，似也合乎情理。

「翑」字條目，《王一》錄作「翑，曲羽。又求俱反。一。」《王三》錄作「翑，曲羽反。又求俱反。一。」可見，該訛誤為《王一》《王三》兼有，應是《王韻》本身就存在的問題，即《王韻》原卷據他書增補「翑」字時已訛。而

〔註10〕《王三·緝韻》：「鵳，房及反。四。」《王三·葉韻》：「（居輒反）鵳，鵁鵳。又房及反。」

〔註11〕P.2015·葉韻：「（居輒反）鵳，鵁鵳，鳥。又北立反。」

後《裴韻》傳寫時意識到該錯訛，將「翎」字歸入「矩〔俱羽反〕」小韻。《龍龕手鑒》錄有「翎」字二音，《龍龕·羽部》：「翎，其俱反。鳥羽也。又俱兩（雨）反。曲羽也。」其中「俱雨反」一音正與《裴韻》所注「俱羽反」相合。其後《廣韻》兼收「俱羽反」「其俱反」二音，亦是承《裴韻》對「翎」字音切所作校正。綜上可知，「翎」字「曲羽反」音切確為音義匹失誤例，《王一》《王三》中麌韻「翎」字條目應當予以刪除。

四、參考文獻

1. 〔梁〕顧野王，1983，《宋本玉篇》，北京：北京市中國書店。

2. 〔明〕王仁煦，2002，《刊謬補缺切韻》，南京：江蘇教育出版社。

3. 〔宋〕陳彭年，1987，《廣韻》，上海：上海古籍出版社。

4. 〔宋〕丁度，1985，《集韻》，上海：上海古籍出版社，1985 年。

5. 蔡夢麒，劉碧華，2021，《刊謬補缺切韻》釋義疏證舉例，《古漢語研究》第 4 期。

6. 〔日〕昌住，1993，《新撰字鏡》，《佛藏輯要》第 33 冊，成都：巴蜀書社。

7. 〔清〕段玉裁，1981，《說文解字注》，上海：上海古籍出版社。

8. 劉亞麗，2020，裴務齊正字本《刊謬補缺切韻》注音失誤舉隅，《北斗語言學刊》第 2 期。

9. 龍宇純，1968，《唐寫全本〈王仁昫刊謬補缺切韻〉校箋》，香港：香港中文大學出版社。

10. 〔日〕釋空海，1995，《篆隸萬象名義》，北京：中華書局。

11. 〔遼〕釋行均，1985，《龍龕手鑒》，北京：中華書局。

12. 徐朝東，2006，《切韻》系韻書中四種異常音切之考察，《語言研究》第 1 期。

13. 趙少咸，2016，《唐寫本王仁昫〈刊謬補缺切韻〉校記》，北京：中華書局。

14. 趙庸，2014，《廣韻》不入正切音系之又音釋疑，《語言科學》第 3 期。